गाथा रामभतेरी

कुसुम खेमानी

वाणी प्रकाशन

वाणी प्रकाशन

4695, 21-ए, दरियागंज, नयी दिल्ली 110 002

फ़ोन : +91 11 23273167 फ़ैक्स : +91 11 23275710

शाखाएँ

अशोक राजपथ, पटना 800 004, बिहार

कॉफ़ी हाउस कैम्पस, महात्मा गांधी मार्ग, इलाहाबाद 211 001, उत्तर प्रदेश

महात्मा गांधी अन्तरराष्ट्रीय हिन्दी विश्वविद्यालय, वर्धा 442 001, महाराष्ट्र

www.vaniprakashan.in
marketing@vaniprakashan.in
sales@vaniprakashan.in

GATHA RAMBHATERI
by Kusum Khemani

ISBN : 978-93-88434-47-8
Novel

प्रथम संस्करण

मूल्य : ₹ 495

सिटी प्रेस, दिल्ली-110 095 में मुद्रित

वाणी प्रकाशन का लोगो मक़बूल फ़िदा हुसेन की कूची से

हथकरघे से क्रांति लाती
आदिवासी रूमा देवी को सादर

उद्दाम शक्ति और ऊर्जा से भरी एक निर्झरिणी अपने उत्स के साथ ही आकाश छू लेती है; बनजारों के मरुस्थली-जीवन को अपने दिव्य ज्ञान से आलोकित करती; दर्शन शास्त्र के सिद्धान्तों को ज़मीनी हक़ीक़त में बदल उन्हें सहज-सुलभ बनाती रामभतेरी! क्या रेत में पूर्ण प्रस्फुटित पारिजात पुष्प की तरह ही एक अजूबा नहीं है?...

"ऐ दाखी रांड! खसम खाणी! चूहड़ी! कुंजड़ी! हरामखोर! रांड! तू आधी रात यहाँ क्यूँ मरने आई है?"

आज शाम से ही इमरती का शरीर टूटा जा रहा था, इसलिए बिना दीया-बाती किए ही वह सो गई थी। इससे बेख़बर दाखी अपना मिट्ठू दिखाने के लिए इमरती के तम्बू में घुसी ही थी कि इमरती की मैना ने चीख़-चीख़ कर आकाश सिर पर उठा लिया। 'ज़बान' की ज़हर इमरती! अब भला उसे कैसे बख़्शती? उसने आव देखा न ताव और दाखी पर धुआँधार गालियाँ बरसानी शुरू कर दी।

दाखी को गालियों से सख़्त नफ़रत थी। आज तक किसी ने भी उसे गाली देते नहीं सुना था। बावजूद इसके कि वह नटनी थी, वह बहुत कान-क़ायदे और सलीक़े से रहती थी। इसीलिए इमरती की गालियाँ

सुनते ही उसके तन–बदन में आग लग गई। उसने लाल चेहरे और आँखों से गुर्राते हुए उसे दक्काल कर कहा : ''इमरती! अपणी जीभ नै सम्भाल और ख़बरदार! जो कभी भी मेरे को रांड कहा तो!''

''अरे दाखी रांड! तू कब से सुहागवंती बन गई? गज भर माँग में सिंदूर भर कर ही जदि कोई सुहागण बण जावै है, तो मैं भी सिर में चार माँगें काढ़ कर उनमें सिंदूर थपोड़ लूँगी। हुँह, बड़ी आई लाट साहब! 'मेरे को रांड मत कह'।'' इमरती ने कमर पर हाथ रख कर मुँह चिढ़ाते हुए उसकी नक़ल उतारने के बाद और भी ज़ोरों से कहा : ''रांड, रांड, रांड, ले सौ बार कहा रांड! जा, कर ले जो तेरे जी में आए।''

उसका इतना कहना था कि हट्टी–कट्टी 'दाखी' के हाथ में इमरती का 'झोंटा' था, जिसे उसने इतनी ज़ोरों का झटका देकर खींचा कि 'इमरती' का सिर तंबू की दीवार से जा टकराया और वह असंतुलित होकर धड़ाम से ज़मीन पर गिर पड़ी, लेकिन गिरते–गिरते भी इमरती अपनी मोटी चोटी को पकड़े हुए चीख़े जा रही थी : ''रांड, छोड़ मेरा झोंटा, छोड़ रांडऽऽऽ'' कि तभी उसकी आवाज़ धीरे–धीरे धीमी पड़ती हुई बंद हो गई और इसके साथ ही उस 'फुटानीबाज़' दाखी के पैर पिंडलियों तक किसी चिपचिपी 'निवाई'–सी (गुनगुनी) चीज़ से पुत गए।

दाखी अपने पैरों से उस कीचड़ को झटक कर सावधानी से पैर उठाती हुई वहाँ से भागने ही वाली थी कि इमरती ज़ोर से चीत्कार करती हुई चीख़ी और इसके साथ ही उसने एक लम्बी–सी 'उपरला' साँस लेती हुई शरीर के निचले हिस्से से बड़ी मात्रा में वही गिजगिजा पदार्थ तम्बू की ज़मीन पर बिख़ेर दिया।

''मर मरजानी! कमबख़्त! देखो तो ज़रा क्या गत की है इस कमीनी ने मेरी?'' कहते हुए गंदगी से पुती हुई दाखी गुस्से से इमरती को मारने लपकी ही थी कि एक नवजात बच्चे का रोना उस नीम–अँधेरे तम्बू में गूँज गया।

बच्चे की रुलाई सुनते ही दाखी! मार–कुटाई, गाली–गुफ़्ता सब भूल–भाल कर जल्दी से एक ढिबरी जला लाई और रोने की आवाज़ के सहारे उस कोने में जा घुसी, जहाँ आकाश से एक चाँद का टुकड़ा नीचे आ गिरा था। इधर बच्चे के रोने की आवाज़ आते ही दाखी का 'मिट्ठू' और इमरती की 'मैना' ज़ोर–ज़ोर से 'दाखी! इमरती! दाखी! इमरती!' चिल्लाने लगे। उन्हें डपट कर चुप कराने के बाद दाखी ने जब हल्की रोशनी में उस बच्ची को देखा, तो वह 'सिसकारी' भरती हुई चौंक कर दो डग पीछे हट गई। उस नन्हीं–सी जान को देखते ही उसका दिल दो सौ चालीस की रफ़्तार वाली गाड़ी–सा धक–धक करने लगा और उसके कुँआरे स्तन उस रोती बच्ची को दूध पिलाने के लिए तरसने लगे। छोटी उम्र से ही बच्चे को तरसती दाखी के संतान–मोह ने उसके सारे नख़रों को दरकिनार कर दिया और वह ठेठ उजड्ड भिखारन–सी इमरती के पैर पकड़ कर गिड़गिड़ाने लगी : "बेबे! इस मारा–पीटी की माफ़ी दे दे और तेरा मन हो, तो मेरे को एक हज़ार दफ़ा रांड बोल ले, मेरे को ज़मीन पर पटक कर जित्ता जी चाहे मार ले, पर या 'बच्ची' मेरे को दे दे।" इतना कह कर दाखी ने आँसू भरी आँखों से इमरती के सामने अपना पल्ला पसार दिया।

दरअसल अन्य बनजारनों के उलट दाखी जवानी से ही बच्चों की दीवानी थी। बच्चे को तरसती दाखी को अपनी बढ़ती उम्र की चिन्ता भी खाए जा रही थी; साथ ही इमरती की ख़ास सहेली होने के कारण दाखी को पता था कि इमरती को बच्चे का शौक़ तो दूर, वह बच्चे को केवल एक मुसीबत ही समझती है और इसी कारण वह इमरती से बच्चा माँगने का साहस जुटा पाई थी।

आज तक किसी ने इमरती की ऐसी चिरौरी नहीं की थी, जैसी आज यह 'गाड़िया–लुहार' की घरवाली दाखी कर रही थी। वैसे भी बच्चे पालना मस्त बनजारन इमरती के वश का नहीं था, इसलिए वह हमेशा इससे बचती रही थी, पर पता नहीं कैसे उसके बहुत ध्यान रखने पर भी

इस बार उसे यह 'हमल' रह गया था, जिसे देर हो जाने के कारण वह गिरा नहीं पाई थी। उसकी जाँच करने के बाद 'ओझन' ने कहा था : ''इतने बड़े बच्चे को गिराना ठीक नहीं है, क्योंकि इससे तुम्हारी जान को ख़तरा है।''

पर बनजारे तो ठहरे सदा के मस्त! अब जब बेबात ही लिछमी जी ने उस पर किरपा करने का मन बना ही लिया है, तो उसका भी यह फरज बनता है कि वह भली-भाँति दर-दस्तूर करे और उससे अधिक से अधिक फ़ायदा उठा ले। कुछ देर तक सारा आगा-पीछा विचार कर इमरती बल खाती हुई तड़प कर उठी और बच्ची को दाखी से छीनती हुई बोली : ''अरी मूरख! माँ बनने चली है और यह भी होस ना है कि 'ओलनाल' काट देवे! ले यह हँसिया, और पहले ओलनाल काट, बाकी बातें बाद में होंगी।''

दाखी ने घबरा कर लरजते हाथ और ज़बान से पूछा : ''हँसिये से काटूँ?''

इमरती ने अपने माथे पर दोहत्थड़ मारा और गरज कर बोली : ''और नहीं तो क्या! मेरे सिर से काटेगी?''

इसी तरह के 'हड़बोंग' में रात बीत चली और चारों ओर मुर्गों की बाँग, मोरों की पिउ-पिउ, कोयल की कूक, कलियों की चटकन, नाना पक्षियों का मिलाजुला कलरव, गायों का रँभाना और ऊँटों की घंटियों की आवाजें सुनाई देने लगीं। इन ध्वनियों ने सूर्य देवता को इस शुभ अवसर का निमंत्रण भेज दिया और वे तत्क्षण तम्बू की दीवार के बड़े-बड़े छेदों से प्रवेश कर अपना आशीर्वाद देने वहाँ आ पहुँचे।

उस प्रातःकालीन प्रकाश में जब उन दोनों 'भायलियों' (सहेलियाँ) ने आँख भर कर उस 'गुदड़ी की लाल' को देखा, तो दोनों की आँखें फटी की फटी रह गईं। उसके अप्रतिम सौन्दर्य को देख, इमरती स्मृति पर जोर डाल कर यह सोचने लगी कि आख़िर इसने यह अनोखा रूप पाया किससे?...

ज़ोरों से झनझनाते घुंघरू और काँटे पर पड़ते तबले की द्रुत ताल पर तीन बंजारनें! जी-जान से नाच कर जोधपुर के ठाकुर को रिझाने में लगी थीं। उनमें से बीच वाली की ताल, लय, लचक, हावभाव और चपलता! पार्श्व की दोनों नर्तकियों से निराली थी। वह कभी 'कत्थक' के 'परन' की तरह चक्कर खाने लगती, कभी कालबेलिया की तरह सिर को पीठ की ओर ले जाकर उसे अपने पैर के उल्टे मुड़े हुए पंजे पर धर देती! तो कभी हाथों को ऐसी गति देती जैसे वह दस हाथोंवाली देवी हो! ऊपर से उसकी बाँकी चितवन! उसका दाएँ हाथ के अँगूठे पर घूँघट को लपेट कर मारा हुआ आँख का 'झाला'! ओढ़नी के घूँघट को कभी घुटने तक नीचे खींच देना, कभी छाती के पल्ले को एकदम नीचे गिरा देना आदि लटके-झटकों के साथ चन्द्रमा की कलाओं जैसी उसकी घटती-बढ़ती अदाएँ इतनी जानलेवा थीं कि चारों ओर बैठे दर्शक झूम-झूम कर उस पर गिरे जा रहे थे और अपनी हैसियत से उस पर नोट निछावर कर रहे थे। पर उन सबके बीच एक शख़्स ऐसा बैठा हुआ था, जो दलदल में पद्मपत्र की तरह ही सबमें रहकर भी सबसे अलग था। उसके चेहरे पर 'डाठा' बँधा था और वह अपनी बड़ी-बड़ी कोमल आँखों के कारण एक रहस्यमय राजकुमार लग रहा था। उसकी नीली आँखें 'बिचली' बनजारन के 'हिए' को चीरे डाल रही थीं और लाख कोशिशों के बावजूद उसकी आँखें उस 'रूप-गंधर्व' से हटाए नहीं हट रही थीं, मानों उनमें कोई चुम्बक है, जो उसकी आँखों की पुतली को अपनी ओर खींचे लिए जा रहा है।

जब उस बनजारन को कुछ और नहीं सूझा, तो उसने अपने नाच की लय को आठ गुन से सोलह, सोलह से बत्तीस और बत्तीस से चौंसठ गुन कर दी; तबलिया हाँफने लगा और अगल-बगल की बनजारनें नाचना छोड़ उसे प्रशंसा भरी दृष्टि से देखती हुई अपने हाथों से ताली देने लगीं। उस तीव्र गति में घुंघरुओं की जबर्दस्त झनझनाहट और तालियों की

गड़गड़ाहट से ऐसा समाँ बँधा कि वहाँ अचानक ही बेमौसम आकाश बरसने लगा। इसे सही मौका समझ कर वह बनजारन! दरबार में कोर्निश बजाती चौक से सटे ऊँचे-ऊँचे खम्भों को पार कर गलियारे से होती हुई महल के पिछले हिस्से में निकल गई। बाहर निकलने के बाद उसने चारों ओर देख कर चैन की लम्बी साँस खींची ही थी कि किसी चौड़ी हथेली ने 'झप्प' से उसका मुँह ढाँप लिया।

शरीर का कोई भी खेल बनजारनों के लिए नया नहीं होता! पर आज जिस हथेली ने उसका मुँह बंद किया था, उसकी कोमलता और ढाठे से झाँकती उसकी आँखों से झरता प्यार का झरना उस बनजारन के लिए अनोखा था। उस ख़ूबसूरत जादूगर ने इमरती बनजारन को एक नाज़ुक कली की मानिंद उठाया और अपनी मज़बूत कसी हुई माँसपेशियों वाली जाँघों की चौड़ी 'पालथी' के राजपलंग पर लिटा लिया; शरद पूर्णिमा की चाँदनी में वह तन्वंगी उस शय्या पर ऐसी शोभित होने लगी, जैसे एक विराट कमल के पत्ते पर पूर्ण प्रस्फुटित कुमुदिनी।

वह सजीला जवान! इमरती को इतनी सुकोमलता से स्पर्श कर रहा था मानों उसके छूने मात्र से ही उसे चोट लग जाएगी। छोटी उम्र से ही शरीर की नोच-खसोट और मसलाहट की अभ्यस्त बनजारन इमरती का 'हिया' उसके ऐसे रसभीने स्पर्श से हुमक-हुमक कर छलका जा रहा था और यह सत्य कि शरीर का भी अपना कोई सुख होता है, आज पहली बार उसके सामने उद्घाटित हो रहा था।

उसकी आँखें झुकी जा रही थीं, और उसे लग रहा था जैसे वह राजकुमार उसे लेकर एक ऐसे परीलोक में पहुँच गया था, जहाँ चारों ओर नाना प्रकार के राशि-राशि सुगंधित फूल गमगमा रहे थे। उन फूलों से उसका शृंगार करने के बाद राजकुमार ने उसे चाँद के हिंडोले पर बिठाया और झूला झुलाने लगा। जिस सम्पूर्ण क्रिया के सम्पादन में दूसरों को चार-पाँच मिनट लगते थे, वह बंदा घंटे भर से उसकी पहली ही पायदान

पर खड़ा था और इमरती के 'रेशमी लच्छे' जैसे शरीर के रेशे-रेशे खोल रहा था। उसने इमरती की गर्दन, बाँह पर गुदे हुए 'गोदनों' को अपनी अंगुलियों की पोरों से ऐसे छुआ जैसे वह उन्हें 'गुदवाते' वक़्त की पीड़ा को कम कर रहा हो। उसके भावों से ऐसा प्रतीत होता था जैसे उसने वात्स्यायन के काम-सूत्र को घोल कर पी रखा था। आश्चर्यजनक है यह तथ्य कि उस नायक को इमरती की चंचलता उच्छृंखलता नहीं, बल्कि 'प्रगल्भा नायिका' का लक्षण लग रही थी, जिससे वह उस पर और भी रीझा जा रहा था। उसकी मद्धिम गति वाली ऐंद्रिय क्रियाओं से इमरती सिहर-सिहर उठती थी और आज पहली बार वह एक अक्षत-यौवना-सी अपने उस अनजाने प्रियतम को न केवल अपनी कामेन्द्रियाँ, बल्कि अपनी देहयष्टि का पोर-पोर समर्पित करना चाह रही थी। वह चाह रही थी कि वह सर्वदा के लिए इसी मदहोशी में पड़ी रहे और मृत्यु पर्यन्त अपनी आँखें न खोले। उसने आज तक नहीं जाना था कि कभी देह-सुख भी इतना मधुर हो सकता है कि उसके सामने मृत्यु छोटी लगे।

वह उन्हीं स्मृतियों में शायद सदियों तक खोई रहती... कि तभी तम्बू में हिजड़न नादिरा घुसी और उसने इतनी ज़ोर से ताली बजाई कि इमरती और दाखी दोनों चौंक गईं। नादिरा ने साड़ी उठा कर दो-चार चक्कर लगाए और उन्हें बधाई देती हुई तम्बू से बाहर चली गई।

वर्तमान के सपने में अतीत की असली दुनिया देख कर इमरती को वह पूरा दृश्य आद्योपान्त याद आ गया था। उसने ईमानदारी से कहा : "दाखी भाण! (बहन) हो न हो! यो काम उसी राजपूत का है! जिसने मुझे राजा जी के महल के पिछवाड़े धर दबोचा था। वैसे भाण! क्या बताऊँ, मैंने तो ऐसा सजीला जवान अपने सारे जीवन में नहीं देखा। सच कहूँ! तो उसका रूप सौ-सौ राजकुमारों पर भारी था!" कह कर उसने गहरी साँस लेते हुए अपनी बात ज़ारी रखी : "दाखी! पूनम की वह रात मेरे को सदा याद रहेगी। उसका वह मुस्कुराता हुआ चेहरा! आज भी मेरी आँखों में

ज्यों का त्यों 'खुबा' पड़ा है। मेरा पक्का विश्वास है कि हो न हो यह छोरी उसी जनखे (दुष्ट) की बेटी है।''

इमरती का यह सम्बोधन सुनते ही दाखी बोली : ''अरी भागवान! अब तो उसे 'जनखा' मत कह।''

''चल बड़ी आई है उस यार की यारन! ख़ैर, छोड़ ये बेकार की बातें और सच्ची बता कि तेरी नीयत क्या है? क्या तेरी मरजी यों ही मुफ़्त में मेरी बेटी को मार लेने की है या बदले में कुछ देने-दिलाने का विचार भी है?''

यह सुनते ही दाखी ने उस ज़रा सी जान को कस कर अपनी छाती से 'चिपका' लिया, और फिर अपनी बड़ी-बड़ी आँखों से उसे यों देखने लगी जैसे अपनी जनम-जनम की प्यास बुझा रही हो। आम नटनी कंजरियों से अलग दाखी! औलाद के लिए सौओं दरगाहों, मन्दिरों, तीर्थों और तांत्रिकों के चक्कर काट चुकी थी, पर उसके दिल की सूखी धरती पर पड़ी हुई 'तरेड़' पर कभी भी इस सुख का पानी नहीं बरसा था। उसने अपने जीवन के इस अलभ्य क्षण की दात्री! उस नीली आँखों और धप्प-सफ़ेद नर्म चमड़ी वाली नन्हीं जान को एक बार फिर निहारा और लम्बी साँस लेते हुए इमरती के लालची मन को यह कहते हुए भर दिया कि : ''मुझे कसम सात लोक के भगवान की! इस धरती माता की! और इस आकाश की! जो तू कहे यदि वही तुझे ना दूँ, तो सारी दुनिया मेरा मरा मुँह देखे।''

इतना कह कर उसने उस 'गुलाबी जान' की ओर देखा, जो अपने होठों को गोल-गोल कर अपनी भूख का इज़हार कर रही थी। उसकी भूख देख कर दाखी की छातियाँ गर्म होकर ऐसी कसमसाईं, जैसे उनसे अभी ही दूध बरस पड़ेगा। फिर यह सोच कर कि बाँझ के दूध कहाँ? उसने भीतर ही भीतर ख़ुद को कोसा ही था कि उसकी 'लुगड़ी' का पल्ला भींग गया।

इतने में ही इमरती का कठोर गला गूँजा : "तो ठीक है चल, आज से यह 'अड़ंगा' तेरा! और तेरा ख़सम 'गाड़िया-लुहार' 'सुखिया' मेरा। छुटपन सै आज तक जंगल-सहर नापती और जण-जण की खाट सजाती मैं! अब उठाईगीरों जैसी इस ज़िन्दगी से 'नाकै-नाक' आ गई हूँ, इसलिए अब तेरे 'गाड़िये-लुहार' की पीठ से पीठ सटा कर एक जगह टिक कर आराम करूँगी। दाखी! एक बात सदा याद राखिए कि जदि एक ख़सम की ढाल होवै, तो जनानी के सौ ख़ून माफ़, नहीं तो हर आदमी उसकी मरजी-बेमरजी उसे 'चूंटे' खाता है।" उसकी ऐसी 'सोरी' (साधारण) शर्त सुनते ही दाखी ऐसी उछली जैसे अभी ही हिमालय के पार चली जाएगी।

दाखी की अफ़गानी माँ फ़ौज़िया! बहुत दिनों तक एक ठाकुर की रखैल थी। फिर एक दिन जब उसके बनजारा ख़ून ने ज़ोर मारा, तो वह अपने कूल्हे पर दाखी को टिकाए महल से भाग कर जंगल में बसेरा डाले बनजारों की टोली में जा पहुँची, जहाँ उस सुन्दरी को तुरन्त ही सिर-आँखों पर बिठा लिया गया और अगले ही दिन वह टोली वहाँ से नई जगह के लिए कूच कर गई। फ़ौज़िया अपने मीठे स्वभाव के कारण सबसे 'रली-मिली' रहती थी। उसकी ईरानी नाक, कंजी आँखें, भूरे बाल और गठे हुए इकहरे शरीर ने उसमें एक विशेष प्रकार का आकर्षण पैदा कर दिया था। लम्बे अरसे तक ठाकुर के यहाँ ठकुराइनपना करने के कारण उसकी बातचीत और उठ-बैठ में भी ख़ानदानी घरों का-सा बड़प्पन आ गया था। इन गुणों के कारण टोली में उसकी विशेष 'साख' थी, और पूरी टोली उस पर और उसकी ख़ूबसूरत बेटी 'दाखी' पर जान छिड़कती थी।

बचपन से ही बनजारों, कंजरों और नटों के साथ करतब दिखाती हुई दाखी एक बढ़िया नटी तो बन गई, पर उसका मन उसके कहे में नहीं था। जवानी में कदम रखते ही उसने बच्चे के लिए कई जवानों को हमबिस्तर भी किया, पर उसका मासिक धर्म एक बार भी नहीं रुका। उसने एक

ज्योतिषी की सलाह पर सुखिया के साथ घरवाली की तरह रहना शुरू कर दिया, पर इसके बावजूद विधाता ने उसे बच्चा नहीं बख़्शा। वह ख़ुद को करमफूटी मान कर एकदम निराश हो चुकी थी कि इमरती में भगवान 'बड़' गए और उसने उसे वह राजकुमारी देकर इस भुवन के सारे कष्टों से उसे 'तार' दिया। चूँकि दाखी का सुखिया से 'खुल्ला' हो गया था, इसलिए वह बनजारों के सरदार 'मूँगा'के पास चली गई, जो उस पर मरा जाता था। मूँगा! छप्पर फाड़ कर आई इस सौगात को देख कर झूम उठा। उसने हुंकार भरते हुए दाखी को मय उसकी बच्ची के कन्धे पर बिठा कर नाचना शुरू कर दिया। इस ख़ुशख़बरी से बनजारों की बस्ती में ख़ुशहाली छा गई और महुआ की शराब और ढोल-ढमाकों के साथ नाच-गाने का हुड़दंग शुरू हो गया। तभी सबने अचरज से देखा कि एक कोने में बैठी दाखी! अपनी बेटी को लुगड़ी के पल्ले से ढक कर अपनी छाती से दूध पिला रही थी।

दाखी अफ़गानी ठकुरानी की बेटी थी और ख़ुद भी तमीज़दार थी, इसलिए बेटी को न जाने क्या-क्या बनाने का सपना देखती हुई वह उससे ऐसी चिमट कर सो गई, मानों वे दो नहीं एक जान हों।

मुर्गे की बाँग और चिड़ियों की चहचहाहट साथ लिए जब गुलाबी रंग के सूरज ने मूँगा सरदार के तम्बू को भी अपने रंग में रंग लिया, तो सुबह हुई जान कर मूँगा ने एकदम सीधे खड़े होकर अपने हाथों को ऊपर की ओर उठा कर 'चटकाया'। उस क्षण उसे देख कर ऐसा लगा मानों कोई पुराने ज़माने की आबनूस लकड़ी की कलात्मक मूर्ति अजायब घर से निकल कर वहाँ आ कर खड़ी हो गई है। उसका साढ़े छहफुटिया कद्दावर शरीर एकदम सानुपातिक था, नाक सुतवाँ थी और उसके चेहरे के नाक-नक़्श किसी ईरानी मुजस्मे सरीखे लगते थे। मूँगा ने एक मीठी नज़र कोने में गुत्थमगुत्था सोई हुई माँ-बेटी पर डाली और कमर पर नई धोती बाँध कर कमीज़ पहनते-पहनते तम्बू के पर्दे को उठा कर बाहर आ खड़ा हुआ। सरदार होने के कारण उसका तम्बू थोड़ी सी ऊँचाई पर था। जब वह अपनी आँखों को दाएँ से बाएँ और बाएँ से दाएँ घुमा कर अपने पूरे टाँडे का मुआयना करने लगा, तो उससे कुछ दूर खड़ी 'धापी' ने 'अड्डी' से कहा : "देख जरा अपणै नायक की आन-बान! पूरै बदन पर जरा सा भी माँस फालतू ना है। हाथ मै नरमुखी कड़ा, कानाँ मै मुरकियाँ और छेल्ले! और लो, इब तो इसनै अपणै माथे पर पगड़ी भी बाँध ली! ए मेरी माँ, मरी मैं तो! मरी इस छैल भँवर पर! हाय रे इस्से गबरू जवान नै, वा दाखी राँड! मिनटाँ मै ए ले उड़ी रे, हाय।"

'अड्डी' ने उसे बीच में टोक कर कहा : "धापी, बुरा मत मानिए, पर

साँची बात तो या है मेरी लाडो! कि बनजाराँ कै इस पूरे 'टाँडे' दाखी कै जोड़ की एक भी लुगाई (स्त्री) ना है।''

इस पर धापी ने अड्डी के सिर पर ज़ोर की चपत लगाते हुए कहा : ''मर मरजाणी, भायली (सहेली) मेरी? अर-गुण गावै उस दाखी राँड के! चल हट परै सी।''

इतने में ही वहाँ 'धापी' और 'अड्डी' के उस नायाब नायक की हुंकारती आवाज़ गूँजी : ''ऐ पत्तो! ऐ धन्नो! जरा आइयो।'' अभी उसका 'हेला' ख़त्म भी नहीं हुआ था कि अगल-बगल के तम्बुओं में से दो बंजारनें वहाँ आकर ऐसी खड़ी हो गईं जैसे वे वहीं उगी हुई थीं। वे दोनों ही सरदार की पहले वाली बीवियाँ थीं। वैसे भी बनजारों के कबीलों में विवाह-तलाक़ आदि की कोई ख़ास अहमियत नहीं होती, क्योंकि 'टाँडे' के सारे बच्चों की ज़िम्मेदारी पूरे कबीले की होती है। शायद यही वजह है कि इनके यहाँ संबंधों में एक उन्मुक्त खुलापन रहता है। टाँडे की सारी व्यवस्था सबकी सुविधा के अनुसार सीधे-सादे ढंग से निश्चित की हुई रहती है। आमतौर पर छोटी उम्र के बच्चे माँ के साथ रहते हैं, ताकि उनके पालन-पोषण में सुविधा हो। कबीलों में बच्चों को गौधन से भी ज़्यादा क़ीमती माना जाता है। वे नट-नटनियों के खेल, नाच, करतब आदि दिखा कर पैसे तो कमाते ही हैं, साथ ही वे बनजारों के बनाए हुए हस्त-शिल्प के सामान को भी जंगलों के पास की आबादी वाले हिस्सों में बहुत होशियारी से बेच आते हैं। बनजारे लड़के ही नहीं, बनजारी लड़कियाँ भी एकदम निडर और निर्भीक होती हैं और ज़रूरत पड़ने पर आधी रात को भी बियावान जंगल में जाने से नहीं हिचकतीं; इसलिए मूँगा ने दाखी के साथ बेटी के आने को अपना अतिरिक्त सौभाग्य माना था।

मूँगा ने अपनी पत्नियों से कहा : ''अरी भागवानो! तुमलोगाँ नै ख़बर तो है ही कि 'एक जरा सी बच्ची' मेरे तम्बू मै आ गई है। मेरा अंदाजा है कि 'टाबर' (बच्चा) ना होने के कारण इसकी माँ मै तो बच्चे पालणै

का 'राई-रत्ती' भर 'लूर' (तमीज़) भी ना होगा। हे मेरी प्यारियो! मैनै तुम दोन्नो श्याणियों (समझदारों) को इसलिए बुलाया है कि तुम दोन्नो आपणै 'हुन्नर' से इस बच्ची को पालणै मै दाखी की मदद करो। आपणी एक गाय परसों ही 'ब्याई' है, इसलिए इसकै भाग सै अपणे यहाँ तो दूध का भंडारा ही खुल ग्या है, सो इब थम दोन्यूं इस 'खूबसूरत बला' पर चाहो जित्ता दूध-घी खरच कर लेणा। हे मेरी प्यारियो! आज सै इस बच्ची को बड़ा करणै की जिम्मेवारी तुम दोन्याँ की होगी, क्यूँकि मैनै देखा है कि तुमलोगाँ नै अपणै बच्चे बहुत ही जतन सै पाले हैं, सो अब इसै भी दोणों समय अपणै पैरों पर लिटा कर, ताजा मक्खन से इसकी मालिश करना ताकि इसका रंग और भी खिल जाए। वैसे तो वा इतनी गोरी है कि उसके रंग को और गोरा करणे की जरा भी दरकार ना है, पर जब भगवान ने उसै इतनी 'सोणी' बणाया है, तो अपणा भी तो फ़रज़ होवै है कि हम उसके दिए रूप की 'रच्छा' करें। धन्नो! तू एक बात का और भी खयाल रखना कि जदि दाखी के दूध सै पार ना पड़े, तो सुरू के दिनों मै इसे बकरी का दूध देणा, क्यूँकि वो हल्का होवै है, और जब वह कुछ बड़ी हो जावै तब बाद मै जचा लेणा कि उसे क्या खिलाना-पिलाना है।''

मूँगा की लम्बी-चौड़ी हिदायतें सुन कर पत्तो ने मूँगा से मसख़री की : ''सरदार! जरा मन्नै एक बात बता! कि टाँडे मै तो और भी इतणै बच्चे जणे गए हैं, पर आज तक तो तूनै किसी की 'तिथ' ना ली, फिर आज इस 'पराई-जाई' की इतणी खातरी क्यूँ?''

पत्तो की बात का ज़रा सा भी बुरा माने बिना मूंगा ने अपनी पूरी बत्तीसी दिखाते हुए कहा : ''अरी करमजलियो! जरा जाकर देखो तो सही! वो चीज क्या है? अरी बावली! जदि अपणै हाथ अचानक 'हीरा' लग जावै, तो क्या अप्पन उसे खूब चौकसी से ना रक्खेंगे? धन्नो, पत्तो! तुम दोन्नो अपने पूरे टाँडे में सबसे समझदार हो, इसलिए ही मैनै तुम दोन्नो को यह काम सौंपा है।''

आम बनजारनों के विपरीत दाखी को गहनों और कपड़ों का ज़रा भी शौक़ नहीं था। यहाँ तक कि उसने गोदना भी अपने पूरे बदन पर न गुदवा कर बहुत ही हल्का-सा गुदवाया था, जो कभी-कदास दिख कर उसके शरीर की सुन्दरता को और भी बढ़ा देता था। हाँ! वह अपनी फलीदार चोटियों में कौड़ियों का झब्बा ज़रूर झुलाती थी, ताकि उसकी नागिन-सी चोटी उस वक़्त और भी लहर खाती दिखे, जब वह नटनियों के करतब दिखाने के बाद घुटनों के बल बैठ कर मन भर का पत्थर अपनी मोटी चोटी में बाँध कर उठा रही हो। उसका यह खेल शहरी स्त्रियों को इतना रोमांचक लगता था कि उस खेल के बाद, कई औरतें तो उसके पास आकर उसकी चोटी की सत्यता को जाँचतीं और फिर उसके सिर पर हाथ फेर कर, उसके बालों की सही-सलामत जड़ों को प्रेम और विस्मय से छूने के बाद उसे दिल खोल कर बख़्शीश देती थीं। इसीलिए जो चोटी दाखी के लिए 'शिव भगवान'-सी औढरदानी थी, उसे सँवार कर रखना, दाखी अपना धर्म मानती थी।

वैसे बनजारन होते हुए भी दाखी के व्यवहार में बड़े लोगों की-सी नफ़ासत थी, जो दूसरों को उसका घमंड लगता था। शायद वे लोग इस तथ्य से अनजान थे कि वह नाना के पक्ष से लक्खीशाह बनजारे के वंश की थी, जिसके पास लाख बैलों का रेवड़ था और जिसने औरंगज़ेब के वहशीपन के शिकार सिक्खों के गुरु तेग बहादुर जी के 'कटे धड़' को अपनी बैलगाड़ी में अग्नि-समाधि देने के लिए छिपा लिया था। इतना ही नहीं, बादशाह के किसी बंदे को शक न हो इसलिए उसने अलग से चिता न बना कर उनके अवशेष के साथ, अपना पूरा घर ही फूँक दिया था। शायद इसी आनुवंशिकी के कारण दाखी का हृदय भी हर तरह के अन्याय के विरुद्ध लड़ने के लिए छटपटाने लगता था। वह बनजारों के अनेकानेक देवी-देवताओं की जगह भीलों, बनजारों आदि पर होने वाले अन्याय और शोषण के ख़िलाफ़ बनी 'सम्प सभा' के संस्थापक बनजारे श्री गोविन्द गिरी की

पूजा करती थी। दाखी! अक़्सर ही ज़ोर-शोर से यह क़िस्सा सुनाया करती थी कि कैसे अँग्रेजी हुकूमत ने मानगढ़ में हुए 'सम्प सभा' सम्मेलन पर अंधाधुंध गोलियाँ चला कर लगभग डेढ़ हज़ार निहत्थे भीलों को मार डाला था।'

जनजातियों और बनजारों के ख़राब हालात से उद्वेलित होकर दाखी कई बार 'जिहाद' करने की सोचती, पर जिनके पास न रहने का ठिकाना हो! न खाने का! और जिन्हें न ही सरकार या किसी और का ज़रा सा भी सहारा हो, वे भला लड़ें भी तो कैसे? रोएँ भी तो किसके आगे?

दरअसल, दाखी के इन क्रान्तिकारी विचारों की बुनावट के पीछे एक क़िस्सा छिपा है : 'दाखी की माँ फ़ौजिया जब ठाकुर के महल से भागी, तो वह अपने साथ उस 'लौंडे' को भी ले उड़ी, जो ठाकुर के बच्चों को पढ़ाता था, और उम्र में फ़ौजिया से छोटा होने के बावजूद उसका दिवाना था। फ़ौजिया उसे लाई तो थी बेगार खटाने! पर उसने दाखी को साक्षर बना कर, दाखी का कल्याण कर दिया। ज्ञान की नदी का अमृत चखने के बाद कोई भी चर-अचर प्राणी, उस नदी के प्रवाह की तरह ही आगे बढ़ने लगता है, और यही हाल दाखी का भी हुआ। उसकी यह अभीप्सा इतनी बढ़ी कि उसने फ़ौजिया से छिपा कर ढेरों किताबें पढ़ डालीं।

बेटी को छाती से चिपकाए बिस्तर पर पड़ी दाखी ये पुरानी बातें सोचे जा रही थी और आँख खुलने के बाद भी, इसलिए हिल-डुल नहीं रही थी कि जन्म-जन्मान्तर से 'संतान-सुख' के प्यासे उसके 'तन और मन'! इस 'बर्फ़-सी सफ़ेद धड़कती देह' से प्राप्त हो रहे 'परम सुख' का अधिक से अधिक भोग करना चाहते थे। तभी उस 'गुलाबी रूई के फ़ाहे' ने अपने होंठों में कुछ हरक़त की, और प्रतिवर्ती क्रिया की तरह दाखी ने तुरन्त अपना स्तन उस बित्ते भर की 'छोरी' के सीप जैसे होंठों में रख दिया।

मानना पड़ेगा कि वह बच्ची बड़ी ही 'जब्बर' थी! उसने आँखें मूँदे-

मूँदे ही दूध को ज़ोरों से खींचते हुए चपर-चपर की आवाज़ के साथ उसे 'गटकना' शुरू कर दिया और दूध का स्वाद आने पर वह अपनी हिरणी-सी बड़ी-बड़ी आँखें खोल कर दाखी को एकटक निहारने लगी। दाखी यह देख कर दंग रह गई कि अपने राजकुमार पिता की तरह ही इस 'नई-जाई' की नीली आँखों से भी प्रेम की लहरें उठ कर दाखी के 'हिवड़े' (हृदय) को अपनी ओर खींचे लिए जा रही थीं। उसकी इस विशिष्ट मुद्रा से दाखी को यक़ीन हो गया कि हो न हो, गुलाबी रंगत लिए यह 'चाँद की किरण'! उसी राजकुमार की राजकुमारी है, जिसका ज़िक्र इमरती ने ठाकुर के यहाँ की घटना बताते वक़्त किया था। उस अंदाज़ पर नीली आँखों की मोहर लगते ही, ख़ानदानी तहज़ीब की दिवानी दाखी! आनन्द से नाच उठी और उसने अपने दोनों हाथ आकाश की ओर उठा कर वहाँ बैठे इस ब्रह्माण्ड के स्वामी को अशेष नमन और धन्यवाद देने के बाद उस बच्ची को और भी कस कर अपनी छाती से चिपका लिया।

दाखी की जान वह बच्ची! बच्ची क्या थी, 'आफ़त का परकाला' थी। कहना कठिन था कि उसकी लम्बाई ज़्यादा बढ़ रही थी या उसकी अक़्ल? उसने न केवल अपनी उम्र के बच्चों से बहुत पहले करवट बदलना, आँखें स्थिर करना, किसी चल वस्तु के साथ-साथ आँखों को फ़िराना आदि सीख लिया था, बल्कि तीन महीने की होते न होते, उसके पके बिम्बा फल-से ललछौंहे गुलाबी होंठों के बीच से, नीचे के मसूढ़े पर दो और ऊपर के मसूढ़े पर दो दाँत, मोती के दानों-से झाँकने लगे थे। इतनी जल्दी दाँतों के आ जाने से डरी दाखी को अनुभवी बनजारन धन्नो ने समझाया: ''अरी कमबखत! तुझे पता ना है, कि कई बार तो बच्चा दाँत लेकर ही पैदा हो जावै है और भाण, (बहन) इत्ती जल्दी दाँत आणा इस बात का भी 'परचा' है कि इस छोरी की हड्डियों मै दम है, अर इसका घर-घरियाना मजबूत है।'' दाखी को उसने यह भी बताया कि मूँगा सरदार मारे लाड़ के दाखी को जो इतना बंसलोचन, बादाम, दूध आदि खिलाता-

पिलाता रहता है, उसकी वजह से भी इस बच्ची की 'सोरठ' (देहयष्टि) इतनी अच्छी है कि यह देखने में अपनी उम्र से दूनी लगती है।

उसके इतने लम्बे-चौड़े 'बखान' सुनते ही दाखी ने घबरा कर कहा : "धन्नो बेबे! तू पैह्‌ले तो इस लड़की पर थू-थू करके अपनी नजर नै रोक अर बाद मै इसकी 'णूण-राई' (नज़र का टोटका) करकै उसनै चूल्हे मै डाल कर देख कि उसमै सै लपट उठै है या 'धाँस'। जै लपट उठै तो समझ लैंगे कि नज़र थी, नहीं तो 'धाँस' के धुएँ में थोड़ा सा खाँस-खूँस लेंगे, पर धन्नो बेबे! अब इसकी नजर तो उतारनी ही पड़ेगी।"

दाखी की चिन्ता से सहमत धन्नो ने तुरन्त अपनी मुट्‌ठी में नमक, मिर्च और राई ली और उसे उस 'चंचला देवी' के ऊपर घुमाने के लिए आगे बढ़ी, पर वहाँ कौन किसकी नज़र उतारता? जैसे ही धन्नो उस 'आफ़त' के मुँह के सामने हाथ लाती! वह महारानी खिलखिल करती हुई दोनों हाथों से उसकी मुट्‌ठी पकड़ लेती, और इस डर से कि कहीं मिर्च उसकी आँख में न गिर जाए धन्नो अपनी मुट्‌ठी दूर कर लेती। धन्नो जितनी सावधानी बरत रही थी, वह ज़रा सी छोकरी उसे उतना ही हैरान कर रही थी। मन ही मन झुँझलाती हुई धन्नो अपनी 'झुँझल' उतार भी नहीं पा रही थी, क्योंकि दाखी लगातार उसे ही दोष दिए जा रही थी: "क्या धन्नो बेबे! तुझसे तो ज़रा सा काम भी ठीक सै न हुआ।" धन्नो को 'झाल' तो ऐसी आ रही थी कि सब कुछ पटक-पटका कर वहाँ से चल दे, पर उस दमकती किरण के आकर्षण ने उसे मंत्रबिद्ध कर रखा था।

सावन-भादों की बेल की तरह ही वह अजूबा लड़की भी बढ़ती जा रही थी। उसे देख कर ऐसा लगता था कि जैसे उसकी बुद्धि! और उसके शरीर पर समय का कोई वश ही नहीं था। तो क्या इस 'देवी' ने काल को भी अपने मोहपाश में जकड़ कर उसे बंदी बना लिया था?

"हे राम! मरी मैं तो! अरेऽऽऽ कोई बचाओ रेऽऽऽ! हे बिणजारी माता! रच्छा करोऽऽऽ!" के आर्त्तनाद ने उस पूरे टाँडे में कोहराम मचा

दिया था। 'टाँडे' के सारे लोग आवाज़ के सहारे खिंचे हुए तेज़ी से सरदार के तम्बू की ओर भागे और तम्बू के पर्दे को उठाते ही जहाँ के तहाँ पत्थर-से खड़े रह गए। सबने फटी आँखों से देखा कि : 'एक खूबसूरत बला' ज़मीन पर पड़ी, अपने चारों दूधिया दाँत दिखा कर खिलखिल करती हुई, अपने दोनों हाथ बढ़ा-बढ़ा कर फन फैलाए हुए एक विशालकाय नाग से खेल रही है। इस खेल में उसकी किलकारियाँ इतनी तेज़ थीं कि शायद वे एक बड़ी उम्र के आदमी को भी भारी पड़तीं।

दाखी और धन्नो की आँखें और साँसें! अब उनके सिरों पर जा चढ़ी थीं और एक ख़नकती खिलखिल हँसी के सिवा वहाँ! एक गहरा सन्नाटा छाया हुआ था।

जानवर की छठी इन्द्रिय प्रबल होने के कारण उस नागराज को ख़तरे का आभास हो गया था, इसलिए वह उस बीन-सी हँसी का मोह छोड़ कर धीरे-धीरे सरकता हुआ तम्बू के पिछले हिस्से से बाहर निकल गया। उस नागराज के बाहर निकलने के साथ ही तम्बू में कोलाहल मच गया। दाखी ने लपक कर बेटी को छाती से चिपका लिया और बुक्का फाड़ कर ज़ोरों से आकाश गुँजाती हुई रोने लगी। लोग उसे समझा रहे थे : "अरी बावली! तू क्यूँ रोती है? तेरी बेटी तो साच्छात् लिछमीजी है, जिसका दरसन करने सेसनाग ख़ुद आए थे।" लेकिन इस बात से राजी होने की जगह बौराई हुई दाखी चीख़ कर बोली : "बकवास बंद करो! अरेऽऽऽ जै मेरी बेटी कै कुछ हो जाता, तो मुझ अभागन का, तो कालजा (दिल) ए फाट जाता रेऽऽऽ।"

अधपागल-सी दाखी कभी आकाश की ओर देख कर 'निरदैया, र निरदैया' कह कर ऊपर वाले को कोस रही थी, तो कभी जमीन पर सिर पटक-पटक कर कलप रही थी कि अचानक उसकी सारी क्रियाएँ मूर्तिवत स्थिर हो गईं। वजह? इस हंगामे का कारक-तत्त्व वह बच्ची! दाखी की लुगड़ी को अपने छोटे-छोटे हाथों में पकड़ कर डगमग करती हुई उसकी

गोद में आकर खड़ी हो गई थी और दाखी के काजल फैले मुँह और आँखों में अपनी अँगुलियाँ घुसा रही थी।

पीड़ा के उस चरम उठान में भी उस बच्ची की इस आश्चर्यजनक हरक़त ने दाखी में प्राणशक्ति संचारित कर दी, और वह सब कुछ भूल कर उसे 'मेरा बच्चा! मेरी जान! मेरा राजकुमार! मेरी परी!' आदि कहती हुई लगातार चूमने लगी।

तब तक मूँगा भी तम्बू में आ गया था। उसके आते ही जब वहाँ 'छिड़' होने लगी, तो उसने सबको रोक कर कहा : "भाई लोगो! आप सब तो जाणौ ही हो कि ये मेरा 'मंगूस' नेवला है, जिसे आप सब सदा मेरे साथ देखते रहे हो, पर आज मैने बिचार लिया है कि अब से यह 'रामभतेरी' की रच्छा के लिए एक छाया की तरह उसकै पास रहेगा।"

कोई कुछ नहीं बोला, पर यह नाम सुन कर लोगों में फ़ुसफ़ुसाहट होने लगी। दाखी से रहा नहीं गया और उसने दुखी स्वर में कह दिया: "सरदार, 'रामभतेरी' भी कोई नाम हुआ? आज कल तो अपन लोगों में भी एक से एक नए नाम होने लगे हैं।"

"दाखी! शायद तुझे पता नहीं है कि तेरी 'पड़नानी' का नाम भी 'रामभतेरी' था। वह न केवल अपने टाँडे की सरदारन थी, बल्कि उसकी काठी ऐसी सख़्त थी कि दूर-दराज़ के डाकू तक उससे खौफ़ खाते थे। यह सब सोच-समझ कर ही मैंने तेरी बेटी को यह नाम दिया है, आगे जैसी तेरी मरजी!" मूँगा की बात ख़त्म होने के पहले ही उसका वफ़ादार कुत्ता शेरू भौंक-भौंक कर आसमान सिर पर उठाने लगा, तब मूँगा ने झुक कर उसके कान में कोई ऐसा 'मंतर' फूँका कि वह दौड़ कर रामभतेरी के पास जाकर उसे चाटने लगा। उसके ख़ूँख़ार चेहरे से अच्छे-अच्छे भय खाते थे, पर वह 'बजराक' (वज्र जैसी) छोकरी! उसकी जीभ के स्पर्श से आह्लादित होकर अपने हाथ-पैरों को ज़ोरों से पटकती हुई उससे चिपटने की चेष्टा करती दिखी।

कभी मोरों से घिरी, तो कभी शकुन पक्षियों के डैनों के नीचे सोई, तो कभी गायों के 'ठाण' में गोबर और घास-फूस से सजी 'वनदेवी'-सी लगती रामभतेरी दिन-दूनी रात-चौगुनी बड़ी होने लगी। अभी वह दस वर्ष की भी नहीं हुई थी कि टोली की बड़ी-बड़ी लड़कियाँ भी उसे 'बॅहिनी' पुकार कर बड़ी बहन का दर्जा देने लगीं। हालाँकि उसका लचक खाता इकहरा बदन! और 'हाथ लगे सै मैला होवै' ऐसा रंग! उसे सबसे श्रेष्ठ घोषित करता रहता, पर वह अपना बाल-सुलभ मन और बच्चों-सी हँसी लिए सबकी दुलारी बनी रहती। जब उसे इस बात का तनिक भी ज्ञान ही नहीं था कि वह इतनी रूपवती है, तो फिर उसे अपने रूप का गुमान कैसे होता? वह तो मस्त हिरणी-सी इधर से उधर कुलाँचे भरती रहती और नटनियों के सारे करतब, नाच और गीत, तुरन्त सीख लेती।

गज़ब तो तब हुआ जब एक बार उसने आमेर के किले की ऊँची दीवार की 'डोली' (मुंडेर) के ऊपर, दोनों छोरों पर दो बाँस खड़े करवा दिए और उनके बीच बँधी रस्सी पर, वह अपनी दोनों 'पगथलियों' को संतुलित कर हाथ में पतली बाँस की डण्डी लिए हँसती-हँसती चलती हुई उसे पार कर दूसरे छोर पर पहुँच गई। ऊपर 'बारादरी' में बैठे राजा साहब ने जब उसका यह करतब देखा, तो उनका कलेजा मुँह को आ गया और वे दोनों हाथों को ऊपर उठाए हुए लगातार उसकी सलामती की दुआ करते रहे। यद्यपि वे यह करतब पहले भी कई मर्त्तबा देख चुके थे, पर एक सुकोमल कली का इतनी ऊँचाई पर इस तरह अपनी जान को जोखिम में डालना उन्हें बिलकुल नहीं सुहाया। उसका करतब ख़त्म होते ही उन्होंने अपना नौलड़ा कंठा उस पर 'वार' कर मूँगा को देते हुए कहा : "सरदार! तुम यह ख़तरनाक क़रतब इस बच्ची से मत करवाया करो। तुम्हें पता नहीं है कि यह कितना क़ीमती जवाहरात है, जो तुम्हें अपने पिछले जन्म के 'पुण्य-प्रताप' के कारण अनायास ही मिल गया है, वरना इसकी सही जगह तो सल्तनत की मलिका का सिंहासन है।"

इतना कह कर राजा साहब ने रामभतेरी के सिर पर हाथ फेर कर उसे ढेरों आशीर्वाद दिए। मूँगा ने राजा साहब के कहे वचनों को मन ही मन अपने तक ही रखने की कसम खाई और उस कोमलांगी के सुख के लिए, आने वाली गर्मियों के पहले ही माउन्ट आबू की ओर यात्रा करने की योजना बनाने लगा।

उसने 'टाँडे' के सारे तम्बुओं के बाशिन्दों को इकट्ठा करके कहा : ''भाइयो! जैसलमैर के इस पड़ाव से अब अपन को आगे बढ़ना चाहिए। यदि सबको जचैं तो अपन उदयपुर, रणकपुर और नाथद्वारा में रोजगार करते हुए माउन्ट आबू में डेरा डाल लें। खबर है कि गर्मियों में वहाँ दुनिया भर से 'सैर-सपाटिया' लोग आते हैं, इसलिए वहाँ अच्छी कमाई होने का 'बानक' बन सकता है। जब अपना पेट वहाँ से भर जावैगा, तो अपन वहाँ से गुजरात की ओर चल पड़ेंगे। क्या तुम सबको यह विचार जँचता है?'' मूँगा से अपनी मनभाती बात सुन कर सब ख़ुश हो गए और एक सुर में जोर से बोले : ''हाँ सरदार! एकदम 'बरोबर' है।''

उनका उत्तर सुन कर आह्लादित मूँगा ने जोश में भर कर कहा : ''शेरो! तो फिर करो 'तय्यारी' आगे बढ़ने की।''

बनजारों का तो काम ही ठहरा, लगातार चलते रह कर 'बिणज' (व्यापार) करना, इसलिए 'टाँडे' की भाँति-भाँति के काम और करतबों के लिए लोग अपने बंदर, भालू, साँप, गाय, भैंस, मुर्गी, बत्तख, भेड़, बकरी और कुत्ते के अलावा भी और कई तरह के 'डाँगरों' (जानवरों) और पक्षियों को बटोरने में लग गए। बैलों की मालिश होने लगी, उनके सींगों को रंग कर उनका सजावटी सामान ढूँढा जाने लगा, ऊँटों के 'गोरबंद' (घंटीदार माथे का साज) गूँथे जाने लगे, बैलगाड़ियों के पहियों की मज़बूती को पक्का किया जाने लगा, घुंघरुओं की मरम्मत कर उन्हें कपड़ों पर सिला जाने लगा, पेटी-बाजे के सुरों की जँचाई होने लगी, तबले और ढोलक के चमड़ों को कसा जाने लगा, 'रावणहत्था' के तारों

को 'रेगमाल' क़ागज़ से घिस कर उनकी जंग छुड़ाई जाने लगी, उसके ग़ज़ के बालों को बदल कर नया किया जाने लगा, नए तम्बू बनाए जाने लगे, पुराने तम्बुओं की मरम्मत की जाने लगी, 'खाती' (बढ़ई) सामानों को नई जगह ले जाने के लिए 'सुराही' रखने के खाँचों के साथ ही और भी तरह-तरह के 'खाँचे' बनाने लगे। लुहार, हथौड़े और कील-काँटिया गढ़ने में जुट गए, तम्बू बाँधने के मोटे रस्से बँटे जाने लगे, औरतें 'कब्जों' (ब्लाउज) को काँच और चीड़ों से सजाने लगीं, अपने लहँगे और लुगड़ी की 'बाँधनी' को कत्थे और लोहे से बने गहरे कत्थई रंग में डुबो कर वे अपने नए-पुराने 'पहरान' सँवारने लगीं। आज 'टाँडे' की चहल-पहल का तो कोई ठिकाना ही न था। हर आदमी मस्त होकर काम में ऐसा रमा हुआ था मानों उसे 'कारूँ के ख़जाने' का पता मिल गया है, जिसे वह पूरी तरह सज-धज कर निकालने जा रहा है।

आम तौर पर घुमन्तू जनजातियाँ पेट के लिए ही भ्रमण करती हैं और यह 'घुमक्कड़ी' उन्हें माँ के पेट से ही मिल जाती है, इसलिए वे रोज़गार मिलते रहने के बावजूद एक ही जगह से 'अकता' (ऊब) जाते हैं। इस बार मूँगा के 'टाँडे' का जैसलमेर प्रवास कुछ लम्बा खिंच गया था, इसलिए नई जगह जाने का नाम सुनते ही, वे सब! ऐसे 'हरे' हो गए, जैसे अचानक वहाँ झमाझम बरखा ने बरस कर, चारों ओर नर्म-सी हरियाली बिछा दी हो।

'रामभतेरी' उदयपुर, रणकपुर, नाथद्वारा होते हुए माउन्ट आबू की दिसावरी की कल्पना मात्र से ही 'फिरकी'-सी नाचती घूम रही थी। गोल-गोल चक्कर खाती उसकी नरम डाल-सी लचकती देह कभी एक तम्बू के बाहर चमकती, तो कभी किसी दूसरे तम्बू के। उसकी चपल चंचलता को देख कर दाखी को याद आया कि आख़िर यह वही तितली तो है, जिसने चलना सीखने के पहले ही दिन पूरे 'टाँडे' के इतने चक्कर लगाए थे कि उसकी दोनों 'पगथलियाँ' सूजन से फूल कर 'कुप्पा' हो गई

थीं और पैर टीसें मारने लगे थे, लेकिन फिर भी उसका चलना थम नहीं रहा था। अन्त में दाखी ने भायलियों की मदद से उसे पकड़ा था और उसे 'जेवड़ी' (रस्सी) से बाँध कर उसके पैरों की मालिश और नमक के सेंक से सिंकाई की थी।

वैसे तो दाखी को अपनी बेटी की बात की तह में घुस कर उसकी जानकारी प्राप्त करने की 'कौतूहली' आदत बहुत पसन्द थी, पर उसका बेबात ही हरेक की 'पंचायती' में घुस जाना, उसको भारी लगता था। उसने 'रामभतेरी' को सैकड़ों बार समझाया : ''बेटा! तू क्यूँ हरेक की बला अपने सिर ले लेती है?'' पर कभी 'चिकने घड़े पर पानी ठहरा हो, तो उस बन्दी! पर भी कोई असर होता?' वह महारानी! दाखी को दिखाने के लिए उसका 'अ' से लेकर 'ज्ञ' तक का पूरा भाषण अपनी गरदन हामी में हिलाते हुए सुनती रहती, पर जैसे ही उसका उपदेश ख़त्म होता रामभतेरीजी तो! 'ये ज्जा! वो ज्जा।' इतना ही नहीं, उसकी सारी मनमानियाँ भी ज्यों की त्यों शुरू हो जातीं और वह 'वही घोड़े, वही मैदान' वाली कहावत को पूरी तरह चरितार्थ करने लगती।

'झख' मार कर दाखी ने मूँगा के दरबार में गुहार लगाई। मूँगा ठहरा 'टाँडे' का सरदार! जन-जन की धरती और आसमान का पारखी! उसने पहले तो दाखी की सारी शिकायतें ध्यान से सुनीं और फिर गम्भीरता से बोला : ''दाखी! आज सै जाण लै कि इस धरती पर हरेक जीव अपणी तरहाँ का 'न्यारा' होवै है। अरे बावली! तेरी या छोरी तो अपणै पच्चासाँ 'देई देवता' और 'बिणजारी माँ' की सारी अक्कल ओर 'सक्ती' (शक्ति) लेकर जनमी है, पर आपाँ घर का 'जोगी-जोगड़ा' की तरियाँ ई इस छोरी की 'कूब्बत' (क़ूवत) समझ नहीं पाए। भागवान, मन्नै आमेर के 'श्याणे' (सयाने) राजा साहेब नै इसकी बाबत आछी तरियाँ समझा दिया है। दाखी! तू तो धरती माता नै 'चुचकार' (धन्यवाद दें) कि तन्नै बिना मोल कै इस्सी अनमोल चीज दे दी ओर देख, आगै सै ध्यान रहवै कि जदि कोई

दिन 'भतेरी' का 'जी' (मन) जरा सा भी नाराज (दुखी) होया तो मेरै सै बुरो कोई ना होग्गो।''

अब दाखी के क्या दो सिर थे! जो वो चालीस परिवारों के 'टाँडे' के नायक मूँगा का कहा न मानती? उस दिन से उसने 'भतेरी' को न केवल टोकना बंद कर दिया, बल्कि वह उसके कहे एक-एक शब्द को ऐसे सहेज कर रखने लगी जैसे कोई 'बसरा' के मोतियों को सहेजता है।

अब क्या था? रामभतेरी के 'पौ-बारह' हो गए। अँधेरी रात में अकेले जंगल में घूमना, खण्डहर-किले में घुस कर भूत-भूतनियों को ढूँढ़ना, 'पटुओं' की हवेली में बिल्ली की तरह शरीर को सिकोड़ कर किसी छोटी आड़ में छिप बैठना आदि शरारतें उसके व्यसन-सी हो गईं। छुटपन से आज तक दाखी ने उसका मनोबल बढ़ाने के लिए उसे बनजारों और अन्य जातियों के जो बहादुरी-भरे कारनामे सुनाए थे, आजकल यह 'बला' हर जगह उनके अवशेष ढूँढती फिरती या ख़ुद को उनकी कसौटी पर कसती रहती।

यह सही था कि उसकी इन आदतों से किसी को कोई तकलीफ नहीं होती थी, पर एक 'नदीद' (तरसती) माँ के 'हिये' का क्या हो (?) जो हर क्षण साँसत में फँसा रहता था। दाखी ने ख़ैर मनाई कि अब वे लोग यहाँ से जा रहे हैं और हो सकता है 'बिणजारी माँ' की कृपा से 'यह लड़की' उस नए प्रवास में कुछ सुधर जाए।

उसी रात दाखी ने मूँगा से पूछा : ''सरदार, अबकी बार 'माउन्ट आबू' का विचार कैसे किया?'' मूँगा का उत्तर सुन कर दाखी अवाक् रह गई और उसकी यह आशा कि वहाँ 'रामभतेरी' सुधर जाएगी, पूरी तरह ख़त्म हो गई। मूँगा ने कहा : ''किसी से कहना नहीं, पर मैनै ध्यान दिया है कि यहाँ की गर्मी की 'काली-पीली' आँधी मै रामभतेरी एकदम बेहाल हो जावै है। अपन सब तो कपड़ा लपेट-लपटा कर बंद तम्बू में बैठे, 'रेत की नदी' से ऊपर सै नीचे तक न्हाते रहते हैं, पर या छोरी तो घड़ी भर

भी तम्बू मै टिकती नहीं। सो ये सारी बातें सोच कर ही मैनै अबकी बार माउन्ट आबू का बिचार किया है।''

''सरदार! हद्द हो गी, इस्स जरा सी छोरी कै लियै इत्ती उठा-पटक?''

''बाबली! या छोरी मेरी आँख का तारा ए नही, मेरी जान है जान। समझ लै कि मैनै या 'ज्हमत्' (ज़हमत) निज कै लिए ही करी है।''

दाखी ने सरदार को गौर से देखा! उसकी बातों की सच्चाई को तौला! और इसे अपना 'धणभाग' (सौभाग्य) मान कर आकाश की ओर हाथ जोड़ दिए।

इतने में ही उस तम्बू में 'माँ ऽऽऽ ऐ माँऽऽऽ' की आवाज़ गूँजी और रामभतेरी ऊपर से नीचे तक गोबर से पुती हुई दाखी के सामने आ खड़ी हुई। अपने माथे पर दोहत्थड़ मार कर दाखी उसे खींच कर तम्बू के बाहर वाले कुँए पर ले गई और उसे मारने को उठे हुए अपने हाथ को सरदार मूँगा के डर से वहीं रोक कर उसे नहलाने लगी।

दाखी के इस बदलाव से रामभतेरी की बड़ी-बड़ी आँखों में अचरज छा गया और वह लाड़ में आकर कहने लगी : ''माँ! मैंने आज 'प्यारी' की गाय के 'बाछी' जणवाई। माँ, क्या तूने भी मुझे ऐसे ही जणा था, जैसे आज 'प्यारी' की भूरी गाय ने बाछी जणी है?''

दस बरस की छोरी की ये आकाश-नापती बातें सुन कर दाखी मूंगा के वचन भूल गई और उसने खींच कर एक 'रैपटा' (थप्पड़) रामभतेरी के जड़ दिया।

अपने कसूर से अनजान रामभतेरी हक्की-बक्की 'भाठा'-सी (पत्थर-सी) पलक झपकाए बिना एकटक दाखी को देखती रही। बचपने से सराबोर उसकी मुखमुद्रा देख कर दाखी जड़वत हो गई और मिनट भर बाद ही उसने उसे अपनी छाती से चिपका लिया और फूट-फूट कर रोती हुई 'आँडे-बाँडे' बैण बोलने लगी : '' र मेरा हाथ टूट जावै रै! हे भगवान,

मैनै माफ करना जी! हे मेरी राजकुँवरी! इस मूरख माँ नै माफ कर दै बेटा!''

इस एक साधारण से 'चट्टू' पर माँ की ऐसी हालत देख कर रामभतेरी का अचरज बढ़ता जा रहा था। अन्त में सादे मन की रामभतेरी ने सारी घटना को परे सरकाया और दाखी के गले से झूल कर, उसे राज़ी करने के लिए पूछने लगी: ''माँ! उदयपुर कैसा है?''

बेटी की इस 'मरहम' से दाखी की बाँछें खिल गईं और उसकी उदारता से खुश होकर उसने उसे कस कर अपनी छाती से चिपका लिया।

दूसरे दिन सुबह-सकारे ही ऊँटों और बैलगाड़ियों पर सामान लाद कर एक लम्बा-चौड़ा जुलूस, जैसलमेर को विदाई के गीत सुनाता हुआ, ढोल-ढमाकों के शोर, गोरबंदों की झनन-झनन और बैलों की घंटियों की रुनझुन के साथ 'टीबों' (रेत के टीले) के बीच के रास्ते पर ऐसे 'रुआब' से आ खड़ा हुआ, मानों राजा इन्दर की बारात सजी खड़ी हो।

सबसे आगे खड़े ऊँट पर से रामभतेरी ने जैसे ही आगे बढ़ने का झंडा फहराया, ऊँटवान ने तुरन्त तुरही बजा दी और उसके साथ ही लम्बा-चौड़ा लाव-लश्कर लिए हुए वह कारवाँ 'माउन्ट आबू' की ओर बढ़ चला।

'रामभतेरी' को नई जगह का चाव तो बहुत था, पर उसे जैसलमैर से विदा होना भी अच्छा नहीं लग रहा था। वह ऊँट पर से कभी पीछे लटक कर कोई 'हेली' (हवेली) देखने लगती, कभी बाएँ-दाएँ से 'अरे ओ बनवारी!', 'ऐ जगदीसिया!' पुकार कर उन्हें हाथ हिलाती हुई दिखती। उसके ये लटके-झटके देख कर मूँगा गुस्सा होना तो दूर, उस पर 'मोधा' (मुग्ध) हुआ जा रहा था कि तभी ऊँट एक ऊँचे और 'घेर घूमेर' पेड़ के नीचे से गुज़रा। ख़ूब घना होने के कारण उस पेड़ की डाल और पत्तियाँ मूँगा और रामभतेरी के सिर पर 'लटूमने' (झूमने) लगीं। तभी एक मोटी डाल देख कर मूँगा ने अपना सिर एकदम नीचे झुका लिया, पर उस

'अचपली' रामभतेरी ने मुँह पर से पत्तों को हटाते हुए उस मोटी डाल को दोनों हाथों से पकड़ लिया और ऊँट उसी क्षण आगे की ओर बढ़ गया। होनी का करिश्मा देखिए; वह तन्वंगी कन्या! उस डाली से लटकी ऐसी शोभित होने लगी, जैसे पत्तों के बीच की एक डाल फूलों से भर गई हो। पर इस दृश्य से मूँगा 'सुन्ना' (शून्य) होकर सफ़ेद पड़ गया, पर उस आपात्काल में बिना होश गँवाए उस कलाकार मूँगा सरदार ने निमिष मात्र में ही एक ख़ास पैंतरे से ऊँट को वापस उस डाल के नीचे ला खड़ा किया और हल्के हाथ से रामभतेरी से डाल छुड़वा कर उसे वापस ठीक से गद्दी पर बैठा लिया। मूँगा ने सारा काम इतनी फुर्ती से किया कि किसी को रामभतेरी की इस कारस्तानी की भनक तक नहीं पड़ी, वरना यात्रा की शुरुआत में ही वहाँ कोहराम मच जाता।

जो स्थिति एक बच्चे की डर से जान निकाल सकती थी, उसी में फँसी रामभतेरी नाम की इस दस साल की लड़की की हँसी के फव्वारे ऊँट की गद्दी पर बैठ जाने के बाद भी थम नहीं रहे थे। जान की जोख़िम से भरा उसका यह करतब देख कर सख़्तजान मूँगा भी सहम गया था, इसलिए उसने उसे अपने दोनों हाथों में जकड़ कर बैठा लिया था, साथ ही ऊँटवान को भी कड़ी हिदायत दे दी कि वह इस बात का ज़िक्र किसी से न करे।

सब कुछ जँचा लेने के बाद जब उसने रामभतेरी के सिर और मुँह पर प्यार से हाथ फेरा, तो रामभतेरी ने अपना मुँह उसकी छाती में घुसा कर धीरे से कहा : "बापू! गलती हो गई।" उसके इतना कह देने मात्र से ही मूँगा ख़ुशी से भर गया और बोला : "बेटा! कोई खास बात ना है, मैं भी बचपन में ऐस्सा ही कर चुका हूँ।"

यह सच था या झूठ ये तो राम जी जाने! पर मूँगा का इतना कहना भर था कि रामभतेरी और मूँगा की ज़ोरों की हँसी आसपास के लोगों तक जा पहुँची, और बात बिना जाने ही 'टाँडे' के सारे लोग भी एक–दूसरे को देख कर बेबात ही हँसने लगे।

ऊँट के कूबड़ पर जचाई हुई गद्दी पर बैठी रामभतेरी! 'मल्हारे' लेकर चलती ऊँट की चाल को 'डोलर हिंडा' (काठ का झूला) मान कर, मुँह से 'हुम्मा-हुम्मा' की लहरदार आवाज़ें करती हुई ऊपर-नीचे होती उस सवारी का पूरा मज़ा ले रही थी। पर यदि रामभतेरी ऊँट की उछाल से ज़्यादा उछलना और नीचान से ज़्यादा नीचा जाना न करती! तो फिर वो क्या ख़ाक़ रामभतेरी होती? अनुशासक माँ की अनुपस्थिति और लाड़ले बाप की मौजूदगी की वजह से वह मस्ती में ख़ूब इतरा रही थी, लेकिन उस पर नज़र रखे हुए मूँगा की जान कंठ में अटकी हुई थी। हालाँकि उस पहले दर्जे की शरारती लड़की पर उसे ज़रा भी भरोसा नहीं था, पर उसकी आँखों पर 'भतेरी-मोह' का ऐसा पर्दा पड़ा रहता था कि वह उसे डाँटना तो दूर, ज़ोर से 'बरज' तक नहीं पाता था; इसलिए उसने ख़ूब सोच-समझ कर नज़र न आए, ऐसी चौकसी के साथ सब कुछ इतना चाक-चौबंद कर दिया था कि वह 'शैतान की ख़ाला' किसी भी जोखिम को निमंत्रण देने में असमर्थ थी। हालाँकि वह प्रवीण चतुर भतेरी! उसकी सारी भीतरी चालों को समझ गई थी, पर अपने बापू की इस प्रेम पगी कारीग़री पर वह ऐसी मुग्ध हुई कि उसने उसके लाड़ से 'उमग' कर मूँगा को ज़रा सा भी तंग न करने का निर्णय किया! पर क्या ऐसे किसी भी निर्णय पर टिके रहना उसके वश में था? जैसे ही उनका क़ाफ़िला 'पोखरण' के जंगलों से गुज़रने लगा, अचानक रामभतेरी के कानों में दूर से आते तार-सप्तक पर सधे सुर गूँजे। बचपन से ही सुरों की दीवानी रामभतेरी ने

जैसलमेर में 'लांगा' और 'मांगणियार' का गाना, खड़ताल वादन और कालबेलियों का नाच! ख़ूब देखा और सीखा था; पर उस बियाबान जंगल के बीचों-बीच किसी 'ढाणी' (छोटे आकार का घर) से आती यह स्वर-लहरी एकदम अनूठी थी। ऐसा लग रहा था जैसे कोई नवयौवना प्रियतम के विरह से कातर होकर उसे पुकार रही है... 'केसरिया बालमऽऽ आओ नी पधारो म्हारै देस'। इस गीत की 'स्थायी' ने ही रामभतेरी की जान निकाल दी थी कि आगे का दर्द भरा 'अंतरा' सुनते ही वह तो एकदम बेबस हो गई और उसने धीमी गति से चलते ऊँट पर से नीचे 'डाक' (कूद) मार दी। ख़ैरियत थी कि उसके पैर बालू के एक 'टीबे' (टीला) पर पड़े, वरना भगवान जाने उस सुकोमल बाला का क्या हश्र होता?

रामभतेरी का ऊँट से कूदना था कि मूँगा की ज़ोरदार हुंकार से ऊँट वहीं का वहीं खड़ा हो गया। मूँगा जब तक उसे बिठा कर उस पर से उतरता! तब तक तो वह महामाया 'दड़ा-छंट'-सी (अंधाधुंध) उस मीठी आवाज़ की सीध में भागी जा रही थी। उसके चेहरे पर आई बाल की लटें ऊपर की ओर उड़ कर आकाश छूना चाह रही थीं। घनी केशराशि से गुँथी उसकी लहराती चोटी उसके चाँद-से चेहरे को अपने में बाँधे हुए थी। उसका संकुचित वक्षस्थल, क्षीण कटि और नर्म कदली स्तम्भ-से पैर! रामभतेरी को उस प्रकृति के ही एक अंग के रूप में स्थापित कर रहे थे। वह हाड़-माँस की लड़की हवा से भी हल्की होकर उड़े जा रही थी, उड़े जा रही थी! और देखने वाली आँखें यह निर्णय नहीं कर पा रही थीं कि क्या स्वयं 'हवा' ही तेज़ गति से उड़ी जा रही है! या कोई वायवीय माया?

मूँगा ने कुछ दूर तक तो उसे पकड़ने के लिए तेज़ दौड़ लगाई; फिर यह सोच कर कि सरे-साँझ वह कहाँ खोएगी(?) वह तेज़ चाल से उसके पीछे-पीछे चलने लगा। मूँगा जब उस 'ढाणी' के नज़दीक पहुँचा, तो एक

वशीकरण मंत्र-सी मीठी आवाज़ के वशीभूत होकर उसने उस ढाणी में धीमे से घुस कर देखा कि रामभतेरी निश्चल मूरत-सी एकटक एक प्रौढ़ा महिला को ऐसी दृष्टि से देख रही है, जैसे वह उनके गायन को अपनी आँखों से पी रही हो! निःशब्द! अपलक!

विचित्र था वह दृश्य! उस ईंट-माटी के घर में तीन प्राणी मौजूद थे, पर ऐसा लग रहा था, जैसे वहाँ कोई न हो और वह आवाज़ किसी और ही लोक से आ रही हो। जब मूँगा जैसा हक़ीक़ी अपढ़ बनजारा! वहाँ काष्ठवत होकर स्तब्ध खड़ा था, तो संवेदनशील आर्द्रता से लबालब भरी भतेरी का क्या होना था? बिना कुछ जाने-समझे ही उस ज़रा सी लड़की की आँखों से आँसू बहे जा रहे थे और ऐसा लग रहा था कि वह अपनी वाणी ही नहीं, कान और आँखों को छोड़ कर बाक़ी की सारी इन्द्रियाँ भी खो चुकी है।

शाम का झुटपुटा गहरी रात में बदल गया! आकाश के झिलमिलाते तारे! जुगनुओं के 'भेस' में उस घर में जहाँ-तहाँ एकदम स्थिर टँक गए! हवा ने अपनी गति मद्धिम कर ली! चाँद भी ऐसा चुप्पा-सा उगा कि किसी को ख़बर तक न हुई! वहाँ तो मात्र 'स्वर' की सत्ता का साम्राज्य था! और उसमें वह पूरा दृश्य ज्यों का त्यों बर्फ़-सा जम गया था।

अचानक उस घर के आस-पास कई लोगों की आवाज़ में 'रामभतेरी! रामभतेरी!' नाम गूँजने लगा। वैज्ञानिक तथ्य है कि ध्वनि का अपना कंपन होता है और जब वह 'कंपन' सरसराहट का जामा पहन कर आहिस्ता से उस घर में आ घुसा, तब अपनी एकान्तिक एकाग्रता में तल्लीन उन देवी स्वरूपिणी प्रौढ़ा ने चौंक कर आँखें खोलते हुए पास रखे एक बड़े दीपक को जलाया और इस आकस्मिक दृश्य-हस्तक्षेप से हतप्रभ होकर अपनी विस्मयकारी आँखों से उस स्थिति का जायज़ा लेने लगीं। इसके पहले कि वे कुछ कहतीं! उन्हें रामभतेरी उनके चरणों में लोटती दिखाई दी।

रामभतेरी को ऊपर उठा कर जब उन्होंने उसे दीये के प्रकाश में देखा, तो वे उसके अद्वितीय रूप–लावण्य और सच्चेपन की शुभ्रता पर न्यौछावर हो गईं। उन्हें लगा जैसे वे इस बच्ची की कई जन्मों से प्रतीक्षा कर रही थीं, क्योंकि उन्होंने जब उसकी चिबुक ऊपर उठाई, तो रामभतेरी ने पहले तो अपनी कमल–सी आँखों को घबराहट के कारण बन्द कर लिया; और बाद में जब उसने सद्य–प्रस्फुटित कमल की पंखुड़ियों की तरह धीरे से अपनी आँखें खोलीं, तो 'गुलाबबाई' को उसकी आँखों में अपना बचपन! अपना कैशोर्य! अपना कौमार्य! अपना भोलापन! सब! अपनी ओर एक आश्चर्यजनक ढंग से यों देखता नज़र आया; गोया वे किसी जादुई दर्पण में अपनी ही प्रतिच्छवि देख रही हों। साथ ही उन्हें यह भी लगा जैसे यह दर्पण उनके वर्तमान को ही नहीं! उनके अतीत को भी प्रतिबिम्बित कर रहा है...

''गुलाब बेटा! कहाँ थीं आप? मैं आपको घंटों से बुला रही हूँ।'' स्वर कलकत्ता की प्रख्यात गायिका अंगूरीदेवी का था।

''अम्मी जान! हम तो यहीं थे। बस अभी–अभी कस्तूरी ने कहा कि 'भई! या तो तुम! सारे दिन टें–टें करती हुई तानपूरे पर रियाज़ करती रहती हो, या किताबों में सिर घुसाए बैठी रहती हो। अरे दोस्त! कभी तो थोड़ा–बहुत बाहर भी आओ तो ज़रा उस अटारी पर चढ़ कर कुछ सरगोशियाँ कर लें', तो अम्मीं, हम उसके साथ ऊपर वाली अटारी पर चढ़े हुए थे।''

''हुँह! कस्तूरीऽऽऽ! मेरे कमरे में आना ज़रा। और 'गुलाबदेवी', आप कान खोल कर सुन लीजिए, अम्मा को किसी भी क़िस्म की गफ़लतबाज़ी पसन्द नहीं है। आपके इम्तिहान सिर पर हैं, इसलिए अब दिलो–जान से पढ़ने में जुट जाइए; खेल–तमाशों के लिए तो सारा जीवन पड़ा है।''

गुलाब ने उसी घड़ी ख़ुद को अपने पढ़ने की मेज़ के साथ क़ैद कर

लिया और कस्तूरी, रम्भा, माला में से कोई भी! वहाँ एक मिनट के लिए भी नहीं आई, आख़िर अंगूरीदेवी का पहरा यों ही थोड़े मशहूर था...''

गुलाबदेवी की माँ ने गायन को पेशा नहीं, सरस्वती की आराधना माना था। उन्होंने अपने आरम्भिक दिनों में एकाध 'बैठा-मुज़रा' ज़रूर किया था, पर बाद में वे सिर्फ शास्त्रीय संगीत की सभाओं में गाने लगी थीं। वे ख़ुद लखनऊ से थीं और एक बंगाली ज़मींदार के साथ विवाह करके उनकी द्वितीय पक्ष की भार्या बन गईं थीं, पर जब ज़मींदार बाबू ने उनके बाहर गाने पर, यहाँ तक कि रेडियो पर भी कार्यक्रम देने के लिए रोक-टोक शुरू कर दी, तो उन्होंने उनका पति पद लौटा दिया और स्वतंत्र जीवन-निर्वाह करने लगीं। वे चारित्रिक मर्यादा को सर्वोपरि मानती थीं, इसीलिए उन्होंने अपनी बेटी को भी ऊँची शिक्षा और उच्च संगीत की तालीम दिलवाई।

गुलाबदेवी ख़ूबसूरत तो बहुत थीं, पर उनका रंग अपनी माँ जैसा नहीं था कि छूते ही मैला हो जाए। उनके उजले रंग में लुनाई का उजास भरा हुआ था, पर ज़माने की निगाहों में वे साँवली ही थीं। गुलाबदेवी अपने रंग की वजह से हमेशा एहसासे-कमतरी से भरी रहती थीं कि एक दिन किसी दूसरे ही लोक से कार्तिकेय-सा सुन्दर एक राजकुमार आया...

'थप! थप! थप! थप!'

''कौन है?''

''मुसाफ़िर हूँ, अंगूरीदेवी के दर्शन के लिए बहुत दूर से आया हूँ; ज़रा उन्हें इत्तला कीजिए कि राजस्थान की 'सिवाणा' रियासत का ठाकुर उनसे गाना सीखने आया है।''

भक्त की ऐसी विनयी मनुहार से भला भगवान के पट कैसे ना खुलते? अंगूरीदेवी ने न केवल उसे दीक्षित किया, बल्कि अपना और अपने अन्य गुरुओं का सर्वस्व उलीच कर उसे गायन सिखाने लगीं। आख़िर जो बंदा सूरज उगने के पहले ही अपना नित्यकर्म सम्पन्न कर,

स्वयं को पूरी तरह गुरु को समर्पित करके एकनिष्ठ साधना में लग जाए, उस पर गुरु का निछावर होना तो स्वाभाविक ही है।

तालीम के समय, पर्दे के इस ओर गुलाब बैठती और दूसरी ओर नरपत सिंह। साल-दर-साल पर्दा बरकरार रहा, फिर पता नहीं वह कौन सी आँधी में! कब उड़ गया! और गुलाब नरपत सिंह के रूप पर ऐसी रीझी कि उसका तन-मन उसके कहे में न रहा; पर जब उसने अपनी अर्ज़ी अंगूरीदेवी की इज़लास में पेश की तो?...

''गुलाब, दिमाग़ ख़राब है तुम्हारा, जो अपने सुनहरे भविष्य को राजस्थान के 'टीबों' में दफ़्न करने जा रही हो?''

''अम्मी! मैं क्या करूँ, मुझे तो रात-दिन बस! वही दिखता रहता है।''

''बेटा! रूप तो 'चारी दिन' की चाँदनी है, पर ज़रा सोचो कि तुम वहाँ करोगी क्या? तुम्हारी पढ़ाई-लिखाई और गाने का क्या होगा?''

''अम्मी, घरवाला जहाँ साथ हो वहीं घर होता है। आप बेफ़िक्र रहिए, मैं बहुत ही सुकून की ज़िन्दगी जिऊँगी और वादा करती हूँ कि आपको ज़रा भी पछताने का मौक़ा नहीं दूँगी।''

पर माँएँ कभी समझती हों तो अंगूरीदेवी भी समझतीं? वे अपनी ज़िद पर अड़ी रहीं, और गुलाब अपने प्रेम पर! अन्त में अंगूरीदेवी के आठों तालों को तोड़ कर गुलाबदेवी उड़ गईं और सीधे 'थार मरुस्थल' की 'ढूंढो' की ढाणी! जो अपने नामी-गिरामी गायकों के लिए मशहूर थीं, की मुंडेर पर जा बैठीं। ठाकुर नरपत सिंह जी ने उनके इस बलिदान को अपने सिर-माथे पर लिया और कभी सपने में भी गुलाबदेवी का कहा नहीं टाला।

तभी दाखी पगलाई-सी हाथ में मशाल लिए वहाँ आई! उसका आना इतना धमाकेदार था कि वह स्थिर-शान्त वातावरण ज़ोरों से हिल गया और वे स्वर-साम्राज्ञी भी अपने अतीत से वर्तमान में लौट कर सबको प्रश्नसूचक दृष्टि से देखने लगीं।

दाखी ने मूँगा के कान में कहा : "सरदार! चलें?"

उसके इस प्रश्न से चौंक कर मंत्रमुग्ध मूँगा ने रामभतेरी की ओर देखा, जो गुलाबदेवी के पैर पकड़े आँखों से मूँगा से वहीं रुकने की भीख माँग रही थी। स्थिति की नज़ाकत को समझ, मूँगा ने सांत्वना-भरी हथेली से दाखी को धैर्य रखने का संकेत किया और ख़ुद एकटक गुलाबदेवी एवं रामभतेरी को ध्यान से देखने-परखने लगा।

चौदहवीं जमात पास, लखनवी तहज़ीब के सलीक़ों से वाक़िफ़, बचपन से जिन्दगी के दाँव-पेंचों का खेल देखती आईं गुलाबदेवी! पल भर में सारा माजरा समझ गईं। उन्होंने धीरे से उस कोमल कली-सी रामभतेरी को उठाया और उसके सिर पर हाथ रखने के बाद, अपनी साड़ी के पल्लू से उसकी आँखें और चेहरे को पोंछती हुई मद्धम लय से आगे बढ़ीं और उसे अपनी स्नेहार्द्र आँखों से देखते हुए कहा : "बेटा! तुम्हारा नाम क्या है?" कोयल के पंचम स्वर की कूक जैसी मीठी, पर साथ ही ऐसी गहरी-गम्भीर आवाज़, मानों कुएँ की अतल गहराइयों से आ रही हो रामभतेरी ने न सुनी थी, न जानी थी; वह अवाक्-सी! गुलाबदेवी के होंठों को देखती हुई यह टोहने लगी कि क्या सचमुच ये शब्द इनके ही मुँह से निकले हैं?

वैसे ग़लती रामभतेरी की भी नहीं थी। गुलाबदेवी के इस संक्षिप्त कथन में ही भाषा की लय, लचक, उच्चारण, बलाघात का आरोह-अवरोह, गायन की मुरकियाँ आदि तत्त्व इस तरह समाए हुए थे, जैसे यह प्रश्न स्वयं 'माँ सरस्वती' ने वीणा मिलाते-मिलाते उससे पूछा हो। रामभतेरी कुछ क्षणों तक भावाविष्ट-सी खड़ी रही, फिर उसने लुगड़ी का किनारा मरोड़ते हुए धीमे से जवाब दिया: "रामभतेरी।"

लेकिन यह क्या? यह निहायत भदेस नाम! गुलाबदेवी के कानों में ऐसा बजा मानों 'चिकारी' पर मिले हुए तानपूरे और सितार! दोनों के तार! एक साथ तार-सप्तक के 'सा' पर झंकृत हो गए हों। वे चमत्कृत थीं,

परमपिता की उस बेइन्तिहा देन पर, जो उसने इस बच्ची की झोली में भर दी थी। वे सोचने लगीं: ऐसा रूप! ऐसा लावण्य! ऐसी मिठास! ऐसी प्रतिभा! ऐसा स्वर! क्या कभी उन्होंने एक मनुष्य में देखा या सुना है? क्या यह मासूम-सी लड़की इन सारी काबिलियतों को अपनी नन्हीं-सी जान में समोए किसी और लोक से आकर 'थार' के इस बलुई इलाके में उनके सामने आ खड़ी हुई है? बनजारों में पूनम के चाँद के जादू के अनेक क़िस्से प्रचलित हैं, तो क्या आज इस शरत्पूर्णिमा की वेला में यह लड़की किरणों की डोर पकड़ कर उनसे गाना सीखने नीचे उतर आई है?

हो सकता है बंगाल के काव्यमय परिवेश ने गुलाबदेवी को भी भावों से भरी दुनिया में पदचारी करना सिखा दिया था और शायद इसीलिए वे ये सारी आकाशी कल्पनाएँ कर रही थीं? या यह इस लड़की का चरम आकर्षण था, जो उन्हें धरती से उड़ा कर भावलोक के चक्कर खिला रहा था? वैसे देखा जाए, तो वे भी तो आद्योपांत रस से ही रची-बुनी हुई थीं, वरना संसार के सारे सुखों को ठोकर मार कर वे जंगल की इस 'ढाणी' में अपने मन के रस को तृप्त करने क्यों आतीं?

अचानक उन्हें अहसास हुआ कि उस गहन सन्नाटे को अधैर्य की श्वॉस-प्रश्वॉस भंग कर रही है। यह महसूस करते ही उन्होंने मूँगा की ओर इस तरह देखा, मानों पूछ रही हों, आगे क्या करना है?

दृष्टियों का यह आदान-प्रदान रामभतेरी ने भाँप लिया, और वह तुरन्त मूँगा से चिपक कर अरदास करती-सी बोली: "बापू! बापू! मन्नै गाणा..." भावावेश में शब्द उसके 'हलक़' में अटक रहे थे, पर मूँगा कहे हुए से ज़्यादा उसके अनकहे शब्दों को समझ चुका था! समझ चुका था उन भावों को, जो प्रभु के दरबार में भक्त गिड़गिड़ा कर व्यक्त करता है।

कहावत है: 'आदमी रण जीत लेता है, पर 'जण' (संतान) से हार जाता है।' मूँगा ने भी अपना सरदारपना ताक़ पर रखा और अपनी पगड़ी

गुलाबदेवी के पैरों पर रख कर बोला : ''गुरु माँ! मेरी बेटी को 'सिच्छा' देने की दया करें।''

''सरदार, तेरी मत मारी गई है, जो तू मेरी बेटी का 'कौल' कर रहा है?'' इतना कह कर दाखी! रामभतेरी को अपनी ओर खींचती हुई ज़ोरों से बोली : ''ऐ छोरी! तन्नै कब से ये 'आड़े-तेड़े' सीख लिए, जो तू अपनी माँ को छोड़! इस 'मिरासिन' कै पल्लै मै जा घुसी?

'मिरासिन' सम्बोधन सुन कर गुलाबदेवी को झटका तो लगा, पर उनकी सीमाओं के बारे में सोच कर उन्होंने अपने मन रूपी सागर में कोई लहर न उठने दी, और हल्का सा मुस्कुरा कर रह गईं।

इतने में ही 'टाँडे' के दूसरे 'लोग-लुगाई' भी वहाँ आ गए और वह शान्ति की देवी का मन्दिर 'रौद्र भैरव' के मन्दिर-सा कोलाहलमय हो गया।

''बहोत अच्छा होया इस दाखी रांड कै साथ! देखणा अब इसकी सारी 'लाटसाबी' धरी रह् जागी। रांड! मूँगा-सा खसम और रामभतेरी-सी 'जावा'(संतान)! लेकर इतराती फिरै थी, बस अब इसकी सारी नवाबी निकल जागी। मंगली! तू मेरा कहा लिख कै दीवाल पर चेप ले कि जदि या छोरी चली गई तो फेर इस दाखी के पास मूँगा भी ना टिकैगा और फेर आपणी तो 'पौ-बार' होजागी'' शनिचरी ने एक आँख मारते हुए धीमे से अपनी सहेली को कहा। हक़ीक़त यह है कि ये दो ही नहीं, 'टांडे' की ढेरों औरतें मूँगा पर मरी जाती थीं, पर मूँगा था कि किसी की ओर आँख उठा कर भी नहीं देखता था। रहा-सहा उसके जीवन में 'रामभतेरी-दीया' क्या जला? उसके प्रकाश ने उसे एक पक्का एकनिष्ठ पति और पिता बना दिया।

स्थिति की गम्भीरता के मद्देनज़र गुलाबदेवी ने अपनी ठहरी आवाज़ में घोषणा की: ''घटनाओं की अफ़रा-तफ़री से एक धुँधलका-सा छा गया है, अच्छा हो कि हम सब सुबह मिल-बैठ कर के इन कार्यक्रमों पर चर्चा करें।''

ऐसी शुद्ध भाषा सुन कर रामभतेरी ही नहीं, दाखी भी उन पर 'मरूँ-मरूँ' हो गई! पर अपनी पहचान और सांस्कृतिक विरासत को त्याग कर एक नई दुनिया और नए क्षितिज में प्रवेश करना क्या किसी के लिए भी सहज होता है? फिर वे तो ठहरे अपढ़- गँवार बनजारे! जिन्हें इस दीन-दुनिया की कोई ख़ास ख़बर ही नहीं थी।

इसी उधेड़बुन से भरा भारी मन लिए जब मूँगा और रामभतेरी धीमे क़दमों से बाहर आए, तो उनके पीछे उन बंजारों का एक दल भी साथ हो लिया, जिन्हें यहाँ आते वक़्त समझदार मूँगा ने उसी जगह के आस-पास तम्बू गाड़ने के आदेश दिए थे। आमतौर पर नई जगह डेरा डालते वक्त टाँडों में गहमागहमी और चिल्ल-पों मची रहती है, पर न जाने क्यों आज! वहाँ 'सियापा'-सा छाया हुआ था, और आपस में बतियाये बिना ही वे सब चुपचाप अपना काम किए जा रहे थे।

सूरज की पहली किरण ने अभी पूर्व के आकाश को भेदा तक नहीं था कि दिन चढ़े उठने वाली 'रामभतेरी बाई-पूरो'! नहा-धोकर, सजी-बजी हुई मूँगा को यह कहती नज़र आई : ''बापू! चलो।'' मूँगा ने बेटी के चेहरे के चाव और उद्विग्नता को भाँप कर जोर से 'हामी' में गर्दन हिलाई, और जब वह उसका हाथ पकड़े हुए गुलाबदेवी के दरवाज़े पर जाकर खड़ा हुआ, तो उसके पैर उस नैसर्गिक दृश्य को देख कर वहीं जम गए। कक्ष के मध्य में सूर्य की किरणें छत से छन कर आ रही थीं और गुलाबदेवी अपनी पूजा-स्थली में एक हाथ में तानपूरा लिए राग 'भैरवी' गा रही थीं। पास ही उनकी बेटी मल्लिका बैठी थी, जो उनके 'दण्ड-स्वर' पर ऊँचा आलाप ले रही थी। बावजूद इसके कि मूँगा को शास्त्रीय संगीत का ज़रा भी ज्ञान नहीं था, उस स्थान और समय की दिव्यता और पवित्रता ने उसे मंत्रविद्ध कर दिया, और उस अलौकिक दृश्य से मूंगा जैसा भौतिक आदमी भी पूरी तरह गल गया। वह धीरे से बेआवाज़ आगे बढ़ा और दरवाज़े के पास ही बैठ गया।

गुलाबदेवी ने राग को भजन से ख़त्म कर, तानपूरे को एक ओर रखा और प्रश्न का उत्तर जानते हुए भी मूँगा से पूछा: ''सरदार कहो, क्या इच्छा है तुमलोगों की और तुमलोग मुझसे क्या चाहते हो?''

''माँ! जदि आप मेरी बेटी नै अपणी चेल्ली बणा कर इसनै गाणा सिखा देओ, तो मैं! आप जो कहो सो करणै को त्यार हूँ।''

बेटी में बाप का ऐसा मोह देख कर गुलाबदेवी अभिभूत हो गईं। ज़माना देखी उनकी आँखें रामभतेरी की क्षमता को तो आँक ही चुकी थीं, इसलिए उन्होंने स्वीकृति में अपनी गरदन हिलाते हुए कहा : ''मैं इसे दीक्षा देने को तैयार हूँ, पर मेरी कुछ शर्तें हैं। पहली : इसके प्रत्येक क्षण पर मेरा अधिकार होगा; दूसरी : यदि इसे अच्छी गायिका बनाना है, तो कम से कम पाँच वर्ष तक इसे सुबह चार बजे से रात बारह बजे तक मेरे पास रियाज़ करना होगा; तीसरी : आप लोग एक क्षण के लिए भी मेरी शिष्या और मेरे बीच दखलंदाज़ी नहीं करेंगे! कहिए मंजूर है?''

मूँगा ने रामभतेरी की ओर देखा, जिसकी गरदन लोहे का छल्ला लगी गुड़िया-सी लगातार 'हाँ' में हिलती जा रही थी। उसके समर्पण भाव को समझते हुए मूँगा ने कहा : ''गुरु माँ! हमें सब मंजूर है।''

''तो ठीक है! बेटी, यहाँ आओ'' कह कर गुलाबदेवी ने रामभतेरी के सिर पर गंगोत्री से लाया हुआ जल छिड़का और उसे ठाकुर पर चढ़ी हुई तुलसी और चरणामृत देते हुए कहा : ''आज से तुम्हारा नाम 'सरस्वती' होगा। मेरा मानना है कि नाम से भी संस्कार बनता है, इसीलिए मैं तुम्हें यह नाम दे रही हूँ। अब तुम ठाकुर को प्रणाम करने के बाद 'घर' जाकर सब बड़ों को 'प्रणाम' करके आओ। आज 'बृहस्पतिवार' अर्थात् 'गुरु' का वार है, इसलिए आज से ही तुम्हारी शिक्षा शुरू हो जाएगी।''

प्रणाम आदि के बाद जब रामभतेरी को गुलाबदेवी के पास छोड़ कर मूँगा अकेला वापस लौटा, तो दाखी अपना आपा खोकर 'औल-फौल'

बकने लगी। मूँगा ने उसे प्रेम से अपनी बाहों में जकड़ कर कहा : "दाखी! रामभतेरी का भला देख, निज का मतलब छोड़ कर 'टाबर' (बच्चे) के आणै वालै समय का बिचार कर। अरी भागवान! या तो बिणजारी माँ की खास किरपा होई सै, जो आपणी छोरी ठीक रस्तै पर पैर धर्‌या सै। ए मेरी लाडो! तन्नें तो उठताँ-बैठताँ धरती और आकाश दोन्नूं चुचकारने चाहिए और आपणा जीवन धन्य माणणा चहिए।" मूँगा के इस तरह बहलाने और पुचकारने से अन्त में सुबकियाँ भरती दाखी मूँगा से सहमत हो गई और मूँगा आगामी कार्यक्रमों की योजनाएँ बनाने लगा।

गुलाबदेवी ने रामभतेरी पर रीझ कर उसकी पूरी ज़िम्मेदारी तो ले ली, पर जब वे उसको 'गढ़ने' का आद्योपांत लेखा-जोखा तैयार करने बैठीं, तो उनके जैसी 'सीझी' हुई महिला तक की रूह काँप गई। वे सोचने लगीं : इतना जमाना देख चुकी उनकी आँखों ने ऐसा 'बेसिर-पैर' का निर्णय कैसे ले लिया, क्योंकि रामभतेरी का पूर्णत: मानसान्तरण करने का निश्चय कुछ वैसा ही था जैसा कोई सिरफिरा वैज्ञानिक पाताल से आकाश तक की सीढ़ी बनाने की सोचे। वे बार-बार स्वयं को डाँटती हुई अपने से पूछे जा रही थीं : "हे गुलाबदेवी! क्या आप स्वयं को भगवान समझ बैठी हैं, जो आप अपनी कल्पना से एक रंग-बिरंगा चित्र बना कर, उसे मूर्ति शिल्प का आकार देकर, उसमें तीनों लोकों की प्रज्ञा को समाविष्ट करने के पश्चात! शुक्राचार्य के 'संजीवनी मंत्र' से आपकी गढ़ी हुई मूर्ति में प्राण फूँक देंगी? है आपकी ऐसी क्षमता? यदि है, तो फिर आप सिर पकड़े क्यों बैठी हैं? क्यों सोच रही हैं कि इस जिह्वा को सर्वदा के लिए चुप कर दूँ? और क्यों बार-बार अपने सिर को दीवार से 'टकराने' की सोच रही हैं?"

विचारों के ऐसे ही चक्रवात और झंझावातों से घिरीं गुलाबदेवी अपने पूजा-घर में चक्कर काट रही थीं और चारों ओर बिखरी हुई विचारों की धुंध उन्हें अपने गुम्फन में जकड़े ले रही थी कि अचानक ऊपर के रोशनदान से एक दिव्य नीली रोशनी ने आकर उनके चारों ओर एक रक्षात्मक घेरा बुन दिया और वे पद्मासन की मुद्रा में देवी सरस्वती

के ध्यान में निस्पंद और निश्चल होकर उनके सामने मूर्ति-सी स्थित हो गईं।

कुछेक क्षण उस घोर सन्नाटे में खोए रहे कि तभी उनकी मुँदी आँखों में उसी रहस्यमय नीली आभा की एक धुँधली-सी छवि उभरी और उसने उनसे कहाः "गुलाब! तुम्हें इस सृष्टि ने इतना कुछ दिया है कि तुम अहर्निश प्रत्येक क्षण, कृतज्ञता और धन्यता-बोध से भरी इस धरती और आकाश को प्रणाम करती रहती हो। और आज जब उस ऋण को चुकाने का वक़्त आया है तो तुम लड़खड़ा रही हो? गुलाब! ऐसी कृतघ्न तो तुम कभी नहीं थी? पुत्री! समय आ गया है, उठो और रामभतेरी का मार्गदर्शन कर अपने को ऋषि-ऋण से मुक्त करो।"

यह कहते हुए उस दिव्य मूर्ति ने अपना 'करुणाहस्त' आगे बढ़ाया और गुलाबदेवी के दाहिने हाथ को पकड़ कर उन्हें खड़ा कर दिया, गुलाबदेवी के सिर से पैर के अंगूठे तक एक विद्युत-लहर प्रवाहित हो गई। उन्हें लगा मानों उनकी देह में ऊर्जा का स्फोट हो गया हो, और एक सहज क्रिया की तरह उनकी पूरी काया! मनसा, वाचा और कर्मणा शान्ति पाठ करने लगी। पाठ करते ही गुलाबदेवी की आँखों के सामने एक अदृश्य 'पट्ट' पर रामभतेरी के विकास की पहली से अन्तिम सीढ़ी तक के सारे निर्देश पारदर्शी रंगों में चमकने लगे। गुलाबदेवी ने अपनी सारी इन्द्रियों को ध्यानस्थ मुद्रा में केन्द्रित किया और पूर्ण मननशीलता से आँखों को माध्यम बना कर, उन सारे ज्ञान को हृदयस्थ करने लगीं। उस क्षण ऐसा लग रहा था कि उस 'पर्णशाला' में सीधे ऊपर से एक दिव्य आलोक आ रहा है, जो कृष्ण के विराट रूप की तरह गुलाबदेवी को 'रामभतेरी गीता' कंठस्थ करा रहा है।

गुलाबदेवी ने अभिभूत होकर स्वयं को इस परम अनुग्रह की वृष्टि में भीजने के लिए उन्मुक्त कर दिया और उस कृपा-वृष्टि में सिर झुकाए, स्नान करती रहीं। आज न तो उनके मुँह से मंत्र फूट रहे थे, न ही कृतज्ञता

के स्वर! वे चित्रलिखित-सी ऊपर वाले के इस अजस्र दान को मात्र एक साक्षीचेता की तरह देखे जा रही थीं।

वे कितनी देर ऐसे बैठी रहीं इसका अंदाज़ा लगाना असम्भव था। यह सारी घटना ही उस कालचक्र के बाहर थी, जिसमें फँसना मनुष्य की नियति है, तो फिर उस समयातीत घड़ी में समय की गणना कैसे सम्भव होती? मरुस्थल की अनन्त बालू में यदि कोई छोटी-सी चीज़ 'हेरा' जाए, तो क्या उसे ढूँढ़ा जा सकता है? इन्हीं विचित्र अनुभूतियों में उलझीं गुलाबदेवी अचल, अनिमेष, मूर्तिवत एकटक सामने की दीवार पर दृष्टि जमाए थीं कि रामभतेरी दौड़ती हुई, आँधी-सी गुलाबदेवी के पूजा घर में घुसी और उनके पैरों में लोटने लगी। उसका पूरा शरीर पसीने से भीगा होकर भी तेज़ ताप से तप रहा था और बोल उसके मुँह में अटक रहे थे। उसने अपने हाथ से घर के उस कोने की ओर इशारा किया जहाँ से झरे नीले प्रकाश के नूर से भीगी गुलाबदेवी अभी तक भावाविष्ट थीं। उसने अपने वाष्प-वारि भरे नेत्रों से गुलाबदेवी के चरणों को पखारते हुए टूटे-फूटे शब्दों में कहा: "माँऽऽऽ! मुझे बुद्धि दो, शिक्षा दो।" उस अल्पज्ञ के पास सही शब्द नहीं थे, पर उसके भाव कह रहे थे, माँ! कृपा कर इस ज़मीन पर पड़ी जीवात्मा का उद्धार कर इसे योग्य बना दो।"

गुलाबदेवी किंकर्त्तव्यविमूढ़-सी बैठी थीं। वे एकटक गहन विचारों से आच्छादित रामभतेरी को देखे जा रही थीं।

न जाने कितनी देर तक वहाँ एक स्पंदनहीनता-सी व्याप्त रही कि अचानक हाथों में किताबों का पुलिंदा लिए मल्लिका ने वहाँ प्रवेश किया और रोमांचित स्वर में कहने लगी: "माँ! ओ माँ गो! ज़रा चल कर देखो कि कितनी किताबें आई हैं। चारों मास्टर जी अपने-अपने विषय की पुस्तकें सँभाल रहे हैं, मैं तो बस तुम्हें दिखाने के लिए कुछेक नमूने-भर उठा लाई हूँ।"

फटी आँखों से सारा दृश्य देखती-सुनती रामभतेरी ने अपनी शिथिलता

और तंद्रा को पक्षी के भीगे पंखों की तरह झड़का कर अलग किया और दौड़ कर मूँगा को बुलाने भागी। वह आज की सारी घटनाओं से आह्लादित तो थी, पर साथ ही इस भय से भी घिरी हुई थी कि क्या वह सपने में भी कभी मल्लिका-सी बन सकती है? आज का खिला हुआ यह फूल रामभतेरी! अपना तन-मन सब उड़ेल, बिना खाए-पिए और सोए रात-दिन तपस्या तो कर सकती थी, पर बीते समय और जन्मना संस्कारों को कैसे बदल सकती थी?

दरअसल, गुलाबदेवी सीवाण के ठाकुर नरपत सिंह जी की मिल्कियत के इस जंगल में बनी हुई गायकों की पुरानी 'ढाणी' का जीर्णोद्धार करवाने यहाँ आई थीं, और इसे सजाने-सँवारने एवं पुन: इसे इसके गायन-वैभव से सम्पन्न कराने के बाद वे भौतिकता से तपते शहरों के ताप को यहाँ की पवित्र शांति से शीतल करने आती रहती थीं। कहा जा सकता है कि एक तरह से यह जगह न केवल उनकी विश्रामस्थली थी, बल्कि उन्हें पुनर्यौवन प्रदान कर नवीन ऊर्जा से भर देने वाली देवस्थली भी थी। भावुक होने के कारण उन्हें यहाँ के घर, छत, खम्भों और दीवारों में पुरखों के गाए सुरों का अनहद नाद सुनाई पड़ता रहता था। यहाँ रहना तो एक तरह से उनका कुंभ-स्नान था। विस्मयकारी है यह तथ्य कि यहाँ से जाने के बाद उनके गायन के कार्यक्रम में कुछ ऐसे नायाब नगीने जड़ जाते थे कि सुहृद 'सामाजिक' अश! अश! करने लगते थे।

रामभतेरी के मोह से 'मरा-पड़ा' मूँगा सरदार बिना कुछ सोचे- समझे गुलाबदेवी के दोनों पैर पकड़ कर बैठ गया और एक ही वाक्य बार-बार दोहराता रहा:"माँ रच्छा करो! माँ रच्छा करो।" गुलाबदेवी को मूँगा सरदार का इस तरह गिड़गिड़ाना! झकझोरे डाल रहा था। वे कुछ देर तक माथे पर हाथ धरे बैठी रहीं, फिर बोलीं : "देखो सरदार! यह बहुत बड़ी ज़िम्मेदारी है। आदमी अपनी ख़ुद की सन्तान को भी अपने स्वप्नों के अनुसार नहीं गढ़ पाता! फिर रामभतेरी तो एकदम भिन्न संस्कृति से आई

है, जिसके जीवन–बोध हमसे पूरी तरह अलग हैं। सरदार! रामभतेरी की ज़िम्मेदारी लेने का अर्थ है: 'अंधकार से प्रकाश की यात्रा करना' और सरदार इसके लिए तो किसी का पूरा जीवन भी पर्याप्त नहीं होता, तो फिर मैं कुछेक सालों में इसका काया–कल्प कैसे कर पाऊँगी?''

हालाँकि स्थिति मूँगा के वश में नहीं थी, पर दो वजहों से मूँगा की जान निकल रही थी। पहली तो अपने 'हिवड़े की कोर' से बिछोह और दूसरी दाखी का इस असम्भव सत्य को स्वीकार करना। उसे डर था कि दाखी न केवल मार–काट पर तुल जाएगी, बल्कि शायद वह गुलाबदेवी से भी 'लड़ मरे।' वह माथे पर सिलवटें डाले, कभी ऊपर – कभी नीचे, तो कभी दाएँ–बाएँ अपने चेहरे को ऐसे घुमा रहा था मानों उसे कहीं कोई ऐसा छिद्र दिख जाएगा, जहाँ से उसकी मुक्ति का रास्ता जाता होगा। पर नसीब बेचारे का! वह अपनी हर हरक़त में असफल हो रहा था, लेकिन धन्यवाद रामभतेरी की अंतःप्रज्ञा का कि वह मूँगा की सारी दुविधाएँ समझ गई और उसे सांत्वना भरे स्वर में बोलीः ''बापू! आप चिन्ता मत करो, माँ! नै मै राजी कर लूँगी।''

मूँगा ने चौंक कर अविश्वास से उसकी ओर देखा और ज़ोरों से हँस कर बोला : ''ओ हो! या जरा सी टींगरी (बच्ची) मेर सै ज्यादा श्याणी होगी। देखो जरा! कह्व सै कि मै माँ नै सम्भाल लूँगी। ओ मेरी 'आँक्खा की जोत'! तैं आपणी माँ नै जाणै ना है! वा के तो तूझे! नहीं तो मन्नै! जान सै ए मार देगी। अरी बावली! तेरी माँ देण पर आ जाव तो समंदर भी छोटा! पण जै नाराज हो जावै तो तांडव क लिए या पूरी धरती और आकाश तक छोटा।''

यह कह कर उसने अपने दोनों हाथ प्रणाम मुद्रा में गुलाबदेवी के सामने जोड़ कर कहाः ''माँ! आप ई बरजो इसनै! जै या जाकर दाखी सै बतला ली, तो समझल्यो कि सारी बाताँ का 'बंटाढार' ई हो जावेगा और मिनटाँ मै वा दाखी महाराणी! शेरनी की तरियां 'धाड़ती' (दहाड़ती) ऊर

आकर, आपकै इस मंदिर मै इस्सी तोड़-फोड़ मचा दैगी कि इसका 'नाम-नोरा' भी ना बचैगा।''

लेकिन तभी गुलाबदेवी ने एकदम शान्त और गम्भीर स्वर में कहा : ''सरदार! सच मानिए तो मुझे रामभतेरी का यह कथन एकदम उचित और उत्तम लग रहा है। आप समझ लीजिए कि यदि रामभतेरी में अपनी बात को समझाने की बुद्धि और ग़लत बात को अस्वीकार कर उससे संघर्ष करने की हिम्मत नहीं है, तो वह मेरी शिष्या बनने लायक नहीं है।''

अवाक मूँगा का खुला मुँह खुला ही रह गया और उसने भय से भरे स्वर में इतना ही कहा : ''माँ, आप जो ठीक समझो वैसा ही करो। मै ठहरा एक साधारण बेपढ़ा गँवार! मै आप-सी बुद्धि की देवी के सामने क्या बोलूँ! पर या रामभतेरी! जद तक जाकर पाछी ना आ जावैगी। मेरी जान मेरै कंठ मै ए अटकी रह्वगी।'' मूँगा का वाक्य अभी ख़त्म होते न होते उस कमरे में रामभतेरी का कोई अता-पता नहीं था। मूँगा और गुलाबदेवी ने एक-दूसरे की ओर देखा और दोनों के चेहरे पर परस्पर एक रहस्यमयी मुस्कान खिंच गई।

आमतौर पर प्रतीक्षा के अल्प क्षण भी बहुत ज़्यादा लगते हैं, पर अभी समय नाम मात्र को ही बीता था कि रामभतेरी दाखी का आँचल पकड़े वहाँ खड़ी दिखाई दी। ऊपर से एक अजूबा और घटा कि मूँगा की तरह ही दाखी ने भी गुलाबदेवी के पैर पकड़ कर रामभतेरी को दीक्षित करने के लिए उनकी मिन्नतें करनी शुरू कर दीं। मूँगा तो मूँगा! गुलाबदेवी भी अभिभूत होकर यह दृश्य देखे जा रही थीं। उन्हें लग रहा था, जैसे यह सब सच में नहीं घट रहा, उन्हें बस यों ही इसके सच्चे होने की प्रतीति हो रही है। क्योंकि दाखी ने आज तक कभी भी ऐसी तरल दमनीयता से भगवान के चरण भी नहीं पकड़ी होगी; फिर गुलाबदेवी की तो बिसात ही क्या? उसके जीवन का एकमात्र सत्य पुत्री के प्रति उसका उद्दाम प्रेम है, और उसके सिवा इस धरती पर दाखी के लिए किसी भी चीज़ का कोई अस्तित्व ही नहीं है।

गुलाबदेवी की विस्फारित आँखें देख कर दाखी सारा माजरा समझ गई और बोली : ''माँ! दया करो, मेरी बेटी को शरण दो माँ!''

गुलाबदेवी ने दाखी को उठाते हुए उससे पूछा : ''कहो दाखी! क्या बात है? तुम अपना 'जी' इस तरह नाराज़ क्यों कर रही हो?''

दाखी ने बिलख कर उत्तर दिया : ''गुरु माँ! कसम उस ऊपर बैठे सबके पिता की और इस धरती माँ की! कि रामभतेरी आज इस घड़ी से आपकी है। माँ! आप इसे सही आदमी बना कर मेरी जनम-जनम की साध पूरी कर दीजिए।'' भरे गले से इतना कह कर थोड़ी पढ़ी-लिखी दाखी ने अपने सारे ज्ञान को अपनी जिह्वा पर समेटा और बोली : ''माँ! आप आद्य शक्ति हैं, आप चाहें तो अपने अनन्त हाथों से माटी की मूरत को भी 'देवी' बना सकती हैं। माँ! मैं 'गारन्टी' लेती हूँ कि आप जो कुछ भी 'भतेरी' को सिखाएँगी, वह उसे पानी की घूँट की तरह पीकर कंठस्थ कर लेगी। माँ! यह मैं अपने अनुभव से कह रही हूँ, क्योंकि मैंने और मेरे गुरु ने इसे बचपन से पढ़ाया है। गुरु माँ! आप तो गंगा जैसी हैं और बड़ों से सुना है कि गंगा से मिल कर तो गंदे नाले भी गंगा ही हो जाते हैं। माँ! आप भी उसी तरह इस कन्या को अपने में मिला कर हमें कृतार्थ कर दीजिए!'' दाखी के मुँह से ऐसे सुभाषित सुन कर सब अवाक थे, यहाँ तक कि रामभतेरी भी आँखें फाड़े भौचक-सी माँ के इस नए रूप को देखे जा रही थी कि तभी उसके सिर पर हल्का सा धौल मार कर दाखी ने कहाः ''बेटा! यों 'दीदूदे' फाड़े क्या देख रही है? और अब तो मैंने भी जचा लिया है कि मै भी याँही रहूँगी और तेरै साथ मै भी गुरु माँ के ह्याँ पढ़ूँगी।''

गुलाबदेवी और रामभतेरी को सम्बोधित करने के बाद वह मूँगा की ओर मुड़ी और ठेठ बनजारी बोली में बोली : ''सरदार! कान खोल कै सुण लै, मेरै वास्ते भी ऐसा ही एक घर आज सै ई चिणाणा सुरु कर दे। ह्याँ भी जंगल और 'सहर' सै कमाई के कई रस्ते हैं, तो जदि अपने टांडे

के ओर साथी भी ह्याँ घर चिणाणा चाह्वैं तो बणवा लेवें। इस्सै भानै (बहाने) ह्याँ एक 'बनजारी-ढाणी' भी बण जागी। ओर सरदार काल्ह् (कल ही) तो! आपाँ बतलावाँ थे कि पिछलै जम्माने में बनजारे जग्गां-जग्गां (जगह) कुँए बणा के लौगाँ का भला करगैं हैं तो फेर अप्पाँ क्यूँ पीछ्छ रह्वाँ?''

मूँगा एकटक दाखी को देखते हुए सोच रहा था कि 'कहीं यह इस सदमे से पागल तो नहीं हो गई! जो ऐसी लम्बी-चौड़ी हाँक रही हैं। वह दाखी की ओर मुख़ातिब होकर बोला : ''ठीक सै, ठीक सै, यो सब हो जाग्गा। पर के 'सच्चा' ईं रामभतेरी नै दस बरस! गुरु माँ कै पास छोड़नी सै?''

''मूँगा, मैं तो तनै समझदार 'मोट्यार' (मर्द) समझै थी, पर आज तेरी अक्कल कठै गई, जो तैं मामूली-सी बात भी कोनी समझता? भाई! मै तन्नै सारी बात्ताँ तो आच्छी तरियाँ समझा दी इब तैं सुरु सै या के पूच्छ्छ सै? हाँ! हाँ! हाँ! तीन बार हाँ! कि रामभतेरी आज सै ऊर ए रहव्गी ओर मै भी घास ही एक घर बणा कर रहूँगी। इब सुण आग्गै की बात?''

बेचारा मूँगा 'औसान-चूक'-सा कभी रामभतेरी को देखे, तो कभी गुलाबदेवी को! अन्त में जब उसको सबके चेहरे पर सहमति के भाव दिखे, तो उसने यह सोच कर कि 'मैं अपने तम्बू में जाकर सारी बातें ठीक से जचाऊँगा, तब निर्णय लूँगा', उठ कर गुलाबदेवी को प्रणाम किया और बोला : ''माँ! 'बिणजारी माँ' सब ठीक करैगी। माँ! अब्बी तो मेरा माथा घूम रहा है, जदि आप कहे तो मैं काल सबेरै-सबेरै, आपकै पास आकर सारी बाताँ जचा ल्यूँ? आप श्याणे हो, सो जो हुकम देओगे, मै उसनै 'सिर-माथै' पर लेकर, मेरी 'सरधा' भर पूरा करूँगा।''

गुलाबदेवी के स्वीकृति में सिर हिलाते ही, उसने दाखी और रामभतेरी का हाथ पकड़ा और बाहर निकल गया।

मूँगा से यह गुत्थी सुलझाए नहीं सुलझ रही थी कि आख़िर दाखी का

ऐसा हृदय-परिवर्तन हुआ तो कैसे? पर उसने यह सोच कर ज़्यादा 'खोदृदा' नहीं लिया कि यह देवी किसी तरह 'मंढ' (ठिकाने) में आई है, कहीं वापिस बिदक न जाए और उसने ख़ुद को यह कह कर सांत्वना दी कि चाहे दाखी का व्यवहार और घटनाओं का एक पर एक घटना, उसे ऊक-चूक कर रहा है, लेकिन अन्ततः ये सारी बातें रामभतेरी की भलाई की दिशा में ही तो जा रही हैं; इसलिए अब समझदारी इसी में है कि बिना ज़्यादा माथा खपाए, सब कुछ विधाता पर छोड़ कर उससे जो भी बन पड़े, वह पूरे मन से करे। इस विचारणा मात्र से ही उसकी सारी उद्विग्नता ख़त्म हो गई और उसने हाथ ऊपर कर चटकाते हुए ज़ोरों से आवाज़ लगाई : "रामभतेरी! दाखी! जलदी सै आओ, ताजा 'सहद का सरबत' पींवा।"

रामभतेरी चहक कर और दाखी मुस्कुरा कर उठी और दोनों मूँगा के अगल-बगल खड़ी होकर उससे चिपक गईं और मूँगा ने एक सही बाप और सही पति की तरह दोनों के सिरों को अपनी छाती से सटा लिया।

मूँगा, दाखी, रामभतेरी आदि के जाने के कुछेक मिनटों बाद नरपत सिंह जी गुलाबदेवी के पास आए और कहने लगे : "अभी-अभी मेहरानगढ़ के महल से संदेशा आया है कि अपनी आज की संगीत-सभा में वहाँ के 'राजकुँवर' पधारेंगे। उन्हें तुम्हारी और मेरी जुगलबंदी बहुत पसंद है, विशेष कर 'राग दरबारी' वाली! इसलिए अब तुम अपना सारा प्रपंच समेटो और थोड़ी देर रियाज़ कर लो।"

"ठाकुर साहब! क्या आपने अपनी गुलाब पर भरोसा खो दिया है, जो आप ऐसा फ़रमा रहे हैं?" बेचारे नरपत सिंह जी गुलाबदेवी के इस लख़नवी उलाहने को सुन कर 'ऊपर-नीचे' होने लगे और कोई चारा न देख! लाड़ भरे स्वर में बोले : "ठकुरानी साहिबा! इस नाचीज़ की क्या मज़ाल! जो 'स्वरों की मल्लिका' पर अविश्वास करे। यह तो बस आदतन ही मुँह से निकल गया, माफ़ी दे दें।" अपने दुपट्टे की कोर को

मुँह में दबाए गुलाबदेवी की इच्छा तो हुई कि ठाकुर साहब से कुछ ठिठोली करें, पर घड़ी के तक़ाज़े ने उन्हें ऐसा करने की इजाज़त नहीं दी।

गुलाबदेवी अपनी संगीत-सभा वाले कक्ष में जाकर साज़िन्दों को साज़ों को सम्हालने और मिलाने की हिदायत देकर नौकर-चाकरों को बिछायत के तौर-तरीक़े समझाने लगीं। नरपत सिंह जी ने वहाँ के आसपास से ही नहीं 'सिवाण' रियासत के मशहूर बाग़ीचों से भी फूल मँगवा लिए थे। उन्होंने फूल लाने वाले माली से केवल इतना कहा : "भीमा जी! आप सदा की तरियाँ फूल्लाँ को बगीचो खिल्ला दूयो।" भीमा जी ने कोर्निश बजाई और कहा : "घणी खम्मा ठाकरसा! जो हुक्कम।"

इसी बीच गुलाबदेवी ने रामभतेरी को बुलवा भेजा और मल्लिका से कहाः "आज की सभा में रामभतेरी भी तुम्हारे साथ बैठेगी, जब उसे दीक्षा देनी ही है, तो आज से ही क्यों नहीं?"

मल्लिका ने अत्यन्त आह्लाद से रामभतेरी को अपने से चिपका लिया और बोली : "भतेरी! आओ बहन, तैयार होकर मेहमानों के स्वागत की तैयारी करें।"

रात के समय संगीत-सभा वाले घर के चारों ओर बने आलों में क़रीने से इतने 'दीए' सजा दिए गए थे, मानों आकाशगंगा समेत पूरे आकाश के तारे वहीं सज गए हों।

रामभतेरी ने अपने यहाँ ऐसी सजावट दिवाली पर भी नहीं देखी थी, इसलिए चौंधिया कर चारों ओर देखने लगी। उसकी बड़ी-बड़ी आँखें आश्चर्य से भर कर और भी बड़ी लग रही थीं कि मल्लिका ने दुलार से उससे कहा : "भतेरी बहना! यह सजावट इसलिए की गई है कि माँ सरस्वती का आराधना-कक्ष और घरों से भिन्न लगे! समझी?" जब 'हाँ! हाँ! दीदी' करती हुई रामभतेरी उछल कर अपना उत्साह व्यक्त करने लगी, तो मल्लिका ने उसे हेल्की सी डाँट लगा कर कहा : "ऐ पागल! इतना मत नाच, घाघरा-ओढ़नी ख़राब हो जाएँगे।"

शाम ढलते ही रास्ते तक गाड़ियों की, और बाद में घोड़ों की टापों और ऊँटों के गोरबंद की घंटियों के 'झनकारे' के बीच एक कामदेव-से राजपुरुष आए, जिन्हें देखते ही गुलाबदेवी और ठाकुर नरपत सिंह जी ने झुक कर उनका अभिवादन किया और जिसके प्रत्युत्तर में राजकुँवर साहब ने भी उन्हें नम्रतापूर्वक नमस्कार किया। तत्पश्चात नरपत सिंह जी ने उन्हें कक्ष के भीतर ले जाकर आदर से एक सिंहासन पर बैठा दिया।

रोशनी में 'राजकुँवर' का चेहरा देखते ही गुलाबदेवी अचकचा गईं और अंदर जाकर मल्लिका और रामभतेरी से बोलीं : "आज तुम दोनों हमारे साथ न बैठ कर पर्दे में बैठना।"

पर्दे में गुलाबदेवी के वे शाग़िर्द बैठते थे जिनका परिचय ख़ास मेहमानों से करवाना ज़रूरी नहीं होता था। मल्लिका की आँखों में इस बात से एक अबूझ पहेली की जिज्ञासा तिरी, पर गुलाबदेवी ने उसका हाथ हल्के से दबा कर यह अनकहा उत्तर दे दिया कि "बाक़ी चर्चा बाद में।"

गायन-सभा की समाप्ति के बाद 'राजकुँवर साहब' ने जाते वक़्त गुलाबदेवी को अपनी बुआ सा! जो कि पोखरण की रानी थीं, का अनुरोधात्मक न्यौता देते हुए कहा कि : "बुआ सा मेवाड़ की बेटी हैं और मीराँबाई को अपने परिवार की ही मानती हैं। उनकी हार्दिक इच्छा है कि आप और आपकी बेटी मल्लिका मीराँबाई के जन्मदिन पर उनके राजमंदिर में मीराँबाई के पदों की प्रस्तुति करें।"

"कुँवर सा! आप सरीखा हरकारा न्यौता लाए और वह भी राणी सा का! ऐसे में मेरी जुर्रत कहाँ कि मैं इनकार करूँ? वैसे आजकल हम केवल अपने ही ठाँव पर कार्यक्रम करते हैं, पर मीराँबाई तो हमारी भी बेटी हैं, इसलिए मैं ज़रूर जाऊँगी।"

गुलाबदेवी की पालकियाँ, ऊँट, रथ आदि जैसे ही पोखरण राजमहल के

सामने रुके! रानी जी स्वयं 'आरते' की थाली लिए वहाँ मौजूद थीं और उनकी अभ्यर्थना करने के बाद, जब वे मल्लिका और रामभतेरी की ओर मुड़ीं, तो वहीं थमक कर खड़ी की खड़ी रह गईं और धीरे से बोलीं : "गुलाब भौजाई सा! (भाभी जी) ई बाई को 'हुणियारो' तो म्हारै भतीजै सै हुबहू मिलै है, ये कुण है? आप रै खन्नै (पास) कुण सै खानदान सूँ पधार्‍या है?"

गुलाबदेवी के पैर वहीं के वहीं जम गए, पर वो ठहरीं समुद्र-सी गम्भीर महिला! उन्होंने उनकी बात को हँसी में रफ़ा-दफ़ा करते हुए कहा : "राणी सा! आज तो विज्ञान ने सारी दुनिया के सामने सिद्ध कर दिया है कि इस पृथ्वी पर एक-से चेहरे वाले कम से कम दो-एक व्यक्ति तो होते ही हैं। हो सकता है वैसे ही आपको भी इस बच्ची का चेहरा परिचित लगा हो!"

कच्ची कली-सी लावण्यमयी भतेरी! ने जब जोगन के कपड़े पहन कर मीराँबाई का स्वांग भरा, तो हर आँख उसे देखते ही मुग्ध हो गई। सीधे पल्ले की सफ़ेद साड़ी में हाथ में एकतारा लिए 'भतेरी ऐसी लग रही थी जैसे वह कोई पार्थिव जीव नहीं, स्वर्ग से उतरी स्वयं मीराँबाई हैं।'

गुलाबदेवी हाथ के इशारे से बच्चियों को मंच की ओर बढ़ाते हुए बोलीं : "बच्चो! चलो मीराँबाई के श्रीकृष्ण को रिझाएँ।"

उनका आदेश सुनते ही उनकी दोनों शिष्याएँ 'नत-सिर' गुरुआनी जी के साथ चल पड़ीं और उनके पीछे-पीछे वशीकरण-मंत्र से बिंधी-सी राणी सा भी एकटक रामभतेरी को देखते हुए, उसी दिशा में बढ़ चलीं।

मीराँ जयन्ती के साल भर बाद मेहरानगढ़ के राजकुमार के संगीत की सभा में आने का कहलावा आया। कार्यक्रम के बाद उन्होंने गुलाबदेवी को एक ओर ले जाकर अनुनय-भरे स्वर में सीधा प्रश्न किया : "...ठकुरानी साहिबा! बुआ सा बता रही थीं कि आपकी नई शिष्या की शक्ल-सूरत मुझ पर है! क्या यह हक़ीक़त है? यदि हाँ, तो क्या मैं उससे मिल सकता हूँ?"

उनका आग्रह-भरा मीठा स्वर गुलाबदेवी को भीतर तक आंदोलित कर गया, पर उन्होंने अपने भाव-प्रवाह पर बाँध बाँधा और अपने प्रशंसकों को एक निश्चित दूरी पर रखने वाली गुलाबदेवी ने एक अप्रत्याशित कार्य किया। उन्होंने कुँवर साहब का बायाँ हाथ कोमलता से पकड़ा और उन्हें दूसरे कक्ष में ले जाकर सम्मानपूर्वक एक बड़ी कुर्सी पर बैठा कर स्वयं उनके सामने एक मोढ़ा खींच कर बैठ गईं। बेचारे राजकुँवर! अभीप्सा के नज़दीक पहुँची अपनी जिज्ञासा के कारण विह्वल हो रहे थे और उस लड़की से मिलने के लिए उनकी साँस तेजी से चल रही थी। गुलाबदेवी उनकी अकुलाहट समझ रही थीं, लेकिन उन्हें पता था कि यदि यह मिलन हो गया, तो इससे सम्बन्धित सभी व्यक्तियों का जीवन गड्ड-मड्ड हो जाएगा। इसलिए उन्होंने गम्भीर स्वर में कहा : "कुँवर सा! घणी खम्मा! पद और रुतबे में आप मुझसे बहुत बड़े हैं; अतः मैं आपको कुछ समझाऊँ यह मैं सपने में भी नहीं सोच सकती और न ही मुझमें ऐसी क्षमता है। कुँवर साहब! मेरी जिज्ञासा है कि आप उस बच्ची से क्यों मिलना चाहते हैं?"

''ठकुरानी साहिबा! बुआ सा से उसकी लियाक़त और 'हुणियारे' (नाक–नक़्श) के बारे में सुन कर मेरे मन में उसके प्रति एक तरह का खिंचाव–सा पैदा हो गया है।''

''कुँवर साहब! आपका कहा ठीक है, पर अब हम ज़रा आगे बढ़ कर उसके भविष्य के बारे में बात करते हैं। मान लीजिए उसे देख कर आपको अपनी जवानी की कोई भूल याद आ जाए! तो क्या आप उसे महल में वही रुतबा और स्थान दे पाएँगे जो अन्य राजकुमारियों को मिला हुआ है? क्या वहाँ उसकी उपस्थिति मात्र को ही आपकी शान पर लगा 'बट्टा' नहीं माना जाएगा? कुँवर साहब! मनुष्य का सहज स्वभाव है कि वह किसी भी उत्तम वस्तु को अपना बनाना चाहता है, फिर वह तो सर्वगुण सम्पन्न और अतिशय रूपवती है! हो सकता है इसलिए भी आपका रुझान उसकी ओर ज़्यादा हो रहा है?''

''ठकुरानी साहिबा! आप ग़लत समझ रही हैं। मैंने कच्ची जवानी में भी और बड़े लोगों की तरह अनेक भूलें न कर, केवल एक ही स्त्री से शारीरिक सम्बन्ध स्थापित किया था। मैं तो सिर्फ़ यह जानना चाहता हूँ कि क्या आपकी शिष्या उसी प्रेम–सम्बन्ध की सन्तान है?''

''कुँवर साहब! यह जान कर आपको क्या हासिल होगा? सिवा इसके कि इस जानकारी से आपके और उसके जीवन में एक नए दुःख की सृष्टि हो जाएगी। कुँवर साहब! आपसे हाथ जोड़ कर विनती करती हूँ कि मेरी इस बच्ची के जीवन में यह विघटन मत घटाइए। इसकी माँ ने इसे बहुत अरमानों और तप से पाला है, कृपया आप उसके प्रेम की झील में अपने परिचय का पत्थर मत फेंकिए, वरना तबाही बरप जाएगी।''

जीवन की व्यावहारिक कसौटी पर कसी हुईं गुलाबदेवी की उक्तियाँ राजकुँवर जी के गहन अन्तःस्थल में उतर गईं और उन्होंने खड़े होकर पहली बार गुलाबदेवी को विनयावनत होकर प्रणाम किया और बोलेः ''ठकुरानी साहिबा, धन्यवाद! आज आपने एक गुरु की तरह मेरे मोहान्ध

नेत्रों को उन्मीलित कर दिया है। यह सच है कि मैं अपनी ममता और लोभवश उस अपरिमित प्रतिभा-सम्पन्न बच्ची का भविष्य नष्ट करने पर तुल गया था, इसके लिए क्षमा करें। ठकुरानी साहिबा! आपसे एक करबद्ध विनती है कि कृपया आप इसे स्वीकार कर, मुझे मेरे पाप के कण मात्र का प्रायश्चित करने का मौक़ा दीजिए।'' कहते हुए उन्होंने अशर्फियों का एक बड़ा 'तोड़ा' गुलाबदेवी के पैरों पर रख दिया। राजे-रजवाड़ों की परम्परा से भिन्न राजकुँवर जी का यह व्यवहार गुलाबदेवी को अवाक कर गया, लेकिन मनुष्य के मन के रंग कब कैसा इन्द्रधनुष रच डालेंगे, इसका अंदाजा तो 'ऊपर बैठा' वह 'शतरंज का खिलाड़ी' तक नहीं कर पाता जिसने खुद दुनिया की बिसात पर ये मोहरे सजाए हैं, तो फिर भला कलाकार गुलाबदेवी के लिए कैसे सम्भव था कि वे मानव-मन के इस जंजाल को समझ पातीं! पर इसके पहले कि वे इतनी बड़ी जोख़िम बतौर अमानत रखने के लिए 'ना' कर पातीं राजकुँवर साहब द्रुतगति से वहाँ से जा चुके थे।

कुछ देर तक सोच-विचार करने के बाद गुलाबदेवी ने निर्णय किया कि वे यह बड़ी रक़म यथाशीघ्र रामभतेरी के विकास के काम में आने वाले महँगे उपकरणों और शिक्षकों पर ख़र्च करेंगी।

उन्होंने क्षण मात्र गँवाए बिना मल्लिका एवं उसके विभिन्न शिक्षकों को अपनी मंशा बता कर, उनसे अनुरोध किया कि वे शिक्षा-उपकरणों को मँगवा लें।

उन्हें यह अंत:भूति भी हो रही थी मानों यह जीवात्मा कई जन्मों से अन्तर्घट तक ज्ञान की प्यासी है, और उस प्यास को तृप्त करने के लिए उन्हें अनेक 'नए कुँए' और 'तालाब' खोदने होंगे।

उन्होंने सभी गुरुजनों से कहा कि- आप सब अपने-अपने क्षेत्र में विशिष्ट हैं, फिर भी आपसे अनुरोध है कि आप यथासमय और भी विद्वानों को बुलाने में मत हिचकिचाइएगा।

गुलाबदेवी सोचने लगीं कि क्या यह उनकी अन्तःप्रज्ञा है या उस त्रिकालदर्शी का रहस्यमय चमत्कार! जो उनके अन्तर्मन में पैठ कर उनसे यह सब कहलवा रहा है? गुलाबदेवी इन प्रश्नों के उत्तर ढूँढ़ने में स्वयं को असमर्थ पा रही थीं कि तभी आँधी की तरह मूँगा सरदार उनके कक्ष में एक बड़ा सा पोटला लिए घुसा और गुलाबदेवी के पैरों में उसे रख कर, दोनों हाथों को जोड़े, ज़मीन पर लम्बा लेट कर उन्हें प्रणाम करता हुआ बोलाः ''माँ! ओ गुरु माँ! यह धन रामभतेरी का है, इसे आप रख लें। माँ! यदि आप मेरी छोरी को सच्ची माने में 'मिनख' (मनुष्य) बनाने का पक्का बिचार कर लेवें, तो मैं अपढ़ गँवार जनम-जनम तक आपका करजदार रहूँगा। माँ! बचन दीजै कि आप इस सामान को वापस ना करेंगी और इसे रामभतेरी की भलाई में खरच कर देंगी।''

उन्होंने आह्लादित स्वर में मूँगा से कहा : ''सरदार! आपके लिए मेरे मन में बहुत इज़्ज़त है। सराहनीय है आपकी संवेदनशीलता और करुणा! आप बेफ़िक्र रहिए, रामभतेरी के ख़र्चे में कोई भी मितव्ययिता या कोताही नहीं की जाएगी। रामभतेरी का एकमात्र लक्ष्य है 'यथाशीघ्र पढ़-लिख कर आज के युग की कसौटियों पर खरा उतरना।' सो भाई! आप चिन्ता न करें, इसके लिए कोई अर्थाभाव नहीं होगा। यक़ीन कीजिए, इस लड़की की शिक्षा पर पूरा ध्यान दिया जाएगा, क्योंकि 'स्थान' की दृष्टि से यह जगह एकान्त साधना और एकाग्रता के लिए सर्वोत्तम है और अभी 'समय, संयोग एवं परिस्थिति' सभी तत्व सर्वथा रामभतेरी के अनुकूल हैं। यक़ीन मानिए इन तीनों का सम्मिलन विरले को ही उपलब्ध होता है। हालाँकि इसने काल की गति में देर से प्रक्षेपण किया है, पर मेरा दृढ़ विश्वास है कि रामभतेरी की गति विश्व के अच्छे-अच्छे धावकों को मात दे देगी। सरदार! शायद आपको ज्ञात नहीं है कि जीवन में समय, संयोग और परिस्थिति का बहुत बड़ा महत्व माना गया है और वर्तमान में ये तीनों ही रामभतेरी के पक्ष में हैं।''

मूँगा! आँखें फाड़े, कान खोले पहले तो गुलाबदेवी की बातें सुनता रहा, फिर धीरे से सिर के ऊपर से हथेली को गुज़ार कर बोला : "गुरु माँ! आपकी ये बड़ी-बड़ी बातें, मेरी इस 'छोटी सी खोपड़ी' के ऊपर से चली गई हैं, पर मैं इतना जरूर समझ गया हूँ कि आप भतेरी को कोई कमी नहीं रहने देंगी और आप यह धन भी नहीं रखेंगी। अच्छा गुरु माँ! एक बात पूछूँ, मैं गँवार सही! पर क्या इस धरती का कोई भी बाप अपनी बेटी का धन, अपणै ऊपर खरच कर सकता है?"

"सरदार! मैं तुम्हारी भावनाओं का आदर करती हूँ, पर तुम ठहरे बनजारे! तुम्हें अपने वर्तमान और भविष्य के बारे में भी तो सोचना चाहिए।"

गुलाबदेवी की बात खत्म होते न होते मूँगा बोल पड़ा : "गुरु माँ! आप तो गुणी-ज्ञानी हैं! सो मैं क्या कहूँ? माँ! आपने अभी-अभी मुझे 'बनजारा' कहा और साथ ही मेरे आज और आने वाले कल की बातें करने लगीं! माँ! आपने शाम को पक्षियों को घोंसलों में लौटते तो देखा ही होगा। क्या वे कभी भी दूसरे दिन का दाना सहेज कर रखते हैं? पक्षी होते हुए भी जब उन्हें ऊपर वाले पर इतना भरोसा है, तो हमलोग तो मनुख जात हैं, क्या हम उस ऊपर वाले पर भरोसा नहीं कर सकते? माँ! वैसे भी कल किसने देखा है, जो हम उसके लिए पैसा इकट्ठा करें? और माँ! क्या धन होने से ही आदमी को दुनिया-जहान का सुख मिल जाता है?"

गुलाबदेवी आश्चर्य से मूँगा को देख कर सोच रही थीं कि उसके ज़मीनी अनुभवों से उपजे जीवन मूल्य कितने उदात्त हैं। मूँगा का अत्यन्त सरलता से पक्षियों का उदाहरण देना! क्या हम सबको एक आलोकित पथ नहीं दिखलाता? एक ऐसा पथ! जो काम, लोभ, लालच और लालसा से परे, केवल दूसरे की भलाई की राह पर ले जाता हो? मूँगा उनकी अपलक आँखों और पूर्णतः शान्त मुखमुद्रा से विचलित हो गया। उसे लगा उसने गुरु माँ को चोट पहुँचा दी है! वह बेचारा घबराया-सा

चारों ओर गरदन घुमा कर देख रहा था! पर उसे कहीं कोई किनारा नज़र नहीं आ रहा था कि तभी दरवाज़े के बाहर घोड़े की टापें थमीं और ठाकुर नरपत सिंह जी अंदर आए।

उनका आना मूँगा को बड़ी राहत दे गया। वह उठा और नरपत सिंह जी के चरणों में लोट कर घणी खम्मा! घणी खम्मा! करने लगा। उसकी इस हरक़त से प्रभावित होकर ठाकुर साहब ने भावाकुल स्वर में पूछा : "सरदार! क्या हुआ? गुलाब ने कुछ कह दिया क्या?"

मूँगा गरदन को ज़ोरों से ना में हिला ही रहा था कि अपना नाम सुन कर गुलाबदेवी का 'ध्यान' भंग हुआ और उन्होंने क्रमशः अशर्फियों के 'तोड़े' की और मूँगा सरदार के पोटला भर धन देने की बात ठाकुर साहब को बता दीं।

ठाकुर साहब ने सारी बातें समझ कर एक मध्यम मार्ग निकाला। उन्होंने कहा : "सरदार! मैं आपकी भावनाओं की क़द्र करता हूँ और यह भी सही है कि गुलाब ने जैसी महत्त्वाकांक्षी योजना रामभतेरी के लिए बनाई है उसके लिए काफी राशि की ज़रूरत पड़ सकती है, लेकिन इस उजाड़ जंगल में इतनी जोख़िम रखना ठीक नहीं है। मैं कल सुबह दाखी देवी और आपके साथ 'पोखरण' के बैंक में चलूँगा और हम इस धन को बैंक के 'लॉकर' में रख देंगे। उस 'लॉकर' में यह निधि सुरक्षित रहेगी और केवल अपने द्वारा मनोनीत लोग ही इसे खोल सकेंगे। यदि आपलोगों का विशेष आग्रह होगा, तो मैं गुलाबदेवी से अनुरोध कर उनके हस्ताक्षर भी उस 'लॉकर' में करवा दूँगा, ताकि कभी कोई ख़ास ज़रूरत पड़ने पर 'ये' भी उसे खोल पाएँ। बाद में जैसे ही रामभतेरी वयस्क हो जाएगी वह लॉकर उसके नाम हो जाएगा।

गुलाबदेवी ने बीच में कहा : "ओ हो! मैं तो भूल ही गई! मेरे पास रामभतेरी का 'परबों' जड़ा एक 'सतलड़ा' हार भी रखा है, जो उसे मीराँबाई की जयंती पर पोखरण की रानी माँ ने दिया था।" इतना कह कर

वे उठीं और उन्होंने सफ़ेद मखमल में लपेटा हुआ एक हार लाकर सबके बीच में रख दिया।

उस हार के 'झलके' (चमक) को देख कर औरों की तो बात ही क्या? 'खाए-अघाए' नरपत सिंह जी की आँखें तक चौंधिया गईं और उनके मुँह से बरबस कई बार वाह! वाह!! वाह!!! निकल गया। उन्होंने कहा : "गुलाब! अकेला यह हार ही करोड़ों में बैठेगा, क्योंकि इसके बड़े-बड़े हीरे 'गोलकुंडा' खान से निकले हैं, जिसकी पश्चिम के देशों में बहुत माँग है। मेरा अनुमान है कि 'क्रिस्टी कम्पनी' इस हार का ही कम से कम दस करोड़ तो देगी ही, और बाज़ार के अनुसार ऊपर में और भी क़ीमत दे सकती है।"

"और ठाकुर साहब! इस हार की?" कह कर मूँगा ने जब पोटले से आमेर रजवाड़े वाला हार निकाला, तो बैठे हुए ठाकुर साहब उठ कर खड़े हो गए और बोले : "ये पुराने राजे-रजवाड़े! जो न करें सो थोड़ा। ये जब देने पर उतर जाएँ, तो औढरदानी शिव को मात दे दें और नाराज़ हो जाएँ, तो जान की ख़ैर नहीं।" इतना कह कर उन्होंने सारे गहनों को सावधानी से रख दिया।

इसके बाद उन्होंने रामभतेरी को पास बुला कर कहा : "बेटा जी! आपको तरह-तरह के यंत्रों से जकड़ कर! आपसे रात-दिन मेहनत करवाई जाएगी! वे लोग न आपको ठीक से खाने देंगे, न ही सोने! क्या आप यह सब सह पाएँगी?" यह सुनते ही रामभतेरी ठाकुर साहब से चिपक गई और खुशी के मारे आँखों में आए आँसुओं को सँभालती हुई ज़ोरों से 'हाँ' में गर्दन हिलाने लगी। उसकी हिलती गर्दन को रोकने के लिए मल्लिका ने कहा : "भतेरी! तेरी 'हाँ' मंजूर हो गई, बहनी! अब तू गर्दन को रोक ले, नहीं तो वह हिलते-हिलते नीचे गिर जाएगी।"

मल्लिका की इस हास्यमय उक्ति से सब खिलखिला कर हँसने लगे

और मूँगा ने कहा : ''गुरु माँ! आज के शुभ दिन तो हम मिठाई खाकर ही जाएँगे।''

गुलाबदेवी के 'ज़रूर-ज़रूर!' कहने के साथ ही वहाँ थाल भर लड्डू आ गए और सब हँसते-खिलखिलाते, उन्हें एक-दूसरे के मुँह में ठूँसने लगे। देखते ही देखते सबकी उन्मुक्त हँसी से उस कक्ष की दीवारें, छत और 'सरदरें' तक चहकने-महकने लगीं।

इसी बीच ठाकुर नरपत सिंह ने यह कह कर कि 'चल बंदा! रामभतेरी का काम शुरू कर' गुलाबदेवी जी को संकेत में नमस्कार किया और तेज़ गति से घोड़ा दौड़ाते हुए वहाँ से चले गए।

रामभतेरी की शिक्षा हेतु विदेशों से ऐसे वैज्ञानिक उपकरण मंगाए गए जो शीघ्र विद्यार्जन में मदद कर सकें।

मूँगा और दाखी को रामभतेरी की घड़ी के काँटे से बँधी दिनचर्या के एक-एक क्षण का पता था। वे रोज सुबह ठीक चार बजे उस बरामदे के सामने जा पहुँचते, जहाँ आधे घंटे के लिए शास्त्रीय संगीत के साथ रामभतेरी योग मुद्राओं पर आधारित नृत्य का अभ्यास करती थी। इसके बाद जब वह पानी से भरे 'छोटे-जोहड़' में उतर कर पन्द्रह मिनट के लिए तैरती, तब वे लौट आते। वे उसकी ये दिनचर्याएँ भी छिप कर देखते थे, ताकि उसका ध्यान भंग न हो। केवल रात को ग्यारह बजे, जब सोने के पहले वैज्ञानिक, रामभतेरी के कानों पर पढ़ाई का 'टोपा' पहनाते, तब वे दोनों रामभतेरी को थोड़ा दुलार-चुमकार कर, अपने दिल को ठंडक पहुँचाते हुए रास्ते भर ये बातें करते लौट आते : "देक्खा तूनै! भतेरी का चेह्रा क्हिसा दप-दप दमकै था। पर उसकी हाँसी...? कठै तो खिलखिल खिलखिलाती, किलकारियाँ मारती, 'टाबरपणा' करती भतेरी? और कठै या तौल कर हाँसती और बात करती भतेरी? पर एक बात आच्छी सै कि उसकै चेहरे पर अब्बी भी उसका 'बचपना' 'चिलकै' सै। दाखी! साँची पूछै तो मन राजी हो जा सै, उसनै इतणी तेजी से आगै बढ़तै देख कर!"

"सरदार! तेरी सारी बात ठीक सै। पर इब या तो बता कि तैं आगली दिसावरी कब करैगा? या ऊर ए चिप कर बैठ जागगा?" यह बात सुनते ही बेटी के मोह में पागल मूँगा! इस तरह शर्माया, जैसे सरे-बाज़ार उसकी चोरी पकड़ी गई हो। बात को सुधारने की गरज से बड़प्पन से

बोला : ''बावली है के तू? अरी बड़भागन! बनजारे तो सदा ए 'चौमासा' (वर्षा ऋतु) एक ठाँव पर गुजारा करैं! मै तो बस मौसम सुधरण की बाट मै हूँ।''

उसका उत्तर सुन कर दाखी मुस्कुरा कर बोली : ''श्याणा! अपनै को भतेरी के तरीकों से जरा भी नहीं घबड़ाना चाहिए, और भगवान सै हर घड़ी हाथ जोड़ कर रामभतेरी की रच्छा की बिनती करनी चाहिए।''

मूँगा और दाखी आपस में हर वक़्त रामभतेरी के बाबत ऐसे ही बोलते-बतियाते रहते थे ताकि उन्हें उसकी अनुपस्थिति महसूस न हो और जब उनका 'जी' ज़्यादा 'उचट' जाता, तो चोरी-छिपे, दूर से उसे देख आते। गुलाबदेवी की तेज़ दृष्टि से उनकी अकुलाहट छिपी नहीं थी और वे हमेशा उनकी चौकस निगहदारी की जद में आ भी जाते थे, पर गुलाबदेवी उन्हें देख कर भी इसलिए अनदेखा कर देती थीं कि यदि वे सामने पड़ गईं तो उनकी अकुलाहट उनसे सहन नहीं होगी, और वे भाव में बह कर उन्हें जब-तब रामभतेरी से मिलने की अनुमति दे देंगी। कहा जा सकता है कि उन लोगों के बीच 'लुकाचोरी' का खेल चल रहा था, जो रामभतेरी की प्रगति के लिए उन्हें खेलना पड़ रहा था।

कुछ दिनों बाद नरपत सिंह जी वहाँ आए और जब उन्होंने रामभतेरी के रंग-ढंग देखे, तो ख़ुश होकर बोले : ''गुलाब! आपकी सूझ-बूझ की जितनी सराहना की जाए कम है। मात्र दो वर्ष के छोटे अरसे में आज रामभतेरी जिस तत्परता से मेरे प्रश्नों का उत्तर दे रही थी, वे मुझे इतने अधिक अविश्वसनीय लगे कि मैंने उसके पीछे जाकर उसके कानों में लगी हुई मशीन का मुआयना किया कि 'कहीं ये जवाब मशीन से तो नहीं आ रहे हैं?' मेरी कौतूहल भरी जिज्ञासा देख कर रामभतेरी बड़ों की तरह कानों की मशीन हटा कर मुस्कुराती हुई बोली : ''बाबोसा! आपकी और गुरु माँ की कृपा से ये जवाब मैंने ही दिए हैं। ये ढेर सारे 'मास्टर जी' एक साथ मिल कर, मुझे विद्या के मैदान में तेज़ी से दौड़ा रहे हैं, पर बाबोसा!

सच मानिए इससे मैं ज़रा सा भी नहीं थकती, बल्कि जितना दौड़ती हूँ उतनी ही ज़्यादा खुशी से भर जाती हूँ।''

नरपत सिंह जी उसके उत्तरों से ऐसे अवाक हुए कि चुपचाप आँखें फाड़े पहले तो उसके वक्तव्य को ध्यान से सुनते रहे, फिर रामभतेरी को अपने से चिपका कर उसके सिर पर हाथ फेरते हुए बोले: ''विजयी भव, यशस्वी भव।''

उनके आशीर्वाद सुन कर रामभतेरी की आँखें प्रतिवर्ती क्रिया की तरह उस समय उपस्थित अपने शिक्षक की ओर उठ गईं। उसके अभिप्राय को समझते ही उन्होंने तुरन्त आगे बढ़ कर कहाः ''रामभतेरी! सर नरपत सिंह जी तुम्हें संस्कृत भाषा में आशीष दे रहे हैं कि तुम अपने लक्ष्य में सफल होकर, यश कमाओ।''

यह सुनते ही रामभतेरी हुमक कर नरपत सिंह जी से जा चिपकी और उन्हें बार-बार प्रणाम करने लगी।

उसके इस व्यवहार और तौर-तरीक़े से ठाकुर साहब न केवल आश्चर्यचकित थे, बल्कि अत्यधिक आह्लादित भी थे। आज उन्हें ऐसा धन्यता-बोध हो रहा था, जैसा भीष्म पितामह को धनुर्विद्या में अर्जुन की विशिष्ट योग्यता देख कर हुआ होगा।

वे तेज़ी से उठे और गुलाब! गुलाब! करते हुए अन्तःकक्ष में चले गए।

'नरपत सिंह जी और गुलाबदेवी आपस में जकड़े हुए अपने आनन्दाश्रुओं से एक-दूसरे को भिजा रहे थे।' यह दृश्य देख कर कुछ क्षण के लिए काल की गति थम गई थी। दूसरे के सुख से सुखी और दूसरे के दुःख से दुःखी होना! यह संवेदनशीलता भगवान विरले लोगों को ही देता है, पर प्रकृति ने गुलाबदेवी और नरपत सिंह जी को इससे आद्योपांत सराबोर कर रखा था। भगवान जाने यह सौभाग्य मूँगा और दाखी का था या ठाकुर और ठकुराइन का! लेकिन इसकी एकमात्र भोक्ता रामभतेरी थी, जिसका भाग्य यह साबित कर रहा था कि वह उस परमपिता की लाड़ली सन्तान है।

दो वर्ष बाद ही रामभतेरी ने हिन्दी और अँग्रेज़ी में पाँचवी तक की पढ़ाई कर ली। दाखी के साथ आए मास्टर जी की कृपा से उसने आरम्भ के दस वर्षों में अक्षर ज्ञान, वर्णमाला आदि तो अच्छी तरह सीख ही लिए थे, और इन वर्षों में उसने अच्छी प्रगति कर ली थी।

तीसरे वर्ष के अन्त में उसने गुरु माँ गुलाबदेवी को यह कह कर चौंका दिया: ''माँ! मुझे आपसे एक बड़ी शिकायत है।'' गुलाबदेवी के अचरज से खुले मुँह को देख कर वह एक छोटे बच्चे की तरह खिलखिलाती हुई बोली : ''माँ! शिकायत यह है कि आप धृतराष्ट्र की तरह मोहान्ध हो रही हैं। आपको केवल 'मैं ही मैं' दिखती रहती हूँ। क्या आप भूल गई हैं कि आप मल्लिका दीदी की भी माँ हैं? यदि ये गुरुगण पढ़ी-लिखी मल्लिका दीदी को और भी शिक्षित कर दें, तो क्या इस धरती का भला बहुगुणित नहीं हो जाएगा?''

उसकी भाषा और संदर्भ सुन कर गुलाबदेवी अचकचा गईं और जब उन्होंने तुरन्त शिक्षा-कक्ष में जाकर, जब रामभतेरी के गुरुओं से दरियाफ़्त कीं, तो उन्हें पता चला कि रामभतेरी ने उनसे साफ़-साफ़ कह दिया है: ''देखिए, मुझे पानी और बिजली तो बनानी नहीं है, इसलिएं आप लोग कृपा कर मुझे विज्ञान की अतल गहराइयों में गोते खिलवाना बन्द कर दीजिए और सबसे पहले मुझे भारत का इतिहास, भूगोल के साथ भारतीय संस्कृति बहुत ही अच्छी तरह समझा दीजिए, और अब से आप लोग मुझे नींद में संगीत की जगह संसार के महान ग्रंथों की रुचिकर कहानियाँ सुनवाइए। नाच मुझे जितना आता है वह मेरे लिए क़ाफ़ी है, हाँ! गाने का थोड़ा-बहुत अभ्यास मैं करती रहूँगी। सर! अपने देश के इन तीन पक्षों को जानने के बाद मुझे यहाँ के दर्शन शास्त्र को भी गम्भीरता और विस्तार से जानना-समझना है।''

जब उन लोगों से गुलाबदेवी को रामभतेरी के इस स्पष्ट और गम्भीर दृष्टिकोण के बारे में ज्ञात हुआ, तो वे दंग रह गईं। वे इस बात से नाराज़

होने के बजाय आश्चर्यचकित थीं कि रामभतेरी ने उनसे बिना पूछे अपने रास्ते को पूरी तरह मोड़ कैसे लिया? वे बार-बार अपनी अन्तःप्रज्ञा से पूछ रही थीं कि 'क्या रामभतेरी सचमुच एक जाग्रत आत्मा है! जो अपने साथ प्रखर मेधा के संस्कार लेकर आई है? क्या इसकी कुशाग्र बुद्धि इतनी तीक्ष्ण है कि यह आँखों से देखा और कानों से सुना सब कुछ ज्यों का त्यों ग्रहण कर उसे अपने मस्तिष्क और हृदय में एक साथ अंकित कर लेती है? क्या इसका जन्म किसी ख़ास नक्षत्र में हुआ था, जो इसने शिक्षा का शिखर सीढ़ियाँ चढ़ कर नहीं फलाँग कर छू लिया है? इतनी छोटी उम्र में ऐसी निर्द्वन्द्व और साफ़ दृष्टि! ऐसा बेबाक साहस! आख़िर इसमें आया कहाँ से?'

इसी उधेड़बुन के वन में विचरण करतीं गुलाबदेवी जब वापस अपने कक्ष में घुसने लगीं, तो सामने से आती मल्लिका से टकरा गईं। वैसे तो यह एक साधारण-सी घटना थी, पर जीवन में संतुलन को ही सब कुछ मानने वाली, लय और सधे कदमों की आराधिका गुलाबदेवी के लिए यह एक अनहोनी घटना थी, इसलिए मल्लिका के मुँह से बरबस निकल पड़ाः "माँ, आपकी तबीयत ठीक है ना?" उसकी बात का जवाब दिए बिना ही गुलाबदेवी मल्लिका का हाथ पकड़ कर उसे भीतर ले गईं और एक 'पीढ़े' पर अपने सामने बैठा कर पूछने लगीं: "मल्लिका बेटा! क्या आपको भी रामभतेरी में कुछ परिवर्तन महसूस हो रहा है?"

मल्लिका ने एकदम सहजता से जवाब दियाः "हाँ माँ! बहुत ज़्यादा। माँ, रामभतेरी इतने कम समय में ही इतनी परिपक्व हो गई है कि मुझे वह एक अजूबा लगने लगी है। जानती हैं, कल वह अपनी माँ और पिता को क्या कह रही थी? उसने उनसे कहाः 'बापू-माँ! मै जाणूँ हूँ कि आप दोनूँ मन्नै रोज लुक-लुक कर देखो हो। मै थारै प्यार नै समझूँ भी हूँ, पर जदि थम दोन्नू मन्नै सच्चा प्रेम करो हो, तो एक स्कूल खोल कर 'टांडे' के और भी लड़के-लड़कियाँ नै पढ़ना-लिखना सिखवाओ। जदि आप दोन्यूँ इस

बाबत गुरु माँ सै बात करोगे, तो वे 'पकायत' से 'हाँ' तो भर ही देंगी, साथ ही राजी-राजी थारी ख़ूब मदद भी कर देंगी, क्यूँकि वे ठहरी साच्छात माँ-सरस्वती का अवतार।''

मल्लिका ने आगे यह भी कहा : ''माँ! जब आप सबके सामने उसे 'प्रोडीजी चाइल्ड' (चमत्कारी बच्ची) कहती थीं, तो मुझे लगता था कि माँ! रामभतेरी के बारे में कुछ ज़्यादा ही बोल रही हैं, पर माँ, आप सही थीं, वह सचमुच ही एक 'अद्भुत लड़की' है।''

मल्लिका ने अपना वाक्य ख़त्म किया ही था कि रामभतेरी दौड़ती-हाँफती आँधी की तरह वहाँ घुसी और गुलाबदेवी के पैरों पर अपना सिर रख कर रोती हुई कहने लगीः ''माँ! माफ़ी दे दीजिए। आपने मेरे लिए अपना सब कुछ ही नहीं! जान तक लगा दी और मैं अपनी बेवकूफी में आपको इतनी बड़ी बात बताना ही भूल गई। शिक्षकों ने अभी मुझे अपनी ग़लती बताई। माँ, सच्ची! मुझसे बड़ा पाप हो गया। माँ! आप मुझे कड़ी से कड़ी सज़ा दीजिए, मैं उसे भुगतने को तैयार हूँ, और यदि आपको मेरे निर्णय पसन्द नहीं आए हों, तो आप शिक्षकों को सीधे उन्हें उलटने के निर्देश दे दीजिए।'' इसके साथ ही वह बिसुरते हुए स्वर में 'माँ!...माँ!...' करती हुई ज़ोरों से बिलखने लगी।

गुलाबदेवी ने तत्क्षण उसे उठाया और अपने से कस कर चिपकाने के बाद अपने पल्लू से उसके आँसू पोंछती हुई और उसके बालों को सहेज कर सजाती हुई बोलींः ''अरे पागल! माफ़ी किस बात की? सच कहूँ तो मुझे आज तेरे कारण अपने-आप पर गर्व हो रहा है। तूने इतनी शीघ्रता से अपनी विचारणा शक्ति को विकसित कर लिया है, यह जान कर आज मुझे कृतार्थता-बोध हो रहा है। रामभतेरी! तूने अपने माता-पिता को ही नहीं, पूरी बनजारा संस्कृति!.. नहीं ग़लत! पूरी भारतीय संस्कृति को गौरवान्वित किया है। बेटा! माफ़ी किस बात की? तूने तो आज एक नया इतिहास रचा है।''

'सुखी रहो और ऐसे ही आगे बढ़ती रहो' का आशीर्वाद देने के बाद उन्होंने अपने भृत्य को आवाज़ देकर कहा : "धन्ना जी! आप ज़रा पूरे टांडे के और अपने यहाँ के लोगों को, मन भर कर मिठाइयाँ खिलाइए और यदि सम्भव हो तो थोड़ी सी आतिशबाज़ी का इन्तज़ाम भी कर दीजिए।"

रामभतेरी बड़ों के बड़प्पन का विस्तार देख कर अचम्भित थी! वह फिर से दौड़ कर गुलाबदेवी से जा चिपकी और विगलित स्वर में 'माँ!... माँ!' करने लगी।

इस बार उसके आँसू दुःख के नहीं, आनन्द के थे।

तभी ज़ोरों की आँधी के साथ झमाझम पानी बरसने लगा। गुलाबदेवी ने कहा : "रामभतेरी! कहते हैं जब ईसा मसीह को आत्मबोध हुआ था, तब भी ख़ूब तेज़ बारिश हुई थी, और किंवदंती तो यह भी है कि उस बारिश में नहा कर कोढ़ियों का कोढ़ मिट गया था। मैं इतनी बड़ी बात से तो तुम्हारी तुलना नहीं करूँगी, पर मुझे यह तो मानना ही पड़ेगा कि तुमने जो दूसरों को शिक्षित करने का मन बनाया है, वह भी तो एक प्रकार से उन्हें अज्ञान रूपी बीमारी से मुक्ति दिलवाने का प्रयास ही है। मुझे लगता है तुम्हारे इन सद्विचारों से वह 'ऊपर-बैठा' सर्व-नियंता भी बहुत खुश है और इसीलिए अपनी स्नेह-वर्षा से तुम्हें आप्लावित कर रहा है। रामभतेरी! तुम्हारा जीवन आरम्भ से ही रहस्यमय रहा है; तुम्हारा जन्म, तुम्हारा लालन-पालन, तुम्हारी शिक्षा-दीक्षा जिन विभिन्न तरीक़ों से हुई है, उन सबने तुम्हें अनेक विविधताओं से भर दिया है। बेटा! तुममें जो यह दुर्धर्ष संघर्ष करने की क्षमता है, वह तुम्हें सारी विपरीत परिस्थितियों को भी अपने अनुसार ढाल लेने में तुम्हारी मदद करेगी। बस, तुम न तो थकना, न ही रुकना, फिर गुलाब और नरपत सिंह जी क्या? इस पूरी पृथ्वी का भाग्य-विधाता तक तुम्हारी बगल में आ खड़ा होगा। बेटा! आज से यह मान ले कि तेरी जीत में इस माँ की जीत और तेरी हार में, इसकी हार है! तुम इस माँ को हारने मत देना।"

गुलाबदेवी के ऐसे भावपूर्ण उद्‌गार सुन कर रामभतेरी ज़ोरों से 'माँ!ऽऽ' कह कर उनसे चिपक गई। उसी समय बाहर से आवाज़ आई : "माँ, शरण दीजिए! हम बैंक वाले हैं और औचक इस तूफान में फँस गए हैं।"

उस ध्वनि का ऐसा चमत्कार हुआ कि भतेरी की भावगंगा ने तुरन्त किनारा पकड़ा और वह गुलाबदेवी को छोड़ कर दरवाज़े की ओर दौड़ गई। कुछ ही क्षणों में सबने देखा कि रामभतेरी मरुस्थल में ऊँटों पर चलते बैंक और उसके कारिन्दों को साथ लिए वहाँ हाज़िर है।

रामभतेरी उत्साह से छलछलाती हुई उनका परिचय देने लगी : "माँ! बापू! ये लोग जैसलमेर में मुझे कई बार मिले हैं। ये जानते हैं कि मरुस्थल का आदमी दूर बैंक तक नहीं पहुँच सकता, इसलिए ऊँटों पर 'घुमन्तू बैंक' लेकर उनके घरों तक पहुँच जाते हैं और चूँकि ये लोग वहीं के बाशिन्दे होते हैं, इसलिए वहाँ के वासी इन पर आँख मूँद कर विश्वास करते हैं, और ये लोग भी उनके दुःख-सुख को समझते हुए कर्ज़-उगाही में कोई सख़्ती नहीं बरतते। विस्मयकारी है यह जानना कि आज तक न तो 'घुमन्तू बैंक' को और न ही इससे लाभ पाने वालों को आपस में कभी कोई धोखा हुआ है।" कह कर रामभतेरी ने आगंतुक का हाथ पकड़ा और उसे सबके बीच लाते हुए कहा : "आइए धनपत भाई सा! माँ से और मेरे टांडे के लोगों से मिलिए।"

धनपत सिंह जब गुलाबदेवी के चरणों में झुके, तो गुलाबदेवी की विस्फ़ारित आँखों में भतेरी का सर्व-प्रेम, करुणा और उसका संवेदनापूर्ण अनुभव-संसार झलक रहा था। आज उन्हें एक बार फिर लगा कि 'रामभतेरी हम सबसे न्यारी एक ऐसी आत्मा है, जिसका 'तार' सीधे प्रकृति के अनहद नाद से जुड़ा हुआ है, और वही हर पल रामभतेरी को निर्देश दे रहा है। हम सब तो मात्र दिखावे के मोहरे हैं, जिन्हें निमित्त बना कर वह रामभतेरी को एक विशिष्ट आत्मा बनाना चाहता है।'

इन विचारों के आते ही गुलाबदेवी ने आकाश की ओर हाथ जोड़े और रामभतेरी से कहा : ''बेटा! आज से आपको सारी छूट है, आपका जैसे मन हो, आप वैसे ही निर्णय लीजिए, और मेरी ज़रूरत हो तो मुझे बता दीजिए।

''और बेटा! सबसे पहले आगंतुकों की आवभगत का इन्तज़ाम कीजिए। इनके ऊँटों को 'नोहरे' में बँधवा कर चारा-पानी देने को कहिए और अतिथियों के भोजन और विश्राम की व्यवस्था कीजिए। मल्लिका! आप भी रामभतेरी का हाथ बँटाइए।''

गुलाबदेवी के मनोमंथन से अनभिज्ञ भतेरी पहले तो आँखें फाड़े गुलाबदेवी की नाराजगी और स्नेह को तौलने लगी, और फिर उनके चेहरे पर आशीष मुद्रा देख कर चहकती हुई, उनके आदेशों को अंजाम देने में लग गई।

रामभतेरी तो रामभतेरी! दाखी, मूँगा, टांडे के लोग और स्वयं ठाकुर नरपत सिंह जी भी गुलाबदेवी के इस परिवर्तन को समझने में असमर्थ थे, इसलिए 'हक्के-बक्के'-से उन्हें देखे जा रहे थे।

उनके असमंजस को भाँप कर गुलाबदेवी ने हँसते हुए कहा : ''मित्रो! आज मैं जहाँ खड़ी थी, वहाँ से आगे बढ़ गई हूँ और इसका श्रेय रामभतेरी को है। मेरा अनुरोध है कि आप सब भी सदा इसका साथ दें और हर क्षण यही आशीष दें कि यह आगे बढ़ती रहे, न कहीं रुके, न कभी थके।''

यह कहते हुए उन्होंने रामभतेरी के सिर पर हाथ रख कर कहा : ''कीर्तिवान् भव।''

'रे भैरों मर तू! चोट्टा! कमीणा! पाजी! एक लम्बर का झूठा! सात समद्दराँ का बऽईऽमान!' आदि धुआँधार गालियों का राग अलापते पन्ना लुहार ने भैरोंसिंह बनजारे के अंगरखे से उसका गला कस कर 'घोट' रखा था। बेचारे भैरोंसिंह की आँखें बाहर निकली पड़ रही थीं और वह गले से 'गों-गों' करता हुआ अपने दोनों हाथों को पंखे की तरह 'ना' में हिलाए जा रहा था। लेकिन क्रोध से बावले हुए पन्ने के कान बहरे और आँखें अंधी हो रही थीं, और वह अपने दोनों हाथों की मुट्ठियाँ बाँधे हुए, बिना एक क्षण भी रुके, भैरोंसिंह को 'धमाधम' कूटे जा रहा था। उनके 'एड़े-छेड़े' 'टाँडे' के और गाड़िया लुहारों के ढेरों 'लोग-लुगाई' इकट्ठे हो गए थे, जिनमें कुछ भैरोंसिंह के पक्ष में थे और कुछ पन्ना लुहार के।

किसी 'गपड़चोथ' के शोर-शराबे की तेज़ आवाज़ें रामभतेरी के कानों में जाएँ और वह तुरंत वहाँ न पहुँचे क्या यह सम्भव था? जैसे काले बादलों से घिरे आसमान में अचानक कड़कड़ा कर बिजली चमकती है, उसी त्वरित गति से रामभतेरी वहाँ की भीड़ को चीरती हुई उस 'रणांगन' के बीचों-बीच आ खड़ी हुई। उसे देखते ही बेचारे पन्ना का दायाँ हाथ ऊपर का ऊपर! और बायाँ हाथ अधरास्ते में ही जहाँ का तहाँ रुक गया। भैरोंसिंह काँपता-सा उठा और रामभतेरी के पैरों में जा गिरा, और अपने दोनों हाथों को जोड़े फटे गले से घरघरा कर 'मन्नै बचा ले! मन्नै बचा ले!' की विनती करने लगा।

रामभतेरी एक ऊँची-सी चौकी पर खड़ी हो गई।

उसका इस मुद्रा में खड़ा होना था कि वहाँ सन्नाटा छा गया और सारी भीड़ एकटक रामभतेरी की ओर देखने लगी। रामभतेरी ने चारों ओर गरदन घुमा कर देखा और फिर उन सारे लोगों की ओर मुख़ातिब हो कर कहा :''भाई लोगो! जरा मन्नै ठीक सै बताओ कि आज के बात होई? और इस जोर की 'मारा-पिटि' का कारण के था?''

दरअसल दाखी और मूँगा के प्रयास से कई 'टाँडों' के बनजारे, और इमरती एवं सुखिया के आह्वान से दूर-दराज़ तक के 'गाड़िया लुहार' भी आजकल वहीं आ गए थे। उनके आकर्षण का प्रमुख केन्द्र था 'सरस्वती विद्यामन्दिर'! जो आठ वर्ष पहले रामभतेरी के सुझाने पर दाखी और मूँगा ने गुलाबदेवी की छत्र छाया में खोला था। होने के तो 'गाड़िया लुहार' भी घर-बार हीन एक भिन्न प्रकार के बनजारे ही होते हैं; जो बैलगाड़ी में अपना पूरा कारख़ाना लादे जगह बदल-बदल कर घरेलू बरतन, चाकू, तलवार आदि बना कर अपनी जीविका चलाते हैं। कहते हैं इनके पुरखे महाराणा प्रताप के समय में उनके साथ ही जंगलों में छिप कर उनकी ज़रूरत के हथियार बना कर उनकी सेवा करते थे, जिस हेतु महाराणा प्रताप ने उनकी भूरि-भूरि प्रशंसा भी की थी। ये लोग आज भी वैसे ही बैलगाड़ियों पर कारख़ाना लादे हुए 'लुहारपना' करते घूमते रहते हैं। गाड़िया लुहारों का स्वभाव और प्रकृति इन बनजारों से कुछ अलग थी और हाल ही में आने के कारण 'ये लोग' यहाँ के पुराने लोगों में पूरी तरह 'रल-मिल' भी नहीं पाए थे, और इसी वजह से इनमें कभी-कभार छोटे-मोटे झगड़े हो जाया करते थे। स्वभावतः ये लोग भी सीधे-सादे और चोरी-चकारी से परहेज़ करने वाले थे; इसीलिए आज तक यहाँ कोई दुर्घटना नहीं घटी थी और सब बड़े प्रेम और भाईचारे से रहते थे। चूँकि वहाँ पहली बार ऐसी घटना घटी थी इसलिए चारों ओर एक सनसनी-सी फैली हुई थी।

दाखी-मूँगा को भी जब अपने ठाँव में इस हंगामे की ख़बर मिली, तो

वे भी तेज़ी से भागते हुए वहाँ आए। वहाँ पहुँच कर उन्होंने जब रामभतेरी को चौकी पर खड़े देखा तो वे सीधे जाकर उसकी बगल में खड़े हो गए।

पूरी घटना का पता चलने पर मूँगा सरदार ने पन्ना लुहार का कंठ पकड़ कर कहा : "रै तैं क्यूं पीट्या भैरोंसिंह नै?"

"अरे बाप जी, मेरी के मजाल! जो मै इसकै आंगली भी छुआता? थारी 'सोगन' (कसम) कि मै काल्ह ए 'बाड़मेर' के 'सरहदी–ताराँ' कै पार सै एक पाकिस्तानी सिपाही सै 'बिलायती' जूते खरीद कर लाया था, जो इस भैरोंसिंह चोट्टे नै चोर लिए। बाप जी! मन्नै मेरै पूरे म्हीने की कमाई कै 'पिस्सा' सै वै जूते खरीदे थे और इस्सै वास्ते मै गुस्से सै बावला हो ग्या था।" यह बोलता–बोलता वह रो पड़ा।

अब क्या था? मूँगा ने उसी वक़्त भैरोंसिंह को उठा कर दबोच लिया। बेचारी रामभतेरी! 'बापू!... भैरोंसिंह भाई!...पन्ना भाई!'...करती जा रही थी।

इतने में ही भीड़ के धुर दूसरे छोर से एक 'गला–फाड़' चीत्कार के साथ आवाज़ सुनाई पड़ी : "अरै कसाइयों! छोड्डो मेरै धणी नै! और ये ल्यो थारे जूत्तै!"

क़िस्सा कोताह यह था कि भैरोंसिंह वे जूते शौक़ से अपनी बीवी को दिखाने के लिए पन्ना लुहार को बिना पूछे ही उठा ले गया था, जो कि उनके बीच रोज़मर्रा की एक साधारण–सी बात थी। जब भैरोंसिंह जूते वापस रख आया, तो उसकी बीवी उसके पीछे–पीछे जाकर चुपके से उन्हें उठा लाई।

अपने पर चोरी का लांछन लगते ही धापी ने तुरन्त अपनी दलील पेश करते हुए उत्तर दिया : "सोगण मेरै गबरू जवान 'बट्टे' की! अर 'बिणजारी माता' की! मेरी नीयत चोरी की बिलकुल ना थी। मेर पेट मै तो बस यो 'गादड़ा बड़ ग्या' (शक) था कि हो न हो यो भैरोंसिंह मेरे जमा करेड़ै सारै 'पीस्से' काढ़ कर ये जूत्ते ल्याया है, और इब नाम पन्ना लुहार का बत्ता

रह्या है। बेबे, सोंह उस ऊपर वालै की! कि मै तो ये जूतेऽऽऽ! 'लुका' कर अपणा धन संभालण बैठी ई थी!'' कहते हुए उसने एक जोड़ी नर्म चमड़े के जूते अपने दाहिने हाथ में ऊँचे उठा कर सबको दिखाए और फिर अपने वाक्य को यों पूरा किया ''कि या 'महाभारत' छिड़गी! ओर मेरै जरा सै 'सक' कै कारण बिचारे भैरोंसिंह की 'मरण-ज्हिसी' कुटाई होग्गी।''

यह कहती हुई वह तड़प कर दौड़ती-सी भैरोंसिंह की गोद में जा पड़ी और अपनी लुगड़ी के पल्ले का गोला बना कर उसमें 'फूँ-फूँ' की फूँक मार कर, भैरोंसिंह के फूटे होंठों और बाकी की चोटों को सहला-सहला कर सेंकने लगी।

रामभतेरी दबे कदमों से जाकर भैरोंसिंह के गले से झूल गई और उसके गालों पर अपने हाथ फेर कर कहने लगीः ''चाचा! माफ कर द्यो ना, पन्ना चाच्च नै...चाचा! कदै-आध आदमी सै भारी भूल हो जाया करै, पर चाचा! बड़ा तो वो ए है जो माफी दे देव।'' यह कहते हुए वह पन्ना लुहार का हाथ पकड़ कर उसे भैरोंसिंह के पास ले आई और बोलीः''चाचा! देखो पन्ना चाचा, थारै सै जूत्ताँ की मार-पिटाई की माफी माँगण आए हैं।'' पन्ना लुहार की भैरोंसिंह से माफ़ी माँगने की राई-रत्ती भी इच्छा नहीं थी, पर एक तो रामभतेरी का प्रभाव और दूसरे उसकी आलोक-छाया में खड़े मूँगा सरदार और दाखी! ऐसे में उसकी क्या मज़ाल थी जो वह ज़रा सी भी चीं-चपड़ करता। वह बेमन से भैरोंसिंह के पास आकर बोला : ''भैरों! कोई मानै या ना मानै, पर तेरी और तेरी लुगाई की गलती तो बड़ी ए 'बाज्जगी' (कहलाएगी) भाई।''

रामभतेरी ने भोले-भाले भैरोंसिंह और पन्नासिंह को! अपनी चतुराई से इतनी अच्छी तरह पटा लिया कि अन्त में वे दोनों एक-दूसरे के गले लग गए। देखते ही देखते द्वेष के विषैले भारी बादल वहाँ से उड़ गए और सारे लोग हल्के-फुल्के होकर आपस में गप्पें लगाने लगे।

उसी समय रामभतेरी मूँगा के पास जाकर धीरे से बोली : ''बापू! इन सारे लोग्गां का ध्यान मेरी तरफ करवाओ, मन्नै कई जरूरी बात करणी हैं।''

मूँगा तत्क्षण उछल कर चबूतरे पर जा चढ़ा और ज़ोरों से हुंकार भरता हुआ बोलाः ''अरे मेरे प्यारो! एक मिनट रुक्को! जरा देक्खो कि आपणी या, रामभतेरी के कह्या चाह्वै सै। भाइयो, आप सब ध्यान दे कर इसकी बात सुणणा।''

रामभतेरी दोनों हाथ जोड़े विनीत मुद्रा में होंठों पर हल्की मुस्कान लिए गम्भीर स्वर में बोलीः ''मै रामभतेरी! आपकी बेटी! आपका खून! हर बखत अपणे लोगाँ का जीवन सुधारणै की बाताँ सै 'मगजमारी' करती रही हूँ, ओर मेरी सारी चिन्ता उस मिट्टी कै वास्तै ही है, जिसकै पेट मै आपकी अर मेरी 'ओलनाल' गड़ री हैं। सो भाई! आज थारै सामनै मै अपणै मन की सारी बात खोल कर करना चाहूँ हूँ।

''मै कहणा चाहती हूँ कि अब हम लोग थोड़ी-भोत 'खड़ीन खेती' कराँगे और 'रेजवानी पाणी' से 'डाँगर' पाल कर बेचेंगै भी। जो भी चीज उपजैगी वा उपजावाँगे, ओर दर-दर भटकना बंद करकै, 'कमाई-कजाई' के नए-नए उपाय कराँगे। यदि आप सब वचन द्यो कि आप पूरी 'मीन्हत' से काम करोगे, तो मै जमीन और पाणी का उपाय करूँगी। बोलो मंजूर है?''

'मंजूर! हाँ मंजूर!' का गगनभेदी शोर जब गुलाबदेवी, मल्लिका और भीतरी कक्ष में संगीत की शिक्षा लेते कई कानों तक पहुँचा, तो सब कौतूहलवश तेज़ी से बरामदे में बाहर आ गए। ठाकुर साहब ने रामभतेरी को देख कर कहाः ''गुलाब! देखो, इस बच्ची ने अभी ठीक से चलना भी नहीं सीखा है, और हज़ार-पाँच सौ की भीड़ का नेतृत्व कर रही है।''

गुलाबदेवी ने ठाकुर साहब की उक्ति को कोई तवज्जुह नहीं दी, उल्टे कहा : ''हुजूर! आप हैं कौन सी दुनिया में? सच कहूँ तो आपको इस खिलंदड़ी लड़की की अप्रतिम प्रतिभा का कोई अंदाज़ ही नहीं है।

ठाकुर साहब! यह लड़की वह करिश्मा है, जो कभी-कभार अनायास ही उस 'ऊपर वाले' के हाथ से 'गढ़' जाता है और इसके चमत्कारों से वाक़िफ़ होने के कारण वह इसे 'फ़र्द' (एकमात्र) ही रहने देता है। ठाकुर साहब! आप हज़ार-पाँच सौ की बात करते हैं, यदि स्थिति और समय ने इसका साथ दिया, तो इसकी काबिलियत यह सिद्ध कर देगी कि यह पूरे देश का नेतृत्व करने में सक्षम है।''

इसी समय सरस्वती विद्यामंदिर की एक छात्रा जमुना की और भी चौंकाने वाली बातें सुनाई पड़ीं: ''दीदी! आप ने जो अभी 'रेजवानी पानी' का ज़िक्र किया था, उसके बारे में हमें आपके गुरु 'कवड़े जी' ने न केवल हमारी 'कम्प्यूटर कक्षा' में बताया था, बल्कि एक सफ़ेद चादर टाँग कर उस पर हमें ढेर सारे चित्र भी दिखाए थे।''

वह आगे कुछ कहती कि रामभतेरी ने उसे बीच में ही रोक दिया, क्योंकि उसकी शुद्ध हिन्दी सुन कर वह 'अवाक' रह गई थी और उसे उसके विकास के पीछे छिपा वह महान व्यक्ति समझ में आ गया था। वह तेज़ी से गुलाबदेवी के पास जाने के लिए चौकी से उतरी, पर चौकी से उतरते ही उसे अपने सामने गुलाबदेवी खड़ी दिखीं। रामभतेरी उनके दोनों पैरों को पकड़ कर उन पर सिर रखे आँसुओं से भरे विगलित कंठ से कहा : ''माँ! आप सरस्वती का अवतार हैं। माँ! आपने रामभतेरी के साथ-साथ इन साठ-सत्तर बच्चों को भी इतना पढ़ा-लिखा दिया कि इन्होंने पढ़ाई ही नहीं, कम्प्यूटर का ज्ञान तक हासिल कर लिया। माँ! मुझे ऐसा लगता है, जैसे आपने जादू करके इन्हें इतनी जल्दी सब कुछ सिखा-पढ़ा दिया है।'' गुलाबदेवी ने उसके सिर को अपनी गोद में रखा और बोलीं : ''बेटा! सच कहूँ, तो इसके असली हक़दार तुम्हारी माँ दाखी देवी और पिता मूँगा सरदार हैं। इन दोनों ने लगातार वर्षों तक यह तपस्या की है जिसके परिणामस्वरूप आज ये बच्चे 'कम्प्यूटर' की बात कर रहे हैं!''

जब रामभतेरी ने विस्फ़ारित आँखों से 'गुरुमाँ' का यह वक्तव्य सुना, तो वह रोती हुई तेज़ी से दौड़ कर दाखी और मूँगा से लिपट गई और लगातार माँऽऽऽ! बापूऽऽऽ! माँऽऽऽ! बापूऽऽऽ! करने लगी। ऐसा लग रहा था उस वक़्त उसके सारे शब्द चुक गए हैं और मां! बापू! के आगे कुछ भी बोल नहीं पा रही है। उसकी विकलता देख कर नटनी दाखी ने अपना करतब दिखाया और रामभतेरी के सिर पर हल्का-सा धौल मार कर कहा : 'भतेरी! म्हारै नाम की माला जपना बंद कर और काम की बात नै आगे बढ़ा।''

रामभतेरी आगे कुछ कहती कि गुलाबदेवी ने उसे टोक कर कहा : ''बेटा! मैं समझ रही हूँ कि तुमने गाँधीवादी अनुपम मिश्र के भक्त कवड़े जी से ये सारी बातें सुनी और समझी हैं। पर बेटा, इतने पानी और ज़मीन के इंतज़ाम में तो तुम्हें समय लगेगा! इसलिए क्या यह बेहतर नहीं होगा कि तुम अपने इन कम्प्यूटर प्रशिक्षित चेला-चेलियों को अपने साथ शिक्षा-कक्षा में ले जाकर उनसे बनजारों के परम्परागत कपड़े, गहने, गाड़ी सजाने की घंटियाँ आदि अनेकानेक सामानातों की प्रतिकृति के खाके! रेखाओं और फ़ोटो के माध्यम से बना कर, उन्हें संसार भर के बाज़ारों को भेज कर उनसे 'ऑर्डर' मँगवाने का प्रयास करो। तुम्हारे बाबो सा! इस काम में तुम्हारी मदद कर सकते हैं, क्योंकि उनके राजकुमार मित्रों के बहुतेरे विदेशी दोस्त हैं। मुझे लगता है कि यदि ठाकुर साहब उनसे बातचीत करेंगे तो तुम्हें काफ़ी 'ऑर्डर' मिल सकते हैं। विदेशों में हाथ के काम की बहुत माँग है, विशेष कर चटख़ रंगों और परम्परागत परिधानों के तो वे दीवाने ही हैं, यदि तुमने 'अंगरखे' के ऑर्डर के लिए! उसे अपने बापू को पहना कर कम्प्यूटर पर लगा दिया, तो ढेरों अंग्रेज़ मेमें इन पर 'मर मिटेंगीं' और इनके ही हज़ारों ऑर्डर दे बैठेंगीं'' गुलाबदेवी ने निर्मल विनोद के लिए यह वाक्य जोड़ दिया।

गुलाबदेवी के इस कथन से बड़ी-बड़ी मूँछों वाला वह सरदार ऐसा

झेंपा कि अपनी गरदन और आँखें! ज़मीन में ही घुसाने पर उतारू हो गया। उसके इस बचपने को देख कर न केवल गुलाबदेवी, ठाकुर साहब, शिक्षकगण आदि उस पर मुग्ध हो गए, बल्कि दाखी तक उस पर 'निछावर' हो गई। उसे लगा वाकई वह सौभाग्यशाली है कि उसे इतना जुझारू! पर भला और भोला पति मिला। उसने तुरन्त धरती माता को 'चुचकारा' और अपने हाथ जोड़ दिए।

गुलाबदेवी की सलाह को 'सिर-माथे' पर लेकर रामभतेरी तुरन्त ही वापस उस चौकी पर जाकर खड़ी हो गई और सारी एकत्रित भीड़ को गुलाबदेवी से हुई चर्चा के बारे में समझाने लगी। जब उसने पानी वाली योजना को स्थगित कर यह नई योजना सबके सामने रखी, तो सरस्वती विद्यामंदिर के सारे विद्यार्थी कूद-कूद कर ताली बजाने लगे और अपने घरवालों को रामभतेरी की बातें विस्तार से समझाने लगे। उनकी बातें सुन कर आबाल-वृद्ध सब अत्यधिक खुश होकर अपने स्वभावानुसार नाचने-गाने लगे और जो स्थान कुछ समय पहले 'युद्धक्षेत्र' था, वह रामभतेरी के जादू से 'क्रीड़ांगन' में परिवर्तित हो गया।

गुलाबदेवी सारे दृश्य को देख कर मुस्कुराती हुई सोचने लगीं : ''रामभतेरी सचमुच ही एक अजूबा है।''

सूरज अभी पूरा उगा नहीं था; वह पूरब के आकाश से थोड़ा-सा उचक कर, इस ख़ूबसूरत सृष्टि के परिंदों को, रेत के 'धोरों' को, पनघट पर रमझोल करतीं स्त्रियों को, माँ के पल्लू में घुसे आँखें मसलते बच्चों को, बड़-बड़ कर आँगन बुहरतीं बूढ़ियों को, अँगड़ाई लेतीं युवतियों को, और फेंटा कसते जवानों को निहार ही रहा था कि उसकी दृष्टि-परिधि में किरण-सी चमकती एक किशोरी दौड़ती-सी एक पतली पगडंडी पर उतरी और गुलाबदेवी के घर में घुस गई। उसका इस तरह ओझल हो जाना उस

प्रतापी सूर्य को बिलकुल नहीं सुहाया और वह तेज़ी से ऊपर उठ कर उस कक्ष के ऊपर जाकर जगमगाने लगा।

गुलाबदेवी ने तानपूरे पर राग भैरव गाकर अभी अपने ठाकुर कृष्ण को जगाया ही था कि कृष्णप्रिया राधिका-सी ही एक कोमालांगी उन्हें अपनी 'ठाकुरबाड़ी' में घुसती दिखी। ''अरे रामभतेरी, तुमऽऽ! क्या बात है बेटा! इतनी सुबह-सुबह यहाँ?''

गुलाबदेवी की आवाज़ से रामभतेरी जहाँ की तहाँ ठिठक कर खड़ी हो गई। उसके सिर के ऊपरले छिद्र से प्रकाश का एक पुंज उसे आपादमस्तक प्रकाशित करने लगा। 'देखनहार' गुलाबदेवी हाड़-माँस के एक मुजस्समे में सौंदर्य का पूंजीभूत रूप देख कर 'हेरा' गई थीं, और 'सिरजनहार' की वह अमूल्य कृति! सारी दुनिया की श्रद्धा और समर्पण को अपनी आँखों और अंग-प्रत्यंग में भरे, निःशब्द मूर्ति-सी अपनी आराध्या को एकटक देखे जा रही थी।

धरती के इस छोर पर गतयौवना और आगतयौवना! दोनों दो युगों का प्रतिनिधित्व करती हुई एकाकार थीं। एक अपना सम्पूर्ण देकर तृप्त थी और दूसरी इस दान से कृतार्थ होकर विनय से झुकी जा रही थी।

तभी गुलाबदेवी ने कहा: ''बेटा! लगता है कोई नई योजना ध्यान में आई है। आइए, यहाँ ठाकुर के पास बैठिए और बताइए हमें क्या करना है?''

रामभतेरी ने कहा : ''माँ! मेरा सिर चिंता से घूम रहा है। मैंने ये लम्बी-चौड़ी योजनाएँ सबके सामने रख तो दीं, पर अब मुझे लगता है कि क्या इतना सब करना मेरे वश में है? यह कहते हुए उसने अपने सिर को अपनी हथेलियों के बीच ज़ोर से पकड़ लिया।

रामभतेरी की कुमुदिनी फूल-सी हथेलियों से घिरा उसका मुखचन्द्र पूनम के चाँद-सा शोभित हो रहा था और उसकी आँखों से लगातार झरता पानी! ऐसा दृश्य रच रहे थे जैसे भगवान शिव के शीश पर विराजित चंद्रमा को! उसके पार्श्व में स्थित गंगा अपने जल से अभिषिक्त कर रही हो।

गुलाबदेवी ने एक स्थितप्रज्ञ की तरह रामभतेरी से प्रतिप्रश्न किया : ''बेटा! आपने भी तो इस बारे में कुछ सोचा होगा? मेरा विश्वास है कि आपने जो भी सोचा होगा वह सही होगा, फिर भी आइए! हम शांत चित्त से उस पर चर्चा कर लेते हैं।''

रामभतेरी ने तेज़ी से एक-एक करके अपने विचार गुलाबदेवी के सामने रख दिए। गुलाबदेवी ने सारी बातें स्थिर चित्त से सुनने के बाद गहन गंभीर स्वर में कहा : ''बेटा, यदि तुम एक साथ सारे रास्तों पर चलोगी, तो सफलता कठिन है, इसलिए पहले हम एक काग़ज़ पर क्रमवार सारी योजनाएँ लिख लेते हैं फिर यह निर्णय करेंगे कि सबसे अधिक प्राथमिकता किसे देनी है, क्योंकि इन महत् योजनाओं की कार्यान्विति के लिए आवश्यक है कि हम पूर्ण स्थिर चित्त से सारे पक्षों को नाप-तौल कर आगे बढ़ें।

''रामभतेरी, ध्यान रहे कि तुम्हें सबसे पहले 'घुमन्तू बनजारों' और 'गाड़िया लुहारों' के रहवास का प्रबंध करना है। अच्छा हो कि हम सरकार या किसी 'एन.जी.ओ.' के भरोसे न रह कर अपने बल-बूते पर ही इस काम को अंजाम देने की सोचें। पर कैसे? और किससे?''... उचारती हुई गुलाबदेवी माथे पर तीन सिलवटें डाले, मेज़ पर पेन्सिल से इस तरह ठक्-ठक् किए जा रही थीं मानों अंधी गलियों में कोई राह ढूँढ़ रही हों! वे इसे सागर-मंथन जैसी जटिल प्रक्रिया मान कर पूरी तरह अपनी विचार-दुनिया में खोई हुई थीं कि अचानक उन्हें रामभतेरी की अनुपस्थिति का अहसास हुआ। कभी नाराज़ न होने वाली गुलाबदेवी को ऐसा क्रोध आया कि रामभतेरी की सारी योजनाओं को उठा कर कूड़ा-पेटी में डाल दें और कभी भी रामभतेरी से बात नहीं करें। वे बार-बार यही सोच रही थीं कि आख़िर इस लड़की की इतनी हिम्मत कैसे हुई! कि वह अपनी ढेरों उलझनों का ताज उनके माथे पर धर कर ख़ुद वहाँ से ग़ायब हो जाए? इसके पहले कि वे अपनी मानसिक प्रतिक्रिया को शारीरिक क्रिया में

बदलतीं, उन्हें ठाकुर नरपत सिंह उस 'बदतमीज़' लड़की का हाथ पकड़े तेज़ी से उस कक्ष में आते दिखे।

गुलाबदेवी के कुछ कहने के पहले ही ठाकुर साहब बोल पड़े : "हे देवी! ज़रा अपनी शिष्या की लियाकत तो देखिए! आज यह मेरे पैर छूकर प्रणाम करने के बाद भी मेरे पैरों को पकड़े ही रही, और मेरे बहुत ज़ोर देकर पूछने पर बोलीः 'बाबो सा! आज मेरा बीसवाँ जन्मदिन है और इन दस सालों में आप लोगों ने मुझ पर सौ सालों जितना प्यार और अनुग्रह किया है। सच्चाई तो यह है कि गुरु माँ और आपने मुझे मल्लिका से भी ज़्यादा प्रेम और ममता दी है, पर बाबो सा! आप तो जानते ही हैं कि इतने बड़े दान की दक्षिणा भी तो बड़ी ही होती है! इसलिए आप यह बताइए कि मुझे इन 'घुमन्तुओं' की बसाहट के लिए जो लम्बी-चौड़ी ज़मीन चाहिए, उसमें आपका क्या योगदान हो सकता है? साथ ही मुझे यह भी बताइए कि आपकी दक्षिणा में दी हुई ज़मीन के पास की ज़मीन किसकी है ताकि यह 'रामभतेरी'! उनके द्वारे जाकर भी अलख जगाए?'

"गुलाब! मैं तो तुम्हारी लाड़ली के ये वचन सुन कर उसे देखता ही रह गया। उसकी मासूमियत मुझे अपनी ओर इस तरह आकर्षित कर रही थी कि मैं उस पर अपना सर्वस्व न्यौछावर करने के लिए तैयार था।

"तभी उसकी आवाज़ आई : 'बाबो सा! आप बस हमें अपनी बेकार पड़ी 'सूखे वाली' ज़मीन दे दीजिए, हम 'चतर सिंह जाम' के निर्देशन में उसका सदुपयोग कर लेंगे' अर्थात यह लड़की ऐसी तैयारी कर के आई थी कि उसे ना कहना असंभव था।"

इस वाक़िये को सुनते वक़्त गुलाबदेवी ठाकुर साहब की ओर यूँ देख रही थीं मानों कह रही हों : 'यहक्या ख़ास बात है?' अपनी उसी भंगिमा को बरकरार रखते हुए वे बोलीं : "ठाकुर साहब! रामभतेरी के लिए तो यह एक बहुत ही मामूली-सी बात है, दरअस्ल आपको उसकी काबिलियत का अंदाज़ नहीं है। यह लड़की तो 'विष्णु के वामन अवतार' की तरह

अपने हर कदम में एक-एक लोक को मापने की क्षमता रखती है। सो महाराज! क्या राजा बलि की तरह आपने भी उसके अन्तिम चरण को अपने सिर पर रखवा लिया?''

''हे देवी! जब अपने हृदयों में उसके चरणों का ही राज है, तो बेचारे सिर की क्या बिसात! जो वह ज़रा सा भी ना में हिल पाता? उसे तो 'हाँ' कहना ही था।'' गुलाबदेवी ठाकुर साहब की इस उक्ति पर खिलखिला कर हँसी ही थीं कि रामभतेरी तेज़ी से उस कक्ष में घुसी। गाम्भीर्य-रस जिस कक्ष का संवादी स्वर हो अचानक वहाँ हास्य-रस के विवादी स्वर की उपस्थिति से वह चौंक कर, जहाँ की तहाँ खड़ी रह गई। उसकी भौंचक मुद्रा देख गुलाबदेवी ने पहल की और उन्होंने आगे बढ़कर रामभतेरी को गले लगाते हुए कहा : ''बेटा जी! जब आप मेरी अधूरी बात के बीच में ही ग़ायब हो गईं, तो मुझे आप पर बहुत गुस्सा आया था, पर यह सुनकर कि आपने उस अधूरी बात के आगे का मर्म समझ कर उसे कार्यान्वित भी कर लिया है। यह जान कर तो मेरी प्रसन्नता का तो पारावार ही नहीं रहा है। बेटा जी! अब तो मेरी प्रभु से यही प्रार्थना है कि आप ऐसे ही त्वरित गति से आगे बढ़ती रहें और अपने सकारात्मक सपनों को रचनात्मकता में परिवर्तित करती रहें।

अरे हाँ बेटा! आप कब यहाँ से अन्तर्ध्यान हो गईं पता ही नहीं चला और अभी आप यहाँ बहुत तेज़ी से आईं! उसकी कोई ख़ास वज़ह है?''

''हाँ माँ! बस एक नया विचार मन में आया था इसीलिए'' नज़रें झुकाए संकोच से पैर के अँगूठे से ज़मीन कुरेदते हुए भतेरी ने उत्तर दिया। उसका संकोच दूर करने के लिए गुलाबदेवी ने ठाकुर साहब को भी इस वार्तालाप में शामिल करते हुए कहा : ''ठाकुर साहब! देखी गति इस देवी की! अभी आपसे ज़मीन का वादा करवाए इन्हें दस मिनट भी नहीं हुए हैं, और इन्होंने किसी और योजना की तैयारी भी कर ली?''

रामभतेरी ने अपनी योजनाओं की पूरी रामायण गुलाबदेवी को सुना

दी। जिसका सार-तत्त्व यह था कि शीघ्र ही 'मीराँ जयन्ती' आने वाली है और रामभतेरी का मन है कि वह 'पोखरण' की रानी सा के सामने मीराँबाई पर एक छोटी सी नृत्य-नाटिका पेश करे, जिसकी एक सरसरी-सी रूपरेखा भी उसने बना ली है। उसमें शास्त्रीय के साथ ही लोकनृत्य और मीराँबाई के पदों के लोक-शैली में प्रचलित रूप भी हैं। रामभतेरी ने अपने शिक्षकों और कम्प्यूटर का आश्रय लेकर नाटक के सभी पात्रों को उनकी भूमिका कंठस्थ करवा दी है और अब गुलाबदेवी से प्रार्थना है कि वे पोखरण के उस 'मनुहार-भरे बुलावे' को! जिसे वे दो-तीन वर्षों से ठुकरा रही हैं, मँगवा लें।''

ज़मीन आदि की बात तो ठीक थी, पर जब रामभतेरी ने पोखरण के बारे में कहा, तो गुलाबदेवी जैसी अनुभवसिद्ध महिला भी सिहर गईं। उनकी यह सिहरन देख कर रामभतेरी ने कहा : ''माँ! मुझे आपके उन 'भयों' का पता है, जो 'पोखरण' और 'मेहरानगढ़' से जुड़े हैं, पर माँ! जब आपने मुझे वर्तमान जीवन के तपते सूरज के प्रकाश में लाकर खड़ा कर ही दिया है, तो मुझे भी तो अपने में वह संघर्ष-क्षमता पैदा करनी होगी, जो इन ऊबड़-खाबड़ रास्तों को बिना थके पार कर सके? माँ! मेरा यह शरीर! अपनी समग्र चेतना के साथ केवल दाखी माँ! बापू! बाबो सा और आपको समर्पित है। माँ! आप मुझे निःसंकोच जीवन के इस रणक्षेत्र में प्रवेश करने दीजिए, और मेरी जय-पराजय को उस ऊपर वाले पर छोड़ दीजिए।''

गुलाबदेवी विस्फारित आँखों, कानों और अपनी समस्त ज्ञान एवं कर्म इन्द्रियों से भतेरी के ये उद्‌गार सुन कर, एक साथ अत्यन्त आह्लादित और अत्यधिक चिन्तित हो गईं! क्योंकि रामभतेरी की सारी बातें सही होते हुए भी जैसे अभिमन्यु का चक्रव्यूह-प्रवेश माँ सुभद्रा के लिए चिंता का विषय था, आज वही स्थिति गुलाबदेवी की भी थी। वैसे सही यह भी है कि भविष्य के गर्भ में क्या है इसकी चिन्ता से यदि वर्तमान की नदी को

रोक दिया जाए, तो वह नाला बन कर सड़ने लगती है, इसलिए उन्होंने अपने मन में दृढ़ता लाकर कहा : "तथास्तु। रामभतेरी, ऐसा ही होगा।"

ठाकुर साहब अब तक केवल इस पूरे दृश्य के दर्शक मात्र थे, पर अब उन्हें इस दृश्य में हस्तक्षेप करना उचित लगा, इसलिए गुलाबदेवी के हाथों से रामभतेरी की जकड़न को ढीला करवाते हुए उन्होंने कहाः "गुलाब! अपनी खुशी को सँभालो, कहीं ऐसा न हो कि यह सुकोमल तन्वंगी उस प्रेमनदी में अवगाहन करने की जगह उसमें डूब ही जाए।"

ठाकुर साहब के इस कथन से गुलाबदेवी भावलोक से वापस यथार्थ के धरातल पर आ गईं और झेंपती-सी रामभतेरी को बोलीं : "बेटा! तैयारी कीजिए, आपको परसों 'पोखरण' जाना है।"

गुलाबदेवी ने अपना वाक्य ख़त्म किया ही था कि उन्हें अपने कक्ष में मूँगा और सारे शिक्षकों के साथ इमरती भी प्रवेश करती दिखाई पड़ी। उन सबकी उपस्थिति के लिए गुलाबदेवी की प्रश्नवाचक आँखों का जवाब रामभतेरी ने अपनी आँखों के हल्के इशारे से दे दिया।

जब वहाँ उपस्थित प्रत्येक व्यक्ति अपने ज़िम्मे के कामों को एक साथ बताने लगा, तो रामभतेरी ने हाथ जोड़ कर सबको शान्त करते हुए कहा: "आपलोग बात्ताँ मै समय नष्ट मत करो। मन्नै आप सब पर पूरो भरोसो है। बिनती है कि परसों सबेरै, आप सब अपणै-अपणै कपड़े, मुखौटे और नाटक के सामानात! यहाँ खड़े छकड़ों पर लदवाना शुरू कर देवें और हाथ की हाथ मल्लिका दीदी से कामों की सूची में 'सही' मरवा ले। अपन सब यहाँ से सुबह-सुबह ही छकड़ों से रेत की पगडंडी पार करेंगे और फिर पक्की सड़क पर बाबो सा! हमारे लिए 'मोटरों' का इन्तजाम कर देंगे, ताकि हम बिना थके 'पोखरण' पहुँच जाएँ। क्यों बाबो सा! इन्तज़ाम हो जाएगा ना?"

ठाकुर साहब ने प्यार से मुस्कुराते हुए 'हामी' में गरदन हिलाई और गुलाबदेवी की ओर मुख़ातिब होकर बोले : "गुलाब! आप सही कह रही

थीं, मुझे सचमुच ही रामभतेरी की इस विद्युत-गति का कोई अंदाज़ नहीं था।''

रामभतेरी के क्रमबद्ध निर्देश सुन कर गुलाबदेवी और ठाकुर साहब अवाक तो थे, पर अब उन्हें उसके किसी भी नए तरीक़े पर आश्चर्य होना बन्द हो गया था। उन्हें लगने लगा था रामभतेरी वह जीवात्मा है, जो कभी भी! कहीं भी! कैसा भी! सोच सकती है और उसे कार्यान्वित भी कर सकती है। उन लोगों ने मन ही मन निर्णय कर लिया था कि जब तक रामभतेरी अभीप्सित होकर उनसे सलाह नहीं माँगेगी वे उसे कुछ नहीं कहेंगे। इसका कारण उनकी नाराज़गी नहीं, बल्कि यह मानना था कि रामभतेरी इस धरती पर विलक्षण संस्कार और व्यक्तित्व लेकर कुछ विशेष कार्य करने आई है, जिसे उनकी सीमित बुद्धि और क्षमता न समझ सकती है, न पारित कर सकती है।

रामभतेरी के मस्तिष्क में अंकित योजना का अक्षरशः पालन हुआ और वे सब यथासमय पोखरण पहुँच गए। पोखरण की रानी सा को चूँकि उनके आगमन की सूचना भेज दी गई थी, इसलिए उन्होंने रजवाड़ों के अनुरूप ही उन लोगों का भव्य स्वागत किया। ठाकुर नरपत सिंह को देख कर तो वे फूली न समाईं और उनकी सादर अभ्यर्थना कर उनसे कहने लगीं : ''भाई सा! आपरो आवणो म्हारै सिर माथे पर। आप पधार्‌या! यो म्हारो घणो भाग है।''

राजमहलों की आवभगत की क्या बात की जाए! वहाँ का राजसी नज़ारा तो इन्द्रलोक को भी मात दे रहा था। 'टाँडे' के सारे बनजारे उस नयनाभिराम दृश्य को अनिमेष दृष्टि से देखते हुए उस पर मुग्ध थे। उनके कौतूहल की सीमा नहीं थी, पर शिक्षित हो जाने के कारण उनके सारे आचरण पूर्णतः मर्यादित थे और वे सब पढ़े-लिखे स्कूली बच्चों की तरह प्रत्येक काम को पूरी शान्ति से कर रहे थे। उनका यह रूप देख कर गुलाबदेवी ही नहीं ठाकुर साहब, दाखी, मूँगा आदि सभी ख़ुश थे।

पोखरण के सूर्य ने जैसे ही आकाश को लाल–सुनहरा कर अपने अस्ताचलगामी होने का संदेश दिया, कार्यक्रम आरम्भ हो गया। सबसे पहले चित्तौड़गढ़ के गाँव के वातावरण को लोक शैली के वाद्यों और नृत्य–गीतों से गुँजा दिया गया। अचानक ही वे सारी आवाज़ें एकदम बन्द हो गईं और उस गहन सन्नाटे में सुदूर कोने से आते बाँसुरी के हृदयभेदी स्वर सुनाई पड़े; साथ ही दिखाई दी आभासी छाया में एक युगल–जोड़ी! जिसके सौंदर्य की उपमा! किसी और से नहीं स्वयं उसी से दी जा सकती थी। उनका लास्यपूर्ण नृत्य कभी मीराँ के अतीन्द्रिय प्रेम को ऐन्द्रिय प्रेमाभिव्यक्ति के माध्यम से भक्ति का रूप देकर शिखर पर पहुँचाता, तो कभी भक्त और भगवान के रूप में एकाकार कर देता। कृष्ण के रूप में नृत्यांगना मल्लिका का लचीला नृत्य और भावविह्वला मीराँ बनी रामभतेरी के कृष्णोत्सर्ग के विभिन्न रूप! उपस्थित 'सामाजिकों' के हृदय में आलोड़न पैदा कर रहे थे। निर्देशक ने पौराणिक पात्रों के लिए मुखौटों का अधुनातन प्रयोग किया था। मूँगा सरदार कभी राजा राणा! तो कभी जल्लाद बन कर मीराँ के पर–पुरुष को प्रेम करने के अभियोग पर उसे कोड़े मार कर सज़ा दे रहा था, तो कभी उसे विष–पान करने को बाध्य कर रहा था।

मीराँ का, महल त्याग कर जंगल, कन्दराओं और झाड़ियों में तार–तार कपड़े और क्षत–विक्षत शरीर लिए कृष्ण को ढूँढ़ते हुए पछाड़ें खा–खाकर गिरने–पड़ने के दृश्यों को तो रामभतेरी ने ऐसी मर्मांतक अभिव्यक्ति दी कि सारे दर्शकों की आँखें नम हो गईं।

वह छोटी सी नृत्य नाटिका इतनी चुस्ती से प्रस्तुत की गई थी कि उसमें कोई छिद्र नज़र नहीं आ रहा था। जब नाटक की समाप्ति पर तालियों की गड़गड़ाहट के साथ रामभतेरी और अन्य लोगों पर धन–वर्षा होने लगी रामभतेरी उस द्रव्य के अम्बार को लाँघ कर सीधी 'रानी सा'! के चरणों में सिर रख कर "घणी खम्मा बुआ सा!" कहती दिखाई पड़ी।

चूँकि पोखरण की रानी जी गुलाबदेवी को भौजाई सा! कहती थीं, इसलिए उनकी आत्मजा होने के कारण उसने सहज ही यह सम्बोधन अपना लिया था। रानी जी पर इसका प्रभाव बहुगुणित हुआ, क्योंकि रामभतेरी का चेहरा-मोहरा हू-बहू उनके भतीजे पर था।

उन्होंने रामभतेरी को उठा कर अपने पास बैठाया और पूछने लगीं : ''बेटा जी! कहिए आपका क्या मन है? यदि आपको यह द्रव्य कम लग रहा है, तो चलिए हमारे साथ और आपको राज-ख़जाने से जो चाहिए ले लीजिए।''

''बुआ सा! आपकी इस विशेष कृपा का जितना आभार मानूँ कम है। पर बुआ सा! जब आपने मुझ जैसे याचक से उसका मन पूछ ही लिया है, तो आपसे अरदास है कि युगों-युगों से भटकते ये 'बनजारे' अब अपना घर बसाना चाहते हैं, पर इनके पास जगह नहीं है, और बुआ सा! मैं नहीं चाहती कि ये लोग ज़ोर-ज़बरदस्ती से ज़मीनें दखल करें। इसलिए राणी सा! यदि आप पोखरण के निर्जन जंगल से 'सीवाणा' की सीमा तक की ज़मीन हमें दान कर दें, तो बड़ा उपकार होगा। उसके आगे की ज़मीन 'नरपत सिंह जी बाबो सा' हमें दे चुके हैं।''

जब इस बात पर सहमति की मुहर के लिए रानी जी ने ठाकुर साहब की ओर देखा, तो उन्होंने गर्दन हिला कर अपनी स्वीकृति जता दी।

रानी जी ने रामभतेरी से कहा : ''बेटा! उस सूखे की मारी ज़मीन में ज़रा सा भी पानी नहीं है, तुम उसे लेकर करोगी क्या?''

''बुआ सा! आप वह हम पर छोड़ दीजिए, हम बनजारे बड़ी सख़्त जान होते हैं। हम धरती और आकाश को इतना प्यार करते हैं कि वे दोनों ही हमें हमारी गुज़र-बसर के लायक पानी दे देंगे।'' थोड़ा ठहर कर रामभतेरी बोली: ''बुआ सा! आपने मरुस्थल में 'रेजाणी पानी' के जादूगर चतरसिंह जाम का नाम तो सुना ही होगा? हम उन्हीं के निर्देशन में अपने श्रम से पानी का संरक्षण करेंगे।''

पोखरण की रानी जी रामभतेरी की इन त्रुटिहीन योजनाओं से इतनी प्रभावित हुईं कि उन्होंने तुरन्त दीवान जी को 'सीवाणा' तक की सूखी ज़मीन का 'पट्टटा' रामभतेरी को देने का आदेश दे दिया।

दीवान जी ने कहा : "घणी खम्मा राणी सा! पण वा तो भोत बड़ी जमीन है?"

"दीवान जी! अपाँ तो या जमीन साँची कोनी? बड़का छोड़ ग्या था, सो बइयाँ की बइयाँ ई पड़ी है। जदि आपणी बेकार जमीन नै, ये लोग काम मै लेणो चाह्‌वै है, तो आपानै तो वा जमीन राजी-राजी इन लोगाँ नै दे देणी चाए। ये चाह्‌ता तो आपानै बिना बताए बीनै दखल भी कर सकै था या निगह तो थानै भी है। फेर थे क्यूं 'जी दोरो' (मन ख़राब) करो हो। लाओ, जल्दी सै पट्टो लाओ।"

दूर मौन खड़ा एक शख्स पूरी तल्लीनता से रामभतेरी के इन सारे क्रिया-कलापों को देख रहा था, और जब वे सारे लोग अपना डेरा-डंडा सँभाल कर प्रयाण करने को तैयार हुए, तो वह रामभतेरी के सामने आकर बोला: "बाई सा! क्या आप मेहरानगढ़ नहीं आएँगी?"

"अरे राजा सा! मैं तो बाबो सा और माँ को कहने ही वाली थी कि आगामी माह आपके यहाँ होने वाले 'विश्व बनजारा सम्मेलन' में भाग लेने के लिए आपको आवेदन पत्र भेजें। बाबो सा लीजिए, आपका काम सरल हो गया। आप इनसे अभी बात कर लीजिए।"

"बेटा! आपको अनुमति की क्या ज़रूरत है? आप चाहें तो अभी ही मेहरानगढ़ चल सकती हैं!" अतीत के 'डाठेवाले' राजकुमार ने कलप कर कहा।

हालाँकि अपना प्रतिरूप सामने देखते ही रामभतेरी को अपना अतीत! पारदर्शी दर्पण की तरह दिख गया था, पर सम्बन्धों को शारीरिक नहीं! आत्मिक मानने वाली भतेरी के लिए उसका यह सम्बन्ध कोई मायने नहीं रखता था। फिर भी उनकी भावनाओं की कद्र करते हुए उसने कहा :

‘‘राजा सा! आपका यह स्नेह सिर–आँखों पर! इसलिए मेरा पक्का वादा है कि हम सब ‘विश्व बनजारा सम्मेलन’ में भाग लेने मेहरानगढ़ ज़रूर आएँगे।’’

रास्ते में जब गुलाबदेवी एक–एक व्यक्ति के अभिनय की प्रशंसा करने लगीं, तो दाखी ने एक वाक्य कह कर उनकी प्रशंसा का समापन कर दियाः ‘‘गुरु माँ! स्वांग–रचना, नाच और नाटक करना तो हमारे ख़ून में है। हमारे क़बीले का दो वर्ष का बच्चा भी खड़ताल बजा कर ऐसा नाचता–गाता है कि सबके होश उड़ जाते हैं। आख़िर, हम लोगों ने भी तो यह विद्या, ‘लांगा’, ‘मांगणियार’ और ‘कालबेलिया’ के कलाकारों की तरह ही जन्मना पाई है। गुरु माँ! सच कहती हूँ कि यह ज़रा सा नाटक तो हमारे लिए कोई ख़ास बात ही ना था।’’

गुलाबदेवी उन लोगों की सच्चाई और ईमानदारी देख कर दंग थीं और सोच रही थीं– हम शहरी तो अपनी ज़रा सी उपलब्धि पर ही घमंड से भर जाते हैं, और इन्हें देखो! शायद इसकी वजह इनका सच्चा और खरा होना है।

आधी रात का समय! जंगल से सियार की हुआँ-हुआँ और फूलबगान से आती झींगुर की चिकिमिकी-चिकिमिकी आवाज़! गहराती रात की निस्तब्धता को और भी गझिन कर रही थी। गुलाबदेवी को पोखरण के गतिमान कार्यक्रम ने बहुत थका दिया था, इसलिए वे बिस्तर पर लेटते ही गहरी नींद में डूब गईं। कुछ देर बाद वे लघुशंका के दबाव से उठ बैठीं, तो यह सोच कर कि हो न हो ज़रूर सुबह के चार-पाँच बज गए होंगे, उन्होंने अलार्म घड़ी हाथ में उठाई, पर घड़ी के काँटें को 'दो' पर टिका हुआ देख कर वे 'ऊकचूक' हो गईं। इतने में उन्हें याद आया कि कल रात ज़्यादा थकान के कारण उनके नित्यकर्म में व्यतिक्रम आ गया था, वरना आमतौर पर उनकी आँख इस समय नहीं खुलती है। गुलाबदेवी जब हाथ-मुँह धोकर लौट रही थीं, तब अचानक उनकी दृष्टि शिक्षा-कक्ष पर पड़ी और वे यह देख कर दंग रह गईं कि वहाँ की सारी बत्तियाँ जल रही थीं।

आश्चर्य से वे सोचने लगीं कि क्या आज सारे शिक्षकगण ही बत्तियाँ बुझाना भूल गए? पर आज तक तो ऐसा कभी नहीं घटा? तो फिर? इस 'फिर' का जवाब ढूँढ़ने वे तेज़ी से शिक्षा-कक्ष की ओर चल पड़ीं।

अरेऽऽ! ...आख़िर यह सारा माजरा क्या है? क्या यह कोई 'नासा' का विज्ञान-कक्ष है! जिसमें अखिल विश्व के बड़े-बड़े धुरंधर वैज्ञानिक! मेज़ों और कम्प्यूटरों में सिर गड़ाए अंतरिक्ष के उपग्रहों की स्थिति देख कर कोई नया उपग्रह छोड़ने की तैयारी कर रहे हैं? उन्होंने विस्फ़ारित नेत्रों

से देखा कि उस कमरे का प्रत्येक प्राणी अपने काम में इतनी गहराई से खोया हुआ था कि किसी ने गुलाबदेवी के प्रवेश का 'नोटिस' तक नहीं लिया था। उन सबको देख कर ऐसा लग रहा था जैसे वे सारे लोग बहरे और गूँगे थे और केवल उनकी आँखें ही काम कर रही थीं।

प्रत्येक मनुष्य का सहज स्वभाव है कि उसे अपनी उपेक्षा बर्दाश्त नहीं होती! फिर यहाँ बात सिर्फ़ उपेक्षा की नहीं! उस रहस्य की भी थी, जिससे गुलाबदेवी अनजान थीं। हालाँकि उन्होंने रामभतेरी को 'मनमाने' निर्णय लेने के सम्पूर्ण अधिकार दे दिए थे, पर फिर भी? यों आधी रात को इन शिक्षकों के साथ! उन्हें बिना बताए! रामभतेरी ऐसी क्या ख़ास शोध कर रही है कि यहाँ काम करता प्रत्येक बंदा! इन्सान कम और 'रोबोट' ज़्यादा लग रहा है? कोई पूछने वाला हो कि यहाँ ऐसी कौन सी विपदा आ पड़ी थी कि रामभतेरी पोखरण से सीधी यहाँ आकर अपने चेले-चपाटियों के साथ गम्भीर अनुसंधान करने में जुट गई? आख़िर यह लड़की अपने आपको समझती क्या है?

वैसे गुलाबदेवी स्वयं भी यह नहीं समझ पा रही थीं कि असल में उन्हें बुरा क्या लग रहा है? कहीं उन्हें रामभतेरी की इस द्रुत गति से ईर्ष्या तो नहीं हो रही? वरना क्या वजह है कि वे इस बात की तह में गए बग़ैर ही इतनी झुँझलाई हुई हैं! जबकि वहाँ मौजूद सारे शिक्षक अत्यन्त सहजता से काम कर रहे हैं?

दरअसल मनुष्य के 'स्वाभिमान' में जो 'अभिमान' शब्द है, वह एक बहुत ही नाज़ुक और महीन-सा अहंकार है, जिसकी प्रतीति किसी भी मनुष्य को अहं के रूप में नहीं होती। वह इतना सूक्ष्म होता है कि कब वह हमारी रक्त-शिराओं से मस्तिष्क के बुद्धि वाले कक्ष में घुस कर वहाँ हलचल पैदा कर देता है, इसका हल्का-सा भान भी उसके धारक को नहीं हो पाता, और बेचारा धारक! चारों दिशाओं और धरती से लेकर आकाश तक में यह जानने के लिए टक्कर मारता रहता है कि आख़िर उसके इस

'मन उचाट' का कारण क्या है? पर यदि धारक के सौभाग्य से कभी विवेक उसकी बुद्धि पर हावी हो जाता है, तो उसके सारे ऊहापोह और असमंजस ख़त्म हो जाते हैं, पर यह चमत्कार बहुत ही कम अवसरों पर होता है। आज बेचारी गुलाबदेवी की मन:स्थिति भी कुछ ऐसी ही विचित्र भूल-भुलैयाँ में फँस गई थी, और वे समझ नहीं पा रही थीं कि वे रामभतेरी की प्रगति से खुश हैं या नाख़ुश? उनका अचरज यह देख कर और भी बढ़ा जा रहा था कि वे इतनी देर से वहाँ खड़ी थीं, पर किसी को उनकी उपस्थिति का आभास तक नहीं हो रहा था। हिमालय के योगियों-जैसे वे सबके सब किसी इन्द्रियातीत जगत में स्थित होकर परा-चिन्तन में तल्लीन लग रहे थे, और पूर्णत: आत्मकेन्द्रित थे।

आदमी चाहे जितना बड़ा तपस्वी या त्यागी हो जाए, पर उसकी यह अपेक्षा कि उसके अपने उसे मान दें, उसमें मृत्यु पर्यन्त बनी रहती है। इसी वजह से अनजाने में हुई उपेक्षा को भी सहन कर पाना उसके लिए कठिन हो जाता है।

गुलाबदेवी अत्यधिक उदार और सौम्य महिला थीं। उनका सारा आचार-व्यवहार एकदम नपा-तुला और सधा हुआ होता था। वे 'लक्ष्मी' और 'सरस्वती' का समन्वित रूप थीं, इसलिए ओछापन उनके दरवाज़े से घुसना तो दूर, दरीचे तक से झाँकने की हिमाक़त नहीं कर सकता था, पर उनका चपल मन उन्हें निरन्तर उकसाए जा रहा था। चंचल मन की गति पर तो जगद्गुरु श्रीकृष्ण तक ने गीता के छठवें अध्याय में कह दिया 'असंशयं महाबाहो मनो दुर्निग्रह चलम्', फिर बेचारी गुलाबदेवी की क्या वक़त! जो उस 'दुर्निग्रह मन' को रोकतीं? इसलिए बेबस होकर उन्होंने वहाँ एक हल्की सी कंठ-ध्वनि यह सोच कर की कि यदि इससे भी किसी का ध्यान भंग नहीं हुआ, तो वे वहाँ से बिना कुछ कहे वापस चली जाएँगी, अन्यथा बात करके अपनी जिज्ञासा शांत कर लेंगी।

लेकिन यह क्याऽऽ? उस अत्यन्त हल्की कंठ-ध्वनि से! वहाँ ऐसी

'अफ़रा-तफ़री' मची मानों एक झंझावात आ गया हो। अपनी धीमी-सी 'खँख़ार' का ऐसा परिणाम देख कर बेचारी गुलाबदेवी! चेहरे पर क्षमा-याचना का भाव लिए एक स्थिर मूर्ति-सी! अत्-थत्! वहीं की वहीं खड़ी रह गईं। उन्होंने तो कभी सपने में भी नहीं सोचा था कि स्वर के इस हल्के से वायु-कम्प से वहाँ इतनी त्राहि-त्राहि मच जाएगी।

एक 'काणी कूँट' (ईशानी कोना) में घुसी हुई, किसी कार्य में तल्लीन रामभतेरी तक इस वायु-लहर को पहुँचने में पाँच-दस सेकेंड लग गए होंगे, पर उस लहर के धक्का मारते ही रामभतेरी चीते की-सी गति से हवा को भी पछाड़ती हुई आई और सीधे गुलाबदेवी के पैरों में लोट गई। गुलाबदेवी की झल्लाहट एकबारगी गायब हो गई।

"अरे बेटा! यह क्या कर रही हैं आप? हम आपसे नाराज़ थोड़े ही हैं! बस ज़रा सा डर गए थे कि आधी रात को सारा 'टाँडा' यहाँ क्यों एकत्रित हुआ है? क्या अपने लोगों पर कोई विपदा आ पड़ी है या किसी आसन्न विपत्ति की कोई संभावित सूचना मिली है?"

यह सुनते ही 'माफ़ी' को केवल अपने दाएँ-बाएँ अंग पर ही नहीं! सर्वत्र शरीर पर धारण करने वाली रामभतेरी ने 'चहक' कर कहा : "माँ! मेरे बचपने को माफ़ कर दीजिए। पोखरण से वापसी में जब हम आपसे पहले यहाँ आ पहुँचे, तो अत्यन्त आह्लादित स्वर में शिक्षकों ने बताया कि हमने विदेशों से जो कपड़ों और 'डिजायनों' के नमूने मँगवाए थे, वे आ गए हैं और साथ ही यह हिदायत भी आई है कि हमें उन्हें कपड़ों के नमूने यथाशीघ्र भेजने हैं ताकि वे लोग वहाँ के 'समर कलेक्शन्स' के 'फ़ैशन शो' में उनकी प्रस्तुति कर सकें।

"माँ! हमने उन्हें अपनी सिल्क, खादी और सूती कपड़ों के नमूने पोखरण जाने के कई दिन पहले ही भेज दिए थे। उन्होंने 'खादी' और 'सूती' कपड़ों का चुनाव रोज़मर्रा के काम में आने वाले कपड़ों के लिए किया है, और 'सिल्क' का, विवाह, 'पार्टी' आदि के लिए। माँ, अब यह हमारी

कल्पनाशक्ति पर निर्भर करता है कि हम अपने प्रयासों से उन्हें कितना लुभा पाते हैं।

''माँ! आप तो जानती ही हैं कि कम्प्यूटर की दुनिया एकदम निराली है। 'फड़नवीस सर' ने मेहरानगढ़ में आने वाले बनजारा समुदायों के 'ई-मेल' पते मँगवा लिए थे और उनसे ख़तो-किताबत कर यह निश्चित कर लिया था कि भारत आने पर वे न केवल हमारे परिधानों का 'फ़ैशन शो' करवाएँगे, बल्कि हमारे बनाए परिधानों को भी अपने साथ लेते जाएँगे।

''माँ! चूँकि यह सम्मेलन संसार भर में फैले हुए बनजारों का है, इसलिए उनकी संस्कृतियाँ भी अलग-अलग हैं। हमारे अनुरोध पर उन सबने अपने-अपने इलाक़ों के सर्वाधिक प्रिय परिधानों के कपड़े और उनकी विशिष्ट शैली का विस्तृत वर्णन हमें भेज दिया है। माँ! अब आप ही बताइए कि जब इन्द्रपुरी के सारे प्रलोभन! एक साथ हमारे लिए आ जुटे हों, तो क्या हम अधीर नहीं होते? बस! हम सब इन कामों पर टूट पड़े। माँ! मैं यह देख कर चकित थी कि हमारे नए विद्यार्थियों में न केवल मुझसे ज़्यादा उत्साह था, बल्कि उनकी समझ और काम करने की गति भी मुझसे ज़्यादा तेज़ थी। माँ! आप लोगों ने इन सारे बच्चों को गढ़ कर, इनके चरित्र को जो विस्तार दिया है, वह अभूतपूर्व है। इससे केवल ये ही समृद्ध नहीं हुए हैं, बल्कि हमारा पूरा समाज और आने वाली पीढ़ियाँ भी समुन्नत हुई हैं। माँ! गुरु और पितृऋण चुकाना तो ऐसे भी कठिन ही होता है, ऊपर से आप जैसी सर्वदानी 'ऋषि माँ!' उनका ऋण तो सात जन्मों में भी नहीं चुकाया जा सकता।''

गुलाबदेवी मंत्रबिद्ध-सी रामभतेरी की कल्पना और सोच पर मुग्ध हुई जा रही थीं कि उनके विचार-प्रवाह को रोकती हुई रामभतेरी फिर बोलने लगीः ''माँ! हम लोगों ने बाबो सा को भी सूचना भेज दी है कि वे कल किसी को रेल-स्टेशन पर भेज कर हमारी सिलाई मशीनें, दर्ज़ियों और कपड़ों के थानों की पेटियाँ मँगवा लें। सिल्क बनारस, बंगलौर, मुर्शिदाबाद

और विष्णुपुर से और खादी गांधी आश्रमों से आ रही है। चूँकि हमें सादे सूती कपड़े ज़्यादा नहीं चाहिए थे, इसलिए बाबो सा ने उनकी ख़रीदारी शायद 'पावरलूमों' और बाज़ार से करवाई है।''

हे भगवान! इस लड़की की लीला तो अपरम्पार है। जितने अधिकार से यह ठाकुर साहब की बात कर रही है, उतने अधिकार से तो मैं और मल्लिका भी नहीं कर पाते हैं। काम के इस चरण में रामभतेरी से यह पूछना तो बेकार था कि इन ढेरों कामों के लिए इतनी राशि कहाँ से आएगी, क्योंकि उन्होंने ही रामभतेरी की शिक्षा-दीक्षा के प्रारम्भ में ज़ोर देकर उससे कहा था: 'रामभतेरी, यदि आदमी पूरी ईमानदारी और सच्चाई से अपना सब कुछ अर्पण करने को तैयार हो जाए, तो पूरी कायनात उसकी मदद के लिए उठ खड़ी होती है।' पर उनमें और रामभतेरी में एक बड़ा फ़र्क़ था! वे तो आज तक इस बात को मात्र एक सूक्ति की तरह कहती थीं, जबकि रामभतेरी ने अपनी करनी से उसे ठोस कार्य के रूप में परिणत कर दिया था।

गुलाबदेवी समझ नहीं पा रही थीं कि यह ज़रा सी लड़की! 'सहस्रबाहु' देवी की तरह कैसे इतना कुछ पूरी परिशुद्धता से निष्पादित कर लेती है! शायद ठाकुर साहब को कहा हुआ अपना ही यह कथन वे भूल गईं थीं कि 'यह एक अप्रतिम और अद्वितीय जीवात्मा है, जो विशेष कार्यों के हेतु धरती पर आई है। ठाकुर साहब! अपने लोग अपने ससीम चक्षुओं से इसकी असीमता को कैसे देख और आँक सकते हैं?'

रामभतेरी अपने लम्बे-चौड़े वक्तव्य के बाद उसकी समीक्षा हेतु एकटक गुलाबदेवी को देखे जा रही थी, पर गुलाबदेवी तो किसी और ही लोक में विचरण कर रही थीं। उनके जवाब की मुंतज़िर रामभतेरी की धड़कनें गुलाबदेवी के चेहरे की सिलवटों को घटता-बढ़ता देख कर 'डोलर-हिंडे' (चकरी झूला) की तरह 'झोल्ला' खाती हुईं ऊपर-नीचे हो रहीं थी। रामभतेरी चिन्ता से 'मरूँ-मरूँ' होने लगी, तो अधमरी-सी

आवाज़ में बोली: ‘‘माँ! आप नाराज़ हो गईं? माँ! मुझे माफ़ कर दीजिए!’’

रामभतेरी के भावाकुलता भरे उद्‌गार, जब तक गुलाबदेवी के दिमाग़ तक पहुँचे, तब तक तो रामभतेरी सुबक-सुबक कर रोने लगी थी। अब बारी गुलाबदेवी की थी। उन्होंने इस विलम्ब की ऐसी क्षमा याचना की कि रामभतेरी की प्रशस्ति के पुलों के साथ उसे यह वचन भी दे दिया : ‘‘बेटा! आप निश्चिंतता से आगे बढ़िए। आप मेरी मानस-पुत्री हैं, इसलिए मान कर चलिए कि आप जो सोचेंगी जो करेंगी उन सबमें मैं आपके साथ हूँ।

‘‘रही बात मुझ से पूछ कर काम करने की! सो बेटा, समय के अभाव और युग की तीव्र गति के मद्देनज़र आप इस औपचारिकता के निर्वाह में एक सेकेंड भी नष्ट मत कीजिएगा। आपकी यह ‘गुरु माँ!’ आपकी किसी बात का बुरा मानना तो दूर, आपकी प्रगति को देख कर प्रफुल्लित और आनंदित ही होगी।’’

इतना कह कर गुलाबदेवी एक कुर्सी खींच कर पास पड़ी मेज़ के सामने बैठ गईं और लड़कियों को ‘ज़रदोज़ी’ के काम की महीन ‘टेब’ मारना सिखाने लगीं और उनके काम की नफ़ासत देख कर जन्नत में बैठी ‘नूरजहाँ’ तक ‘निहाल’ हो गई।

पूर्ण एकाग्रता से काम करते वक़्त घड़ी और समय का किसे अंदाज़ा रह पाता है! जो गुलाबदेवी को रहता? वे उन अति बुद्धिमान शिष्याओं को सिखाने में इतनी मशगूल हो गईं कि उन्हें न तो मुर्गे की बाँग सुनाई दी, न ही सूरज का चढ़ना दिखा। वे अपनी कतारबद्ध शिक्षार्थियों को सिखाती हुई आगे बढ़तीं और लौट कर उनका किया हुआ काम देखतीं। ‘गुरु माँ! मेरा काम ठीक है क्या? गुरु माँ! ज़रा मेरा ‘अड्डा’ भी देख लीजिए!’ आदि आवाज़ें सदियों से बन्द उनकी स्मृति के झरोखों को खोल रही थीं और उनके जीवन में फूल खिला रही थीं। समय, स्थान और

स्थिति तीनों से एकरस गुलाबदेवी न जाने कब तक दीन–दुनियाँ को भूले रहतीं कि मल्लिका उन्हें 'टेरती' हुई वहाँ आ गई।

गुलाबदेवी के चेहरे पर छाई हुई उमंग की कांति उसके लिए सर्वथा नवीन और सुखद थी। ''अम्मा! मैं आपको इसलिए ढूँढ़ रही थी कि मैं सुबह का 'नाश्ता' कर चुकी हूँ और अब दाखी और इमरती मासी के यहाँ जा रही हूँ, जहाँ उन 'नाटिकाओं' के 'रिहर्सल' होंगे, जो हमें 'मेहरानगढ़' में दिखानी हैं।''

''नाटिका? कैसी नाटिका बेटा?''

''...जब माँ'', अधूरा–सा शब्द कह कर मल्लिका! अचकचा कर अधबीच में ही अटक गई, तो उन्हें बहुत ताज्जुब हुआ। कारण जानने के लिए उन्होंने उसकी नज़र की सीध में देखा, तो उन्हें अपने पीछे खड़ी रामभतेरी होंठों पर अँगुली रखे 'चुप' का इशारा करती दिखाई दी।

''ओहो! लगता है सरदारन रामभतेरी जी! माँ से छिपा कर कोई ख़ास रहस्य–भरा काम करने जा रही हैं!'' कहते हुए उन्होंने ज़ोरों से रामभतेरी का कान उमेठा, तो वह अपने कान को हाथ से पकड़े हुए 'ओ माँऽऽऽ! ओ माँऽऽऽ!' करती हुई उनसे चिपट कर बोलीः ''माँ! हमलोगों ने तय किया है कि आप, बाबो सा, बापू, माँ, इमरती मासी सबके सब हमारे साथ मेहरानगढ़ जाएँगे; ताकि जब हमारे कपड़ों का 'फ़ैशन–शो' हो, तो आप सब हमारा हौसला बढ़ाएँ। आपसे रिहर्सल का राज़ छिपाने की वजह यह है कि हम आप लोगों को जाने वाले दिन पूरा 'ड्रेस रिहर्सल' दिखाएँगे। उस दिन यदि आप लोगों को उसमें कहीं कोई ख़राबी दिखाई देगी, तो हम उस 'सीन' को काट देंगे।''

गुलाबदेवी सोचने लगीं : ''हे भगवान! यह लड़की तो ऐसे धड़ल्ले से बोल रही है मानों शहर में ही पल–बढ़ कर नाटकों का निर्देशन करती रही हो।''

इसी बीच उन्हें मल्लिका का प्रश्न सुनाई पड़ा : ''भतेरी! अपने

'प्राप्स' कहाँ रखे हैं, उनमें से कुछ मुझे आज के रिहर्सल के लिए चाहिए।''

तो अब ये देवी वेशभूषा तक ही सीमित नहीं रही हैं! और जब 'प्राप्स' बने हैं, तो इस लड़की ने दुनिया भर के और झमेले भी ज़रूर इकट्ठे किए होंगे?

रामभतेरी ने जवाब में कहा : ''मल्लिका दीदी! मेहरानगढ़ में बिजली तो है, पर फिर भी हमें अपने रंग-बिरंगे काग़ज़ और 'शो वाली लालटेन' आदि ले जानी चाहिए। बाबो सा ने कहा है कि वे नाटिका की 'सारी प्रकाश व्यवस्था' स्वयं देखेंगे।''

गुलाबदेवी इतनी अधिक चमत्कृत हो चुकी थीं कि उन्हें लगा कि अब यदि कोई और चमत्कारी बात घट गई, तो उनका सिर घूम जाएगा। इसलिए उन्होंने बात बदलने की गरज़ से कहा : ''रामभतेरी! बेटा तुम लोग सारी रात के जगे हो, कुछ आराम कर लो वरना तबीयत बिगड़ जाएगी।''

''माँ! आप कैसी बात करती हैं? यदि रामायण के लक्ष्मण चौदह वर्ष तक बिना सोए रह सकते हैं और महाभारत के अर्जुन 'गुडाकेश' कहला सकते हैं, तो क्या हमलोग दो-चार दिन सोए बिना नहीं रह सकते?''

''बेटा! मुझे यह तो पता था कि तुमने भारतीय साहित्य का अध्ययन किया है, पर उस पर गहन मनन कर तुम उससे अपने जीवन को सार्थकता देती रहती हो, इसका अन्दाज़ा मुझे नहीं था। बेटी! तुम धन्य हो! परमपिता से प्रार्थना है कि वह सदैव तुम्हारी राह की अड़चनों को दूर करता रहे और तुम इस 'टाँडे' का ही नहीं, और भी अनेकों का कल्याण करो।''

मेहरानगढ़ निकलने वाले दिन तड़के ही आठ-दस छकड़े! पक्की सड़क तक गए और लॉरी में सामान लदवा कर लौट गए। इन छकड़ों पर सामान आधी रात को ही लाद दिया गया था; ताकि सुबह का समय

सामान-लदाई में ख़र्च न हो। इनके साथ ही दस-पन्द्रह बैलगाड़ियों में टाँडे के सजे-बजे बनजारे और गाड़िया लुहार, चमचमाती छम्मकछल्लो, बनजारनों और लुहारनों के साथ रेत पट्टी पार कर, सड़क पर खड़ी 'सवारी बसों' में जाकर बैठ गए। सारा काम नज़र से निकालने के बाद अन्तिम खेप में घोड़ों पर सवार ठाकुर साहब, गुलाबदेवी, रामभतेरी और मल्लिका निकले और सड़क पर खड़ी मोटरगाड़ी के पास जा पहुँचे। तय किया गया था कि ठाकुर साहब गाड़ी चलाते हुए आगे-आगे चलेंगे, उनके पीछे बस, और फिर ट्रक। जब सब गाड़ी में बैठने लगे, तो रामभतेरी ने धीरे से कहा: "बाबो सा! घणी खम्मा। पर यदि आप अनुमति दें, तो मैं बस में आ जाऊँ, ताकि रास्ते भर सबसे उनकी भूमिका दोहरवाती रहूँ?"

ठाकुर साहब समझ गए कि यह लड़की 'समता' की बहुत बड़ी 'हामीदार' है, इसीलिए सबके साथ जाना चाहती है, आराम से अलग नहीं। उसके सुंदर भाव को देख कर, वे उस पर और भी मुग्ध हो गए, फिर भी 'शिष्टाचार' की दृष्टि से बोले : "बेटा! कल के कार्यक्रम का सारा दारोमदार आप पर है, इसलिए आप यदि गाड़ी से चलतीं तो ज़्यादा अच्छा रहता!"

"बाबो सा! मेरी तरफ से बेफ़िक्र रहिए, देखने में चाहे मेरी कद-काठी नाज़ुक लगती हो, पर मैं धरती की बेटी हूँ, एकदम सख़्त जान! और बाबो सा! 'पोखरण' और 'जोधपुर' की दूरी तो लगभग एक-सी ही है, ऊपर से वहाँ पहुँच कर तो हम आराम ही करने वाले हैं। इसलिए बाबो सा! मुझे सबके साथ बस में जाने दें!"

गुलाबदेवी ने लाड़ से रामभतेरी के सिर पर चपत लगाई और ठाकुर साहब से बोलीं : "ठाकुर साहब! मैं रामभतेरी से सहमत हूँ, इसका सबके साथ बस में जाना ही उचित है।"

मेहरानगढ़ पहुँचते ही उनकी अत्यन्त भव्य अभ्यर्थना हुई। 'नीली आँखों' वाले राजा साहब! रामभतेरी के चारों और चकरी काटते हुए घूम

रहे थे। उन्हें देख कर ऐसा लगता था कि रामभतेरी के सीप-जैसे होंठों से जैसे ही मोती-सा कोई 'शब्द' निकलेगा, वे हंस बन कर उसे तुरंत चुग लेंगे। ऐसा नहीं था कि रामभतेरी को उनकी 'तरस' दिख नहीं रही थी, पर अभी उसे अर्जुन की तरह पेड़ पर बैठी चिड़िया की सिर्फ़ आँख ही देखनी थी, न तो पेड़ और न ही चिड़िया। उसकी एकाग्रता और केन्द्रियता देख कर गुलाबदेवी ने कहा : ''मल्लिका! सच मानो, अब मैं रामभतेरी से सीख रही हूँ, रामभतेरी मुझसे नहीं।''

रामभतेरी की आँखें, हाथ-पैर, कान आदि सारी कर्मेन्द्रियाँ और ज्ञानेन्द्रियाँ अनेक रूप धारण किए हुए हर जगह उसी तरह नज़र आ रही थीं जैसे मण्डलाकार रास में श्रीकृष्ण हर गोपी के साथ नाचते दिखाई देते थे। तभी अचानक बिजली का तार खींच कर मंच तक लाती हुई रामभतेरी ऊँची सीढ़ी से लड़खड़ा कर गिर पड़ी और गहमागहमी से चहचहाता वहाँ का मंज़र! सनाका खाकर सन्नाटे में बदल गया!... कभी-कभार एक छोटा सा क्षण भी बहुत बड़ा लगता है, बस! वैसे ही एक क्षणांश में वहाँ सब कुछ 'फ्रीज़' (स्थिर) हो गया था, पर क़रम ख़ुदा का कि ऐन उसी वक्त 'मौरवी' रियासत का एक सजीला राजकुमार वहाँ से गुज़र रहा था, प्रतिवर्ती क्रिया की तरह उसके हाथ ऊपर उठे और मृणाल सहित एक कुमुदिनी फूल उसकी बाहों की झोली में आ गिरा। जैसे कभी कोई लम्बी साँस जाए और समय लगा कर लौट आए तो देह में प्राण आ जाते हैं, वैसे ही वह सारा माहौल भी 'जी' उठा और मूर्तियों-से स्थिर! वहाँ के सारे प्राणी वापस भागमभाग में लग गए।

चपल-चतुर रामभतेरी तुरन्त ही उस गोद से ज़मीन पर कूदी और उड़न-छू हो गई। एक मिनट के बाद गढ़ के दूसरे छोर से रामभतेरी की आवाज़ माइक पर गूँजी : ''भाइयो और भाणो (बहनों), काल सबेरे अपनी पहली नाटिका 'फूल महल' मै होवैगी ओर दोपारां दूसरी 'शीश महल' मै। मल्लिका दी आप सबनै घुसनै और निकलणे के दरवाज्जे दिखा

देगी। आज आपाँ सब! दोन्नू नाटक और साँझ कै 'फ़ैशन-शो' का 'रिहर्सल' कर लेवांगे, ताकि बाक़ी की भीड़ आणै कै पैलै आपाँ आच्छी तरियाँ त्यार हो जावाँ। ठीक?'' 'एकदम ठीक' के गुंजार से वे दोनों महल ही क्या? झाँकी महल! दरबारे-ख़ास! व दरबारे-आम के बड़े-बड़े दालान और गढ़ की चहारदिवारियाँ तक गूँजनें लगीं! कार्यक्रम के पहले ही रामभतेरी के इस जलवे को देख कर गुलाबदेवी, ठाकुर साहब और शिक्षकों के बीच 'परस्पर प्रशंसति' वाली भेद-भरी दृष्टि का आदान-प्रदान हुआ और उन सबने रामभतेरी के पास जाकर उसके कंधे को 'शाबाशी' में थपथपाया। विद्युत-तरंग से भरी भतेरी ने फटाफट सबके पैर छुए और दौड़ कर जाती हुई बोल गई: ''आप लोग कल इन्हीं हाथों से मेरी पिटाई न करें, मैं उसी के इन्तज़ाम में हूँ, माफ़ करें।''

रामभतेरी के जाते ही वहाँ उपस्थित सबके हाथ ईश्वर की प्रार्थना के लिए आकाश की ओर उठ गए, जिसका सारांश था: ''हे परमपिता! तुम इस बच्ची की रक्षा करना। हम सब अपने-अपने पुण्य रामभतेरी को देते हुए आपसे विनती करते हैं कि संभावनाओं से भरी इस दिव्य-कली को पूर्णतः प्रस्फुटित होने देना।''

‘‘‘लाइट’ ज़रा इधर फेंकना! बाएँ ‘विंग’ से तिरछी कर, एकदम यहाँ! अरे भाई! एकदम यहाँ! यानी यहाँ ही।’’ रामभतेरी अपने ब्लाउज़ के मध्य में तर्जनी धरे, लाइटमैन को निर्देश दिए जा रही थी और बेवक़ूफ ‘लाइटमैन’ अंधे-बहरे की तरह, प्रकाश को ‘आँडे-बाँडे’ कोणों पर डाले जा रहा था। हमेशा शीतल रहने वाली रामभतेरी का पारा गर्म हो रहा था, पर वह विचित्र बन्दा! लाख समझाने पर भी समझ ही नहीं रहा था। आख़िर जब ‘अंत का तंत’ आ गया, तो रामभतेरी ज़ोरों से झुंझला कर उसे डपटने के लिए तेजी से उसकी ओर लपकी! पर यह क्या? वह तो जैसे अचानक हुए ‘हिमपात’ से जमी हुई मनुष्य-मूर्ति की तरह वहीं खड़ी की खड़ी रह गई और एकटक उस व्यक्ति को देखने लगी, जो अपने सिर पर ‘मुरैठा’ बाँध कर, कुली जैसा रूप धरे, प्रकाश-व्यवस्थापक के सहायक की भूमिका निबाह रहा था। ‘मौरवी’ के राजकुमार की इस फ़िल्मी हरकत को देख कर रामभतेरी के कसे हुए होंठों के किनारों से हँसी फूट निकली, पर उसे तवज्जुह न देकर रामभतेरी ने अपना मुँह दूसरी ओर घुमाते हुए बिना किसी को सम्बोधित किए कहा : ‘‘बाबो सा, कहाँ हैं? और इन ‘बुझाक्कड़ों’ के हाथों में ये बड़ी लाइटें किसने दे दीं?’’

‘‘कँवरी सा, घणी खम्मा! बिजली लाइन में कोई अड़चन आ गई है, ठाकुर नरपत सिंह जी उसे ही सुधरवाने नीचे गए हैं। जाते वक़्त वे हड़बड़ी में मुझे अपने हाथ की लाइट! यह कह कर थमा गए कि ‘ज़रा पकड़ना,

मैं अभी आया'! इसी बीच आपका आदेश आया और मैंने घबरा कर लाइट जला दी।''

'हूँ! तो यह कोई बदमाशी नहीं, महज़ इत्तफ़ाक़ था' सोच कर रामभतेरी ग्लानिबोध से भर गई और उसने शब्दों से क्षमा याचना करने की जगह मौरवी के राजकुमार को एक चोट खाए बच्चे की माँ की तरह अपने से चिपका लिया। हालाँकि बनजारन रामभतेरी के लिए यह एक साधारण-सी क्रिया थी, पर उसका यह उन्मुक्त आचरण! उस नवयुवक को आकाश-पाताल के चक्कर खिलाने लगा। आख़िर एक ऐसी लावण्यमयी नवयौवना, जिसके पदाघात से अशोक वृक्ष में फूल खिल सकते हैं! यदि एक भीगी मसों वाले सजीले जवान को अपने बाहुपाश में बाँध ले, तो क्या सृष्टि का गति-चक्र भी एक क्षण के लिए स्थिर नहीं हो जाएगा? लेकिन रामभतेरी के सम्पूर्ण व्यवहार में बच्चों की-सी बेफ़िक्री का आलम था। उसके लिए यह एक अत्यन्त स्वाभाविक क्रिया थी और इसका किसी और पर कोई अलग प्रभाव भी हो सकता है, इस बात से वह पूर्णत: अनभिज्ञ थी। यहाँ तक कि स्त्री-पुरुष के शारीरिक सम्बन्ध क्या होते हैं? उसे इस बात का भी कोई अंदाज़ नहीं था। इसलिए उसने न केवल उस राजकुमार को आलिंगनबद्ध किया, बल्कि जैसे बड़े लोग छोटे बच्चों को लाड़ से 'मचमचा' कर कस कर भींच लेते हैं, वैसे ही वह उसे अपनी बाहों में भींच कर, उसे अपनी ऊष्मा से भरने लगी थी, पर जवानी की भी तो अपनी एक ख़ास लहर होती है! उस राजकुमार ने भी धीमे से अपनी बाँहें उठाई और रामभतेरी को उनमें बाँध लिया। एक नवयुवक और एक नवयुवती! भरी दोपहर 'चौड़े चुकान' एक-दूसरे से एकाकार थे, पर उन्हें देखने वालों के मन में इसके लिए कोई दुर्भावना नहीं आ रही थी और न ही उन्हें यह दृश्य दैहिक या अश्लील लग रहा था।

तभी नीचे से ठाकुर नरपत सिंह आए और ठिठक कर एक पैर ऊपरी सतह पर और एक पैर नीचे की सीढ़ी पर धरे अचल हो गए। संयोगवश

उसी क्षण दाँई ओर के गलियारे से गुलाबदेवी आईं और वे भी ठाकुर साहब की तरह ही वहीं जम गईं। आश्चर्यजनक ढंग से एक ही घटना दोनों के स्मृति-कक्ष में एक साथ कौंधी, जो पिछले वर्ष अंडमान-निकोबर यात्रा के समय उनके साथ घटी थी। विशेष कर गुलाबदेवी को वह दृश्य इतना अभूतपूर्व लगा था कि उन्होंने उसे विस्तार से अपनी डायरी में यों उकेरा था : ''घुमक्कड़ी करते हुए जब हम 'रौस आइलैण्ड' पहुँचे, तो हमारे 'गाइड' ने हमसे कहा कि 'यदि आप लोग इस जंगल में गहरे भीतर जाएँगे, तो आपको आदिवासियों के स्वच्छंद जीवन का सही अनुभव होगा। चूँकि आपलोग मात्र 'टूरिस्ट' ही नहीं हैं, बल्कि यहाँ की महीन बातों को भी जानना चाहते हैं, इसलिए आप इसमें बेखटके पदचारी कर अपने अनुभव-कलश को समृद्ध कर सकते हैं। यह स्थान एकदम सुरक्षित है और यहाँ आपकी जान को कोई ख़तरा नहीं है'।

''जंगल का भीतरी हिस्सा 'किंग कोकोनट' (नारियल) के पौधों से भरा हुआ था और उन्हीं के बीच सैकड़ों वर्ष पुराने झबरीले दैत्यों-से वृक्ष! ढेरों प्रशाखाओं और असंख्य लताओं से घिरे खड़े थे। मैं अपनी गरदन अधिकतम ऊँची खींच कर पेड़ों की लम्बाई और चौड़ाई से अभिभूत हो ही रही थी कि ठाकुर साहब ने होंठों पर अँगुली रख कर पूरी तरह चुप रहने और एक ओर देखने का इशारा किया : 'हमने निर्वाक होकर देखा कि एक पेड़ की घनी छाया में मात्र अधोवस्त्र पहने एक आदिवासी युगल, मधुमक्खी के बड़े से छत्ते को हाथ में पकड़े, एक-दूसरे को शहद खिला रहा था और उनकी पवित्र हँसी से इर्द-गिर्द का सारा वातावरण पावन होकर महक रहा था। तभी उन्होंने एकदम सहजता से पति-पत्नी की नैसर्गिक क्रिया सम्पन्न की और वापस पहले की ही तरह शहद खाने लगे, गोया उनके तईं शहद खाना और दो आत्माओं का मिलना यकसाँ हो।' आश्चर्यजनक है यह तथ्य कि इस दृश्य से हमारे मनों में किसी प्रकार का उद्वेलन नहीं हुआ। वही दृश्य, जो आमतौर पर छिपाया

जाता है! उदात्त और लोकोत्तर कैसे हो गया? यह हमारी भौतिक बुद्धि की परिधि के परे था। सच कहें, तो बहुत सोचने के बाद हमें यही सूझा कि उसे अलौकिक मान कर शब्दों के पार ले जाना होगा, क्योंकि उस दृश्यानुभव को शब्दों में अभिव्यक्त कर पाना हमारी सामर्थ्य में नहीं था। अपने गहन अन्तर्तम में उस अनुभूति को सँजोए, हम स्वयं को एक विलक्षण अनुभव से समृद्ध मान कर गहरे चुप थे। हमारे हृदयों में मन्थन चल रहा था और हम रह-रह कर सोच रहे थे कि शायद इस दृश्य ने हमारी क्षुद्रताओं को किसी जादुई आईने में प्रतिबिम्बित कर हमें एहसासे-कमतरी से भर दिया है। कैसा स्वाभाविक था उनका प्रेम! जिसमें शरीर का कोई वजूद ही नहीं था।

''यही सब सोचते-गुनते हम चुपचाप जीप में बैठ गए। हमारी आँखें खुली थीं, पर उनका विचरण किसी और ही लोक में था! हमारे शरीर सीटों में धँसे थे, लेकिन वे कोई वायवीय वस्तु की तरह आकाश में उड़ रहे थे। हृदय आह्लाद से लबालब भरा था और हम दोनों भावों के सागर में बहे जा रहे थे, जिसकी लहरों पर बार-बार एक ही प्रश्न तैरता हुआ कौंध रहा था : 'आख़िर पंचतत्व से बने ये साधारण दिखते साधारण लोग! हमें इतने अविश्वसनीय और अकल्पनीय क्यों लग रहे हैं? इनकी एक मामूली-सी दिनचर्या हमें इतना दिव्य, असाधारण और अचिन्त्य क्यों लग रही है?''

महल में घटी अभी की यह घटना भी कुछ ही पलों की थी, लेकिन ठाकुर साहब और गुलाबदेवी उसमें पूरी पृथ्वी नाप आए थे, इसलिए जब रामभतेरी ने राजकुँवर को उसी स्वाभाविक सहजता से मुक्त कर दिया जैसे शहद खाते निकोबारी आदिवासियों ने, तो गुलाबदेवी और ठाकुर साहब ने अचकचा कर वापस वास्तविकता की खुरदरी धरती पर पैर रखा और रहस्यमयी दृष्टि से एक-दूसरे को देखने लगे।

नरपत सिंह को देखते ही रामभतेरी इतनी तेज़ी से उनकी ओर आई

कि रास्ते के तारों से उलझ कर गिरते-गिरते बची! जिसे किसी और ने तो लक्षित नहीं किया, लेकिन गुलाबदेवी ने आँखों की कोर से राजकुमार की साँस ऊपर-नीचे होते देख ली। उसके मर्म को समझ कर वे हल्के से मुस्कुराती हुई रामभतेरी को देखने लगी, जो ठाकुर साहब को, उनकी अनुपस्थिति में घटा वाक़िआ बयान कर रही थी। ठाकुर साहब ने सारी बातें सुनीं और मुस्कुरा कर अपने सिर को हल्का सा 'ख़म' दिया, जिसका अर्थ था 'कोई ख़ास बात नहीं'। साथ ही उन्होंने उसी दम आवाज़ दी : ''गजेन्द्र बेटा! ज़रा यहाँ आइए।'' दरअस्ल 'मौरवी' की रानी ठाकुर साहब के दूर रिश्ते की बहन थी और उस सम्बन्ध से सफ़ेद घोड़े पर सवारी करने वाला परी लोक का वह राजकुमार! उनका 'भांजा' होता था।

राजकुमार के आते ही रामभतेरी ओस पड़े गुलाब-सी गुलाबी होकर वहाँ से यह कहती हुई उड़ चली कि ''बाबो सा सावधान! रिहर्सल शुरू हो रहा है।''

रामभतेरी इस अनुभव से रोमांचित होकर पुलकायमान थी और यह सोच-सोच कर स्वयं पर अचरज कर रही थी कि आख़िर ऐसा क्या अनोखा घट गया, जिसने उसे एक 'नयेपन' से भर दिया है? लेकिन क्षण और पलों के टुकड़े करने वाली रामभतेरी को इन सब पर मनन करने का अवकाश कहाँ था! जो वह अपने अछूते कौमार्य की इस घटना को सहेज कर रखती? उसे तो केवल आगे बढ़ना था! एक के बाद एक सफलता के शिखरों को छूना था! और वह भी अकेले नहीं, पूरे समुदाय के साथ। एक व्यक्ति की यात्रा तेज़ी से हो सकती है, पर यदि उसे एक बड़ा जहाज़ अपने साथ ले जाना हो, तो यात्रा कठिन और मद्धम गति से होती है। पर अनूठी रामभतेरी की ज़िद थी कि वह सबके साथ भी तेज़ी से अपना गंतव्य प्राप्त कर लेगी।

'फूल महल' की यवनिका के पीछे से सूत्रधार की लयबद्ध मीठी आवाज़ गूँजी : ''मित्रो एवं गुरुजनो! यह कहानी उस मीराँ की है, जो

अपने प्रियतम कृष्ण की दासी नहीं, बल्कि उसकी प्रेमिका है। जिसकी चाकरी की शर्तें चाकरों-सी नहीं, बड़े घर की 'धिरानियों'-सी है। ध्यान दीजिए कि वे क्या कह रही हैंः 'चाकर रहसूँ बाग लगास्यूँ/ नित उठ दरसन पास्यूँ/ वृन्दावन की कुंज गलिन में/ थारी लीला गास्यूँ', या कि 'मीराँ के प्रभु गहन गंभीरा/हृदय धरोजी धीरा/आधी रात प्रभु दरसन दैहैं/ प्रेम नदी के तीरा।' होने को तो हमारी मीराँ के प्रेम-पुरुष श्रीकृष्ण हैं, पर वे केवल अलौकिक और दिव्य न होकर एक 'पूर्ण पुरुष' भी हैं। आध्यात्मिकता के दृष्टिकोण से मीराँ 'प्रकृति' है और कृष्ण 'पुरुष' हैं। इनका प्रेम अतीन्द्रिय तो है ही, पर उस अतीन्द्रिय का 'अथ' पूर्णतः ऐन्द्रिय है, क्योंकि मनुष्य ही एकमात्र ऐसा प्राणी है, जो परिमित होकर भी असीम और अपरिमित हो सकता है, नर से नारायण बन सकता है।

"मित्रो! हमने 'पैचवर्क' की तरह जयदेव के गीतगोविन्द के कृष्ण-विरह को भी इस नाटिका में समाहित किया है, क्योंकि हमारी मान्यता है कि 'सत्य' केवल 'आर्ष' ही नहीं, समय सापेक्ष भी होता है।" रामभतेरी का यह कथन सुनते ही गुलाबदेवी के मन में आया 'वाह! रामभतेरी वाह! तुमने कितने सुन्दर अंदाज़ में प्रेम की पराकाष्ठा को शिव और शक्ति के एक होने में व्यक्त कर दिया।' उन्होंने बहस में उसे अक़्सर यह तो कहते सुना था कि 'मैं तो अर्द्धनारीश्वर की पुजारिन हूँ, क्योंकि उसमें स्त्री-पुरुष दोनों ही अपने-अपने वर्चस्व के साथ एकात्म हैं।'

सम्पूर्ण विवरणी के नेपथ्य में वंशी की धीमी ध्वनि शब्दों के बलाघात और उतार-चढ़ाव के साथ गूँज रही थी। जब वह खुल कर बजी तो पर्दा उठा! और शकुन्तला, द्रौपदी जैसी विश्व सुन्दरियों को लजाती, वसन्त ॠतु की पुष्प-डाली-सी लचकती रामभतेरी 'कृष्ण-प्रेमोन्माद' में दिवानी अपनी रसपूर्ण भंगिमाओं से कृष्ण को ऐसा रिझाती दिखी कि वात्स्यायन की चौंसठ कलाओं से पूर्ण नायिकाएँ भी उसके सामने हार मान गईं। कृष्ण की भूमिका में मल्लिका भी ख़ूब फ़ब रही थी। कामदेव और रति

जैसी यह जोड़ी दर्शकों को रससिक्त कर माधुर्य के सरोवर में डुबकियाँ खिला ही रही थी कि नाटिका एक नया मोड़ लेकर दर्शकों को यह समझाने लगी कि प्रेम का उद्दाम स्वरूप और उसकी चरम सीमा विरह है, और एक गुरु की तरह वही हमें प्रेम की महत्ता समझाता है। 'मीराँ', जो भव्य प्रेमिका बन कर कृष्ण को सम्मोहित कर रही थी! कृष्ण के बिछुड़ते ही पागलों-सी उन्मादित होकर सारे गहने और कपड़ों को तिलांजलि देकर, कभी महल की दीवारों पर, तो कभी ज़मीन पर सिर पटकती नज़र आती है। नाटिका की नाटकीयता की चरम सीमा यह थी कि तत्क्षण यही विरहानुभूति कृष्ण को भी करवाने हेतु 'गीतगोविन्द' की राधा की तरह नाटिका की राधा भी अदृश्य हो जाती है और इसके साथ ही क्षण भर में पूरा दृश्य पलट जाता है। कहाँ तो मीराँ! कृष्ण-विरह में पागल होकर दरो-दीवार से सिर फोड़ रही थी, और अब! उसकी जगह कृष्ण के विरह में रोते-बिलखते दिखते हैं और अपनी प्रेमिका के प्रकट होते ही अपने अश्रुओं से उसके पैर पखार कर उसकी मिन्नतें करते नज़र आते हैं : 'त्वमसि मम् भूषणम्/ त्वमसि मम् जीवनम्/ त्वमसि मम् भवजलधिरत्नम्/ प्रिये चारुशीले! प्रिये चारुशीले!'

भरत-नाट्यशास्त्र के अनुसार यदि 'सामाजिक' (दर्शक) में इतना तीव्र भावोद्रेक सृष्ट हो जाए कि वह अपने अस्तित्व को भूल कर स्वयं को नाटक का ही एक पात्र समझ कर, उसके सुख-दुःख के साथ बहने लगे, तो उस नाटक को अतिशय सफल माना जाता है। गुलाबदेवी सम्मोहित थीं यह देख कर कि मीराँ को राधा में एकाकार कर देने जैसी अद्भुत अछूती कल्पना रामभतेरी ने की कैसे?

रामभतेरी की इस प्रस्तुति में यों तो सारे दर्शक ही भाव-गंगा में बहे जा रहे थे, पर बेचारे गजेन्द्र सिंह के हृदय-सागर की लहरें तो शरद-पूर्णिमा के चाँद को छूने के लिए 'ज्वार' के झूले पर ही चढ़ी बैठी थीं।

नाटिका की समाप्ति के बाद रामभतेरी मंच पर आई और उसने ढेरों

धन्यवाद के साथ ही, यह उद्घोष कर दिया कि अब इस नाटक की सामग्री, वेशभूषा और गहनों की नीलामी होगी, जिससे प्राप्त धन बनजारा समुदाय के उन्नयन में लगेगा। यह कह कर उसने वह माइक डॉ.वेगड़ को थमा दिया, जिन्होंने तुरन्त ही विभिन्न भाषाओं में उनके दाम सब खरीदारों को सुना दिए।

गुलाबदेवी आज पुनः यह देख-समझ कर चमत्कृत थीं कि भतेरी ने इन दर्शकों को इनकी ही भाषा में यह नाटिका परोस दी थी, जिसकी वज़ह से ये सब उसका पूर्ण रसास्वादन कर अत्यधिक आनन्दित थे।

रामभतेरी ने बार-बार सबको धन्यवाद देते हुए कहा कि ''यह आप लोगों की ख़ास मेहरबानी है, जो आपने 'मीराँ-राधा' नाटिका की इस 'बलदार' प्रस्तुति को इतने प्रेम से सराह कर हमारा उत्साह बढ़ाया। आपकी प्रशंसा से प्रोत्साहित होकर हम कुछ ही देर में आपके सामने हमारी दूसरी नाटिका 'पद्मावत' का मंचन 'शीश महल' में करेंगे। आप सबसे विनम्र अनुरोध है कि आपलोग वहाँ पधारें'' और हाथों-हाथ पुनः डॉ.वेगड़ ने उसका शब्दशः तर्जुमा कर उसे प्रसारित कर दिया।

ऐसी छिद्रविहीन तैयारी एवं सजग तत्परता देख कर गुलाबदेवी और ठाकुर साहब ही नहीं, रामभतेरी के शिक्षकगण भी अवाक थे। 'टाँडे' वाले बनजारों ने चूँकि मन ही मन उसे अपरिमित क्षमतासम्पन्न एक 'देवी' का दर्जा दे दिया था, इसलिए वे प्रश्नहीन कठपुतलियों की तरह उसके निर्देशों का अक्षरशः पालन करते जा रहे थे। दूर खड़े मेहरानगढ़ के राजा साहब! उसे अपने भारी-भरकम आशीर्वादों से नवाज़ रहे थे, और वहीं से 'मौरवी' का गजेन्द्र सिंह अपने प्रेम भरे नेत्रों से उन आशीर्वादों में ख़ुशबू पैदा कर रहा था। सौभाग्य रामभतेरी का कि बुज़ुर्ग और युवा दोनों ही पीढ़ियों के प्रेम-प्रपातों ने उसे सिंचित कर रखा था।

सर्वप्रथम 'पद्मावत' के ईश-खंड के दो चरणों को मंगलाचरण की तरह भैरवी राग में निबद्ध कर प्रस्तुत कर दिया गया, क्योंकि रामभतेरी का

मुख्य अभिप्राय था, 'पद्मावत' में वर्णित राजा-रानियों के परिधानों के द्वारा उनके ऐश्वर्य का प्रदर्शन करना; इसलिए उसने ईश-खंड की संक्षिप्त प्रस्तुति की थी। इन राजसी पोशाकों पर बनजारों ने महीन 'ज़रदोज़ी' का काम करके एक-से-एक अनुपम परिधान बनाए थे, जिससे बढ़िया मुनाफ़ा की उम्मीद थी। रामभतेरी जानती थी कि 'जायसी' रचित पद्मावत प्रबन्ध-काव्य को प्रस्तुत करना उसके बूते में नहीं है, इसलिए उसने उसमें से कुछ ऐसे प्रमुख दृश्यों को चुना, जिनमें राजा-रानियों के ठाठ-बाट के जलवे थे। पद्मावत में चित्तौड़गढ़ की पद्मिनी की कथा थी, इसलिए जोधपुर के दुर्ग और महल इसके मंचन के लिए एकदम सटीक थे।

गुलाबदेवी समझ गई थीं कि इन सब कोणों को दृष्टिगत रखते हुए ही रामभतेरी ने पद्मावत का चयन किया है और वे एक बार फिर रामभतेरी की प्रखर बुद्धि की कायल हो गईं।

राजा रत्नसेन के दरबार के वैभव के प्रदर्शन से नाटक की शुरुआत होती है, जिसमें राजा की ही नहीं, उनके दोनों ओर चँवर डुलाते पार्षदों, उनके आगमन की घोषणा करते उद्घोषकों और उनका प्रशस्तिवाचन करते भांडों तक की पोशाकें दर्शनीय बनाई गई थीं। दूसरे दृश्य में राजा के सिंहासन पर विराजित होते ही बड़ी संख्या में नटनियाँ इक्कीस कली के घेरदार घाघरों में चक्कर पर चक्कर खाती हुई, राजा को रिझाती हुई नज़र आती हैं और राजा उन्हें 'न्यौछावरी ' में 'ज़रदोज़ी' के काम का एक बड़ा 'दुरक्खा जामेवार' दुशाला तोहफ़े में देते हैं। सिखाईं-पढ़ाईं नटनियाँ! उसे खोल कर कभी ओढ़ती हुईं! तो कभी चारों कोने पकड़ कर 'पिछवई' की तरह राजा के पीछे लगाती हुईं! तो कभी 'चंदोवे' की तरह उसे तान कर दुल्हनें बनी हुईं सबकी आँखों को मंत्रबिद्ध कर बार-बार उन आँखों को उस दुशाले पर स्थिर करवा रही थीं।

इस मनोहारी प्रदर्शन से वहाँ उपस्थित सारे विदेशी खरीदार उस दुशाले की नीलामी का इन्तज़ार करने लगे। उनमें से कोई राजा के राजसी वस्त्रों

पर, तो कोई पार्षदों के, तो कोई उद्घोषक के लहराते हुए 'पटदार' दुपट्टों पर मुग्ध था। रामभतेरी ने उनकी आँखों में उनका लालच पढ़ कर तय कर लिया था कि इस बार वह अपनी वस्तुओं का बहुगुणा मूल्य लेगी, क्योंकि मूल्य केवल उस वस्तु का ही नहीं होना चाहिए, बल्कि उसके पीछे छिपे कठोर परिश्रम, कल्पनाशीलता और समय का भी होना चाहिए। फिर विश्व की सबसे बड़ी 'सौदागर-जाति' के लिए कैसी रियायत?

नाटक आगे बढ़ रहा था, बनजारों का एक दल व्यापार के लिए सिंहल द्वीप की यात्रा करता है और राजा 'रत्नसेन' भी तोते से 'पद्मिनी' का रूप-वर्णन सुन कर जोगी के छद्म वेश में उनके साथ वहाँ पहुँच जाते हैं। इस सारे वृत्तान्त को सूत्रधार संक्षिप्त शब्दों में व्यक्त कर रहा था और केवल उन वर्णनों को दर्शकों को दिखाया जा रहा था, जिनमें उन्हें रस आता। मसलन : समुद्र की लहरों को नीले दुपट्टों को लहरा कर प्रस्तुत करना, बनजारों का आगे-पीछे कदम धर कर जहाज़ की तरह धीरे-धीरे डोलते हुए आगे बढ़ना आदि।

रामभतेरी ने राजदरबार में एक नर्तकी से छहों ऋतुओं की ऐसी नयनाभिराम प्रस्तुति करवाई कि दर्शक 'वाह-वाह' कर खड़े होकर तालियाँ बजाने लगे। यह दृश्य रामभतेरी की कुशाग्र बुद्धि और बेइन्तिहा चतुराई का अप्रतिम उदाहरण था। उसका कमाल यह था कि 'शीश महल' के उस बड़े हॉल की बाईं तरफ़ से एक विशिष्ट नर्तकी प्रत्येक ऋतु के अनुसार क्रमवार पीला, नीला, सफ़ेद, हरा आदि रंगों का घाघरा पहने आती और कत्थक के 'चक्रदार-परण' करती हुई दाहिनी तरफ़ के धुर कोने में चली जाती; फिर वहीं से उसी प्रकार चक्कर काटती हुई वह बाईं तरफ़ के कोने में लौट आती। इन सारी प्रस्तुतियों में आश्चर्यजनक बात यह थी कि हर बार उसके घाघरे का रंग ऋतु के अनुकूल बदल जाता था और दर्शकों को लगता था दूसरी नर्त्तकी आई है। विस्मयकारी है जानना

कि यह सम्पूर्ण संयोजन प्रकाश के कमाल से नहीं, रामभतेरी की अद्भुत कल्पनाशक्ति से सम्भव हुआ था। उसने नर्त्तकी के घाघरे की छह परतें बनाईं थीं, जो कमरपेटी पर लगे हुए बटन पर एक के बाद 'टिचका' दी गई थीं। नर्तकी चक्कर खाती हुई विपरीत 'विंग' में जाती और एक सेकेंड में झटके से ऊपरी परत को 'टिच-बटन' से चटका देती, जिसे वहाँ छिपीं सहायिकाएँ तुरंत उठा लेतीं। ऐसी कल्पनाशील प्रस्तुति को देख कर विदेशी और देशी क्या! वहाँ की दीवारें और शीशे तक नतमस्तक हो गए।

कथा की सूत्रता को गति देकर रत्नसेन और पद्मावती के प्रणय का रसभीना शृंगार-वर्णन भी प्रस्तुत किया गया। किसी भी प्रकार के विरोधाभास की विरोधी रामभतेरी ने आश्चर्यजनक ढंग से रत्नसेन की पटरानी नागमती की ईर्ष्या को भी पद्मावती और नागमती की नृत्य-स्पर्द्धा का रूप देकर, कथानक में सुन्दर लचक पैदा कर दी। साथ ही रानियाँ होने के कारण उसने उनके वस्त्राभूषणों पर जगमगाते नगीनों का प्रयोग कर महाराजाओं के ऐश्वर्य की चमक-दमक भी दिखा दी थी। इस पूरे प्रदर्शन में विशेष प्रकाश-व्यवस्था ने सोने में सुहागे का काम किया था, जिसका सारा श्रेय ठाकुर साहब और कुँवर गजेन्द्र सिंह को था।

'अलाउद्दीन खिलजी' प्रसंग को 'राघवसेन' द्वारा पद्मिनी के नख-शिख रूप वर्णन से शुरू करने के बाद, उसने काव्य में आए युद्ध के वर्णन को पूरी तरह रद्द कर दिया और सीधे अलाउद्दीन को पद्मिनी की झलक दर्पण में दिखला दी। यह सारी कारस्तानियाँ करने के बाद उसने यह कह कर नाटक का समापन कर दिया कि "हम प्रेम के पुजारी हैं, इसलिए आपसी युद्ध का ही नहीं, स्त्री पर कुदृष्टि डालने का भी घोर विरोध करते हैं। इस महान काव्य की संक्षिप्त प्रस्तुति के साथ ही हम आपसे विदा लेते हैं एवं आप सबसे विनम्र अनुमति लेकर अब हम अपना एक छोटा सा फ़ैशन-शो आरम्भ कर रहे हैं।"

रामभतेरी के फ़ैशन-शो के 'प्रदर्शनकारी-बनजारे' बिक्री एवं ऑर्डर

के लिए तैयार किए गए विदेशी परिधानों को भी इस बेफ़िक्री से पहने हुए थे, मानों यह उनकी रोज़मर्रा की वेशभूषा हो!... इसका मुख्य कारण यह था कि जैसे-जैसे कपड़े बनते जाते थे, वैसे-वैसे रामभतेरी उन्हें प्रदर्शनकर्ता को यह कह कर देती जाती थी कि वे उसे ख़ूब सँभाल कर 'शो' तक पहन कर अभ्यास करते रहें। मिश्रित-जाति की अपनी ख़ास ख़ूबसूरती के कारण उस फ़ैशन-शो का प्रत्येक भागीदार 'माघी-पूनो' का एक ऐसा विरल चाँद लग रहा था, जिसके आसपास का आकाश पूर्णतः निरभ्र था। रामभतेरी के 'टाँडे' की प्रत्येक इकाई आज अपने आप में पूर्ण थी! जो किसी भी सामाजिक कार्यकर्ता की सबसे बड़ी उपलब्धि होती है।

सारे कलाकारों का परिचय हो जाने के बाद जब रामभतेरी मंच पर आई, तो 'शीश महल' ही क्या! मेहरानगढ़ के दुर्ग की चहारदीवारी तक तालियों की गड़गड़ाहट से गूँजने लगी। रामभतेरी ने हाथ जोड़ कर ठाकुर साहब, गुलाबदेवी, दाखी, मूँगा और अपने सभी शिक्षकगणों को भी मंच पर बुला लिया। वे सब बेचारे झुक-झुक कर दर्शकों को धन्यवाद देते हुए थके जा रहे थे, पर तालियाँ थीं कि थम ही नहीं रही थीं। अवसर का लाभ उठा कर रामभतेरी धीमे से खिसक कर वस्त्रों की नीलामी और ऑर्डरों की घोषणा करने लगी। जैसा कि 'जाना-समझा' हुआ था, उन्हें द्रव्य के साथ ही ख़ूब बड़े-बड़े 'ऑर्डर' भी मिल गए। 'शीश महल' के नक्काशीदार दर्पणों में झाँकते नायक-नायिकाओं की रूप-सज्जा पर उन विदेशी दर्शकों का मुग्ध होना तो लाज़िमी ही था! इसलिए आनन-फ़ानन में ही सारा साज़ो-सामान दर्शकों के पास था और उनके 'बटुए' रामभतेरी के पास।

सांसारिक कलाबाज़ी में निपुण चतुर सुजान दाखी और इमरती, अन्य लड़कियों के साथ पैसों का पूरा हिसाब आमदनी की 'बही' में और प्रत्येक ऑर्डर को तरतीबवार उसकी विस्तृत जानकारी के साथ 'ऑर्डर-बही' में लिख रही थीं। चूँकि उन लोगों ने सारे ऑर्डर लिखित लिए थे,

इसलिए उन्हें एक 'फ़ाइल' में 'रिकार्ड' के लिए रख लिया गया था। इतने में ही रामभतेरी ने देखा कि चकोर की भाँति राजकुमार गजेन्द्र सिंह एकटक उसी को देखे जा रहे हैं। उसने आव देखा न ताव! और निर्मल विनोद के लिए उन्हें मंच पर खींच कर कहा : "इस सजीले जवान की 'अनमोल बोली!' कहाँ से शुरू करें समझ में नहीं आ रहा?" पहले तो राजकुमार थोड़े 'ऊक-चूक' हुए, पर ऊँची विलायती डिग्रियों से सज्जित उस देवता ने दूसरे ही क्षण रामभतेरी को अपने पास खींच कर घोषणा कर दी : "लेडीज़ एण्ड जैंटिलमैन! प्लीज़ नाऊ स्टार्ट द प्राइस फॉर दिस 'क़ोहेनूरी' कपल!" (मित्रों! अब इस कोहेनूरी जोड़े का दाम लगाइए।) नहले पर दहला पड़ते ही! अब झेंपने और भागने की बारी रामभतेरी की थी। इसलिए वह तीर की तरह मेहरानगढ़ के राजा के पास पहुँच कर बोली : "घणी खम्मा राजा सा! आपरी निछावरी?"

यह कह कर उसने उनके सामने अपना पल्ला 'माँड' दिया।

राजा जी ने अदब से सिर झुका कर कहा : "मैं तो रामभतेरी कँवरी सा को बिका हुआ हूँ, वे जिस पर अंगुली रखेंगी, वही चीज़ उनकी।"

"महाराज सा! आपकी उदारता 'सिर-माथे' पर, लेकिन मुझे तो आपकी बड़ी रियासत में से निर्जन जंगल की केवल वह ज़मीन चाहिए, जो सदियों से बेकार पड़ी है। मैंने जोधपुर से जैसलमेर की ओर जाते हुए उस पूरे जंगल को देखा है और वहाँ के बनजारों, भीलों और आदिवासियों को भी यहाँ बुला लिया है। मैं चाहती हूँ, आप उन्हें यह इज्ज़त बख़्शें कि वे अपना घर बना सकें और उन्हें आपसे छिप कर आपकी जायदाद के छोटे-छोटे टुकड़े लूटने नहीं पड़े।"

राजा जी रामभतेरी की साफ़गोई पर ऐसे मुग्ध हुए कि उन्होंने वहाँ का मानचित्र रामभतेरी के सामने रख कर कहा : "बेटा जी!..." पर 'बेटा जी' जुबान से निकलते ही उन्होंने अपनी जीभ काट कर जब उस सम्बोधन को सुधारना चाहा, तो रामभतेरी ने उन्हें बीच में ही टोक दिया :

''काको सा, भारतीय संस्कृति तो आत्मीय सम्बोधनों से ही रची-बुनी हुई है; अतः आप मुझे निःसंकोच मनचाहे सम्बन्ध से सम्बोधित कर सकते हैं।''

यह सुन कर गुलाबदेवी ही नहीं रामभतेरी के शिक्षकगण भी रामभतेरी में आए इस परिवर्तन से अत्यधिक प्रसन्न थे।

सम्मेलन के समापन दिवस तक रामभतेरी सबकी आँखों का तारा बन गई थी। सब उसकी प्रतिभा, उसके औदार्य और उसकी निस्संगता के कायल हो गए थे। अतः वहाँ उपस्थित सभी देशों के प्रतिनिधियों ने उसे सर्वसम्मति से विश्व की 'सर्वश्रेष्ठ बनजारन' और उसके 'टाँडे' को 'सर्वश्रेष्ठ बनजारा समाज' के ख़िताब से अलंकृत किया। उन्होंने अपने पुरस्कार भाषण में कहा कि ''रामभतेरी ने आधुनिक तकनीकों का सर्वोत्तम प्रयोग करने के बाद भी अपने समुदाय की संस्कृति और परम्पराओं को सुरक्षित रखा है, अतः हम इन्हें पुरस्कृत कर धन्य हैं।''

अब तक 'चतरसिंह जाम' भी वहाँ आ गए थे और उन्होंने रामभतेरी के अनुरोध पर सूखाग्रस्त ज़मीनों पर 'कुइयाँ' बनाने की ट्रेनिंग देने का प्रस्ताव भी स्वीकार कर लिया था। रामभतेरी ने पोखरण, सिवाणा और जोधपुर से 'पुरस्कार स्वरूप' मिले इलाकों का पूरा नक़्शा उन्हें दे दिया, ताकि उन्हें अपनी योजनाएँ बनाने में सुविधा हो।

काम ख़त्म होते ही रामभतेरी पंख लगा कर उड़ते हुए तुरंन्त अपने 'टाँडे' पहुँचना चाहती थी, क्योंकि उसके दिमाग़ को भविष्य की योजनाओं ने पूरी तरह आच्छादित कर रखा था।

वहाँ पहुँचते ही उसने गुलाबदेवी, दाखी, मूँगा सरदार और 'टाँडे' के सारे बाशिन्दों की एक सभा बुलाई और उसने सबको सम्बोधित करते हुए कहा : ''हमें वर्ष भर के परिधानों के ऑर्डर मिल चुके हैं और मेरा विश्वास है कि यह सिलसिला थमेगा नहीं और हमें निरन्तर ऑर्डर मिलते रहेंगे। अब आप सब इन कामों में पूरे जोशो ख़रोश से जुट जाइए और

गुरु माँ एवं दाखी माँ से निर्देश लेते रहिए। अनुमान है कि यहाँ का पुरुष समुदाय चतरसिंह जी से 'कुइयाँ' बनाना सीख लेगा।

"अब आपलोगों से अनुमति और आशीर्वाद लेकर मैं मल्लिका दीदी के साथ 'तेजगढ़' में विस्थापितों के विश्वविद्यालय में कुछ दिन रह कर प्रशिक्षण लेना चाहती हूँ। लेकिन हम यह काम तभी करेंगे जब हमारे गुरुजन हमें ऐसा करने की अनुमति देंगे।"

रामभतेरी का वाक्य अभी ख़त्म नहीं हुआ था कि गुलाबदेवी तेज़ी से मंच पर आईं और रामभतेरी के हाथ से माइक लेकर बोलीं : "रामभतेरी! एक पुरानी कहावत है : 'गोद के बच्चे को छोड़ कर पेट वाले की आस करना बेवकूफ़ी है', तो तुम! वर्तमान के अपने कर्त्तव्यों को छोड़ कर भविष्य की ओर क्यों दौड़ रही हो? हमारी समझ से तो तुम्हारा यह निर्णय किसी भी तरह न्यायोचित नहीं है।"

इतना कह कर उन्होंने उपस्थित जन-समुदाय को सम्बोधित करते हुए पूछा : "भाइयो और बहनो! क्या रामभतेरी को भविष्य की योजनाओं के लिए प्रयाण करना चाहिए या अभी यहीं रुकना चाहिए?"

"रुकना चाहिए! रुकना चाहिए!"

जब रामभतेरी को रोकने का आग्रह वहाँ के निर्जन वन-प्रान्तर तक में प्रतिध्वनित होने लगा, तो रामभतेरी ने गुलाबदेवी के चरण छूकर कहा : "जैसी गुरु माँ की आज्ञा।"

चारों ओर हर्ष-ध्वनि व्याप्त हो गई और गुलाबदेवी ने रामभतेरी को कंठ से लगा कर आशीर्वाद दिया : "आयुष्मती भव, यशस्वी भव।"

गुलाबदेवी का आशीर्वाद प्राप्त करते ही रामभतेरी ने हाथ में माइक लेकर इस तर्ज पर बातें शुरू कीं : ''प्यारे दोस्तो! आप सबको अनेकानेक धन्यवाद कि आप लोगों ने मुझमें अपना गहन विश्वास व्यक्त कर मुझे यहाँ रोक लिया। गुरु माँ और आप लोगों का यह विचार सही था, कि जो सपना मेरी आँखों ने देखा है, वे आँखें! मैं किसी और को सँभला कर स्वयं उससे मुक्त कैसे हो सकती हूँ? भाइयो! मैं अपनी भूल स्वीकार करती हूँ और आपसे वादा करती हूँ कि आज के बाद मैं अपनी आगामी यात्रा के बारे में तभी सोचूँगी जब यहाँ के सारे कार्यक्रम सुचारु रूप से चलने लगेंगे।

''एक बात मैं पहले ही साफ़ कर देती हूँ कि इस पूरे 'टाँडे' के जो भी क्रिया-कलाप होंगे उन सबके प्रमुख होंगे, 'गुरु माँ, ठाकुर सा, सरदार मूँगा सिंह, दाखी देवी, इमरती देवी और सरस्वती केन्द्र के शिक्षकगण'। वैसे तो ये लोग मुख्यतः सारे कार्यक्षेत्रों की सँभाल रखेंगे, पर इनमें से प्रत्येक के ज़िम्मे कुछ विशेष कार्य होंगे; मसलन् मूँगा बापू! 'चतरसिंह जी जाम' की अगुआई में जल-संरक्षण का काम करवाएँगे, जिसमें पानी संरक्षण की कई विधाओं का विकास करने का प्रयास किया जाएगा; जैसे : पालर पानी, रेजाणी पानी, पाताल पानी आदि। जल संरक्षण के लिए हम रामगढ़ गाँव को अपना आदर्श मानेंगे जहाँ पानी पिलाने की मनुहार होती है या जैसलमेर को, जहाँ एक-एक समुदाय के पास एक सौ बीस कुइयाँ तक हैं।

''चतरसिंह काको सा! अब हम सबकी बागडोर आपकै ही हाथ है। आप जिधर भी हाँकेंगे हम सब उधर ही चल पड़ेंगे।''

चतरसिंह जी ने हुलसे हुए स्वर में माइक पर कहा : ''भाइयो! मैं तो एक साधारण किसान हूँ, जिसे अनुपम जी जैसी पारसमणि का स्पर्श मिल गया। मैं वादा करता हूँ कि मैं आपकी बराबरी में 'खटूँगा' और ज़रूरत हुई तो मेरे मित्र 'फ़रहाद कन्ट्रेक्टर' को भी आमंत्रित कर लूँगा, जो फ़िलहाल 'मोरक्को' में सैकड़ों जगहों पर जल-संरक्षण का काम कर रहे हैं।''

इतना कह कर चतरसिंह जी ने जब माइक रामभतेरी को दिया, तो रामभतेरी ने उनके पैर छूकर कहा :'' काको सा! आशीर्वाद दीजिए कि हमारी यह योजना सफल हो।''

रामभतेरी की श्रद्धा, सम्मान और प्रतिबद्धता देख कर चतरसिंह जी की आँखें भर आईं और वे बिना शब्दों के ही देर तक रामभतेरी के सिर पर हाथ फेरते रहे।

लोगों के उत्साह के ज्वार को देख कर चतरसिंह जी अभिभूत हो गए। उन्होंने मुट्ठी बाँध कर हाथ ऊपर उठाया और कहा : ''चालो भाया, अबार की स्यात् (अभी ही) माँ से पाणी रै दान की अरज कराँ। आप लोगाँ नै माँ पाणी ज़रूर देस्सी, क्यूँकि आप लोग्गों ने सैंकड़ाँ बरस पहले से ही पाणी को नमक से अलग रखणा सीख लिया था। आपके पुरखे खारे 'आगोर' से जरा सी ऊपर उठा कर 'तलाइयाँ' बणा लेते थे और अब अपणै लोग भी उस तरीक़े का इस्तेमाल अपनी पोखरण वाली ज़मीन में करेंगे, क्योंकि वहाँ बड़ी मात्रा में नमक है। पर बच्चो! आज हम लोग 'कुंई' का काम सिवाणा के धुर छोर से शुरू करेंगे।''

बात खतम करते न करते चतरसिंह जी ने पास पड़ी कुदाल को उठा कर कंधे पर रखा और जैसे जंगल में सिंह चलता है, उसी चाल से चलते हुए ठाकुर साहब से मिली ज़मीन पर पहुँचते ही उसे ज़ोरों से ज़मीन पर

दे मारा और उनकी देखा-देखी उसी क्षण पचासों कुदालों की नोकें ज़मीन में गड़ गईं। चतरसिंह ने दोनों हाथ ऊपर उठा कर कहा : ''कल्याण भव।''

अभी कुदाल की 'घन्न' गूँजी ही थी कि रामभतेरी की आवाज़ गूँजी : ''दोस्तो! आज मैं आपको एक ऐसे व्यक्ति से मिलवाती हूँ जिसका नाम है डॉ. प्रभात कुमार भट्टाचार्य और जो यहाँ चित्रकला सिखाने आए हैं। यह हमारे परम सौभाग्य का लक्षण है कि ये यहाँ स्वेच्छा से ही हमें अपना कौशलदान देने आए हैं। आप में से जो भी इनसे चित्रकला सिखना चाहते हैं, वे मल्लिका दी की पंक्ति में आ जाएँ।''

इस घोषणा से भीड़ में ज़ोरों की फुसफुसाहट हुई, और उनकी उलझन को समझते ही रामभतेरी ने तुरन्त ही समझाया : ''दोस्तो, चित्रकला माने 'चित्तण' और 'मांडणो' जैसी ही एक कारीग़री; जिसमें कोई भी चीज़ की तस्वीर काग़ज़ पर रंग या पेन्सिल सै बणा दी जाती है।''

रामभतेरी मुस्कुराती हुई अपनी जगह से एक ओर सरक गई और उसके पीछे से सफ़ेद रेशम-सी दाढ़ी और घुँघराली लम्बी श्वेत केशराशि से शोभित इकहरे बदन के एक ऋषि प्रकट हो गए। जब उन्होंने मुस्कुरा कर सबका अभिवादन कर, चित्रकला के गुण और लाभ बताए, तो टाँडे के आधे से ज़्यादा लोग मल्लिका के सामने क़तार बाँध कर खड़े हो गए।

चित्रकला वालों की लम्बी लाइन देख कर दाखी आगे आई और उन लोगों को घुड़कते हुए बोली : ''अरे वाह रे मेरे वीरो! चित्रकला आप जैसे 'धींगों' और 'मुस्टंडों' के लिए ना है, वह तो सुकोमल और सुकुमार छोरियों और बच्चों के लिए है, और अपणै पास चित्रकला वाले कमरे में ज्यादा जगह भी नहीं है; फिर मास्टर जी भी एक ही ठहरे! इसलिए मैं जिन-जिन लोगों को चुनूँ वे सब मेरे साथ चलें और बाहर से मिले ऑर्डरों को पूरा करने में मेरी मदद करें। मेरी गुरु माँ गुलाबदेवी से भी से प्रार्थना है कि वे हमारे साथ चल कर हमें रास्ता दिखाएँ।''

रामभतेरी यह देख कर दंग थी कि कहाँ तो वह कामों के विभाजन की लम्बी-चौड़ी योजना बना रही थी, और कहाँ बिना कुछ किए ही, सारे लोग एकदम शान्ति से तीन 'धड़ों' में बँट गए थे। आश्चर्यजनक ढंग से वहाँ न तो कोई बेकार बचा था और न ही किसी को बेमन से कोई काम करना पड़ रहा था। मनुष्य जब खुश होता है तब उसकी प्रफुल्लता और उत्साह! अनायास ही समर्पण की शक्ल में बदल कर सफलता के शिखर चूम लेते हैं।

रामभतेरी ने थोड़ी ऊँची जगह पर खड़े होकर अपने टाँडे के लोगों को लामबंद होकर आगे बढ़ते देखा तो सोचने लगी : मैंने कभी कल्पना भी नहीं की थी कि मेरे ये निरक्षर भाई-बंद इतनी जल्दी संस्कारित होकर सुसंस्कृतों-सा व्यवहार करना सीख लेंगे। गहराई से सोचने पर वह इस नतीजे पर पहुँची कि उनकी विलक्षण प्रतिभा का राज़ उनके मनों का गंगा-सा निर्मल होना है। छल-छंद, दुराव आदि से दूर होने के कारण ही शायद ज्ञान के प्रत्येक कण को अपने हृदय के पवित्र गंगाजल में खँगाल कर बहुगुणित कर लेते हैं और यह सब उनके अन्तर्मन में इतने स्वाभाविक रूप से घटता है कि उन्हें न तो इसका कोई भान होता है और न ही अभिमान।

इन्हीं उधेड़बुनी प्रश्नों को मथती हुईं रामभतेरी चली जा रही थी कि अनभाव में उसके क़दम शिक्षाकेन्द्र की ओर मुड़ गए। आज चित्रकला-कक्ष में ऐसी खुशहाली छाई हुई थी मानों वसन्त, पावस, होली और दिवाली! सब एक साथ वहाँ इकट्ठे हो गए हों। आज की कक्षा का केन्द्रीय विषय था : 'कृष्ण-चरित्र के पड़ाव' जिसमें विद्यार्थियों को यह छूट थी कि वे किसी भी रूप में कृष्ण को चित्रित कर सकते थे। गुरु भट्टाचार्य जी ने विद्यार्थियों की सहायता के लिए कुछेक सुन्दर लड़के-लड़कियों को नमूने की तरह कृष्ण रूप में सजा कर एक ऊँची चौकी पर बैठा दिया था ताकि उन्हें कृष्ण के रूपाकार बनाने में सुविधा हो। टाँडे

के और लोगों की तो बात ही क्या! रामभतेरी और मल्लिका तक इस 'विन्दावनीय सृष्टि' को देखकर दंग रह गई थीं।

रामभतेरी ने आगे बढ़ कर उन ऋषि तुल्य शिक्षक के पैरों पर सिर रख दिया और बोली : ''हम धन्य हुए, जो आप सरीखा औढरदानी गुरु हमें मिला। आज आपने यहाँ एक ऐसा वातावरण रच दिया है, जो अतुलनीय है। आपके क्षण मात्र में ही यह सिद्ध कर दिया कि पृथ्वी के छोटे से कण में भी पूरे ब्रह्माण्ड में व्याप्त पंचभूत तत्व सानुपात मात्रा में स्थित हैं, और मनुष्य का मन इतना प्रबल है कि वह पल भर में ही सारे लोकों और युगों की यात्रा एक साथ कर सकता है और यदि कोई मनुष्य 'पूर्ण सत्य' पर स्थिर हो, तो वह अपना स्वर्ग और नरक स्वयं सृष्ट कर सकता है।

''हे महामना! आप हमारे हृदय में छिपे अंधकार को बाहर निकाल कर उसे प्रकाश से भर दें। गुरुदेव! ललित कलाओं में यह क्षमता है कि वे प्राणी-मात्र की संवेदनाओं को उद्दीप्त कर उसके हृदय में करुणा का ऐसा संचार कर सकती हैं कि वह समस्त सृष्टि से एकात्म होना सीख जाता है। उसके अजाने ही उसका 'अहम्' पिघल कर 'सर्व:' के सागर में बिला जाता है, और क्षुद्र बूँद का यह समर्पण उसमें समस्त सागर का विराटत्व भर कर उसे भी सागर ही बना देता है।''

मास्टर मोशाय रामभतेरी के सुभाषितों सरीखे विचार सुन कर उसे अप्रतिम और अद्वितीय मानने के लिए बाध्य हो गए और उन्हें लगा कि रामभतेरी दैवी-शक्ति से सम्पन्न कोई विशेष जीवात्मा है, जो इस धरती को सुन्दर बनाने के लिए ही यहाँ अवतरित हुई है।

'मास्टर साब' की पथराई भंगिमा को दरकिनार कर रामभतेरी ने कहा : ''सर! मुझे भी सिखाइए ना!'' 'भट्टाचार्य मोशाय' ने पास पड़ा एक कैनवस उठाया और उसे भतेरी को पकड़ा कर कहा : 'राधा-कृष्ण'।

काग़ज़ लेकर रामभतेरी मल्लिका के पास जाकर बोली : ''दीदी! मैंने

न तो कभी चित्रकला सीखी है, न ही कभी कुछ बनाया है, आप बताइए ना! चित्र कैसे बनाऊँ?''

''रामभतेरी! तुम कुछ ठान लो और न कर पाओ, यह बात तो विधाता भी नहीं मानेंगे। इसलिए जाओ, और अपने मन में जो भी भाव आए, उन्हें काग़ज़ पर उकेर दो।''

रामभतेरी को झक मार कर अकेले ही चित्र बनाना शुरू करना पड़ा।

मल्लिका ने कुछ ग़लत नहीं कहा था! क्योंकि कुछ ही देर में रामभतेरी ने 'राधा-कृष्ण' की ख़ासी बड़ी 'चित्रमाला' बना दी थी! एक चित्र में कृष्ण राधा के पैर पखार रहे हैं! तो एक में उनकी वेणी में फूल सजा रहे हैं! एक में उन्हें झूले पर बैठा कर स्वयं झूले की 'पेंगें' ले रहे हैं, तो एक में होंठों पर वंशी धरे, राधा से कहला रहे हैंः 'या मुरली मुरलीधर की, अधरा न धरी, अधरा न धरौंगी', और एक में राधा को वंशी छीनते हुए और कृष्ण को उनकी चिरौरी करते हुए दिखाया गया था; जिसमें चौंसठ कलाओं से पूर्ण राधा! कृष्ण की प्रेम भरी बातें सुनने के लालच में उन्हें वंशी लौटाना नहीं चाहतीं; दरअसल यह चित्र यथाः 'बतरस लालच लाल की, मुरली धरी लुकाय, सौंह करे भौंहन हँसै, दैन कहै नट जाय' की नाटकीयता को पूरी तरह अभिव्यक्त कर रहा था। कृष्ण-राधा की इस प्रेम भरी नोंक-झोंक के बिम्ब को रामभतेरी ने ऐसा आँक दिया था कि शायद बड़े से बड़ा चित्रकार भी वैसा रससिक्त चित्र नहीं बना पाता।

रामभतेरी चित्र की अंतिम परिसज्जा कर ही रही थी कि गुलाबदेवी उसे खोजती हुई वहाँ आयीं। गुलाबदेवी के लिए यह कल्पनातीत था कि रामभतेरी 'चित्रकला-कक्षा' में भी हो सकती है, क्योंकि आज से पहले उसने कभी इस विषय में कोई चर्चा तक नहीं की थी। इसलिए वे रामभतेरी द्वारा बनाए गए चित्र को देखने के लिए उतावली हो उठीं। चित्र देखते ही उन्होंने 'मोरमुकुट' को अपनी हथेली से छिपा कर कहा : ''वाह! भई वाह! तुमने तो 'गजेन्द्र' का कमाल का चित्र बना दिया है, बेटा जी!''

यह सुनते ही रामभतेरी छुई-मुई की तरह सिकुड़ गई और तीर की तरह वहाँ से भागी और सीधे ठाकुर साहब की शरणग़ाह में जाकर ही रुकी, क्योंकि उसे पता था कि ठाकुर साहब के सामने मल्लिका दी और गुरु माँ शांत रहेंगी और ऐसा ही हुआ भी। यह बात इतर है कि उसके जाने के बाद सारा क़िस्सा सुन कर ठाकुर साहब बहुत आनंदित हुए।

दो-एक दिन बाद रामभतेरी 'खेजड़ी' (सांगरी का पेड़) के पेड़ों पर डले झूलों की रस्सियों को जाँचने के लिए उन पर झूला झूल रही थी कि वह पुरानी स्मृतियों से विभोर होकर रस्सियाँ जाँचना तो भूल गई और झूलते-झूलते गुरु माँ से सीखा विद्यापति का यह पद गाने लगी : 'नव वृन्दावन/ नव-नव तरुगण/ नव-नव विकसित फूल/ नवल वसन्त नवल मलयानिल मातल नव अलिकूल/ विहरत नवल किसोर।' इसे गाते-गाते वह इसमें इतना डूब गई कि बार-बार 'विहरत नवल किसोर' पंक्ति को भिन्न-भिन्न भंगिमाओं में गाती रही। गायन में उसकी मार्मिकता और सहृदयता की तो गुलाबदेवी तक कायल थीं, इसलिए वहाँ ऋतुराज वसन्त के साथ पावस भी आ गया और उसने अपनी भीनी फुहारों से रामभतेरी के चेहरे पर मोती बिखरा दिए। तभी रामभतेरी को ऐसा लगा जैसे उसके साथ कोई और भी झूल रहा था, जो झूला धीमा होते ही उस पर से कूद कर भाग गया है। एक अनबूझ पहेली में फँसी रामभतेरी! अपने सिर पर हल्की-सी चपत मार कर ख़ुद को समझाने लगी : ''रामभतेरी बच्चू! तू ज़रा होश में रहा कर, वरना लोग तुझे पागल समझ बैठेंगे।''

यही सब सोचती हुई रामभतेरी चतरसिंह जी के कुईंवाले विभाग में जा पहुँची। वृषभ-से चौड़े कंधे वाले चतरसिंह जी कुदाल को आकाश की ओर उछाल कर पूरे जोर से ज़मीन पर मारते थे और उनकी नक़ल पर चारों ओर बिखरे हुए नवयुवा अपनी कुदालों को ऊपर उछाल कर पूरे ज़ोशो-ख़रोश से धरती का सीना यों चीर रहे थे, मानों आज ही यहाँ पानी का मीठा 'सोता' फोड़ लेंगे। उनके छलछलाते उत्साह के साथ उनकी

तल्लीनता और तन्मयता देख कर रामभतेरी भावविमुग्ध हो रही थी, और रह-रह कर उसके मन में आ रहा था कि यह सब परमपिता की कृपा का नतीजा है। पता नहीं हमारे कितने जन्मों के संचित पुण्य कर्म थे, जो हम लोग इतनी त्वरा से अपने लक्ष्य की ओर अग्रसर हो पा रहे हैं।

तभी चतरसिंह जी की घंटी बजी और उन्होंने कहा : ''आओ टाबरो! जीम लेवाँ।'' उनका इतना कहना भर था कि धापी मौसी ताज़ा गरम बाजरे की रोटियाँ, नमक, प्याज और 'छाछ' की बाल्टी लिए हुए आगे आईं और उन्होंने सबकी हथेलियों पर पत्तल के ऊपर रोटी रख कर, उसके ऊपर प्याज की एक गाँठ के साथ थोड़ा सा नमक रख दिया। 'कुई' के प्रत्येक आदमी का अपना गिलास था; जिसे धापी ने गाढ़ी छाछ से ऊपर तक भर दिया और बोली : ''भाया! मेरै पास ओर भी घणी सारी छाछ है, आप सब 'छक' कर पी लियो, मन मै आवै उतणी रोटी खाइओ, कोई कमी ना है।'' फिर आँखें मटका कर बोली : ''खाणै के बाद मुँह-मीठा करणै के वास्तै मै गुड़ भी ल्यायी हूँ।''

रामभतेरी के पीछे-पीछे आईं गुलाबदेवी उन लोगों के संतोष का पैमाना देख कर दंग थीं और सोच रही थीं: 'कहाँ तो एक ओर छप्पन भोगों के थाल को बेध्यानी से चखता समाज! और कहाँ ये लोग? जिनके लिए मुँह 'बिठलाने' (थोड़ा सा) लायक गुड़ भी परम तृप्ति का कारण बन सकता है।' आज उन्होंने एक बार फिर आकाश की ओर देख कर अपना यह प्रश्न परमपिता के दरबार में रखा ही था कि उनका ध्यान पीछे के कोने में किसी से गुफ़्तगू करती रामभतेरी की ओर गया। उन्होंने अचरज से देखा कि रामभतेरी अपने आँचल के किनारे से किसी जवान लड़के के माथे का पसीना पोंछ रही है। टाँडे में घटी इस नई घटना से गुलाबदेवी चकित-सी वहीं खड़ी रह गईं और एकटक उस दृश्य को देखने लगीं।

रामभतेरी ने उस जवान के माथे का पसीना पोंछने के बाद, अपने आँचल को उठाया और उसके मुँह पर उसे पंखे की तरह झलने लगी। वह

जवान संकोच से बीच-बीच में उसके हाथ को रोक कर इस क्रिया में बाधा भी डाल रहा था, पर क्या रामभतेरी को रोक सकना संभव था? आँचल झलते-झलते रामभतेरी रुकी और उसने उसकी दोनों हथेलियों को उठा कर अपने माथे से लगा लिया। दूरी के कारण रामभतेरी की आवाज़ तो उन तक नहीं आ रही थी, पर उसकी मुद्राओं से वे काफ़ी कुछ समझ पा रही थीं। रामभतेरी की आकुल-व्याकुल भंगिमा उनके विस्मय को चरम सीमा पर पहुँचा रही थी, पर वे किसी तरह खुद पर ज़ब्त कर इस दृश्य की परिणति देखना चाहती थीं। उनके इस आकर्षण का एक कारण यह भी था कि उस जवान का चेहरा उनसे उलटी ओर था। अंत में उनसे रहा नहीं गया और उन्होंने आवाज़ दी : "रामभतेरी बेटा! कहाँ हैं आप?" उनका पुकारना था कि उस सजीले जवान ने आती आवाज़ की ओर पलट कर देखा। उसे देखते ही गुलाबदेवी के मुँह से बेसाख़्ता निकला: "अरे! गजेन्द्र सिंह जी आप?"

"मामी सा घणी खम्मा! मैंने आपसे पूछे बिना ही इस कर्मयज्ञ में भाग ले लिया।"

गुलाबदेवी ने जब अपने पैरों पर झुके गजेन्द्र सिंह को उठा कर हृदय से लगाया, तो एक माँ की तरह उनके मन में यह भाव आया कि "यदि रामभतेरी और कुँवर गजेन्द्र का परिणय हो जाए, तो इनकी सन्तानें इस धरती पर सूर्य की रश्मि की तरह चमकेंगी। पर क्या यह सम्भव होगा? कहाँ एक बनजारन और कहाँ 'मौरवी' रियासत का इकलौता राजकुमार! युवराज गजेन्द्र के गले में वरमाला डालने के लिए कई रियासतों की राजकुमारियाँ पलकें बिछाए बैठी हैं। ऐसे में यह असम्भव कल्पना! क्या कभी यथार्थ का बाना पहन पाएगी?"

गुलाबदेवी विचारों की नौका में बैठी यथार्थ के सागर की लहरों पर हिचकोले खा ही रही थीं कि रामभतेरी गर्दन नीचे किए उनके सामने से तेज़ी से निकल गई और हवा की तरह शिक्षा केन्द्र के उस कक्ष में घुस

गई, जहाँ 'ऑर्डर' वाले परिधान बनाए जा रहे थे। उसने देखा कि दाखी माँ! इधर से उधर चक्कर लगा कर सबके काम को देख रही है, और यदि कहीं! कोई! ज़रा सा भी अटकता, तो दाखी माँ बिजली की गति से वहाँ पहुँच कर उस काम को सँवार देती।

रामभतेरी ने आँखें पसार कर उस कमरे की तन्मयता को निरखा-परखा और संतुष्टि से भरी उस कक्षा के गुरु चिंचालकर साहब के पास जाकर खड़ी हो गई और भाँति-भाँति के डिजायनों के संबंध में बातें करने लगी।

इधर गुलाबदेवी, कुँवर गजेन्द्र जी और रामभतेरी के बारे में ठाकुर साहब से सलाह-मशविरा कर रही थीं। ठाकुर साहब ने स्वयं ज़माने की सारी बेड़ियाँ तोड़ कर गुलाबदेवी से विवाह किया था, तो भला वे इस प्रस्ताव के विपक्ष में कैसे हो सकते थे? वे गुलाबदेवी की यात्रा डायरी उठा लाए और उनसे बोले: ''गुलाब! इसे पढ़िए, हैदराबाद में ऐसी ही एक घटना के बारे में खुद आपने बहुत ही ख़ूबसूरती से लिखा है:

''जब हम पुराने हैदराबाद से जा रहे थे, तो प्रख्यात वास्तुशास्त्री रेड्डी जी ने ड्राइवर से कहाः 'पुराने पुल' से ले लो, अभी खाली मिलेगा।' हर विषय को गहराई से जानने की मेरी आदत ने तुरन्त रेड्डी साहब की बात को पकड़ कर उनसे पूछाः 'रेड्डी साहब! 'पुराना पुल'? माने क्या?' इसके जवाब में रेड्डी साहब ने कहाः 'यह पुल बादशाह कुतुबशाह के ज़माने का बना हुआ है। बादशाह सलामत के हुक्म से बहुत ही कम समय में इसे बनाया गया था, ताकि सबके प्रिय शाहज़ादे मुहम्मद कुली को रोज़ आधी रात के समय उफनती नदी घोड़े से पार नहीं करनी पड़े।' इस संक्षिप्त-से उत्तर से मेरी अन्तहीन जिज्ञासा का अंत कैसे होता? इसलिए मैंने तुरन्त ही पूछाः 'रेड्डी सर! ज़रा ठीक से बताइए कि ऐसा क्या घट गया था, जो बादशाह सलामत को यह पुल बनाने का आदेश देना पड़ा?'

"गुलाबदेवी! अब गोलकुंडा क़िला भी आ गया है, इसलिए इस पुल के निर्माण की प्रेम कहानी विस्तार से सुनिए जो यहीं घटी थी। आप यह तो जानती ही हैं कि गोलकुंडा के क़िले का 'ध्वनि प्रसारण विज्ञान' अपने आप में एक अजूबा है। इसलिए इस बात को ध्यान में रखते हुए उस घटना की पूरी दास्तान सुनिएः

"सूंऽऽऽ सूंऽऽऽ सूंऽऽऽ सिर्रऽऽऽ सिर्रऽऽऽ खड़ऽऽऽ खड़ऽऽऽ... मूसलाधार बारिश लिए सन् 1560 की एक चक्रवाती तूफ़ानी रात के घोर अंधकार में नदी किनारे से आती घोड़े की टापों के साथ हुर्र, हुर्र की आदम आवाज़ सुन कर बादशाह इब्राहीम कुली ने 460 फुट ऊँची 'बारादरी' से झाँका। मोटी बूँदों से बचने के लिए आँखों पर हाथ का परदा करते हुए बादशाह ने कड़कती बिजली की रोशनी में देखाः 'एक सजीला जवान, अपने अरबी घोड़े को दुलराता, सहलाता, इस भारी तूफ़ान में नदी पार कर रहा है।' बादशाह ने दीवार की तरफ मुँह करके पूछा, 'पहरेदार! इस आधी रात को किले से बाहर कौन गया है?' डर से काँपते हुए पहरेदार ने थरथराती आवाज़ में जवाब दिया : 'हुजूरे आला! साहबज़ादे मुहम्मद कुली!...'

"'क्या वे रोज इस वक्त तशरीफ ले जाते हैं?'

"...'हुज़ूर! ख़ता मुआफ़! यह रोज़ की हक़ीक़त है।'

"बादशाह की बादशाहत किस काम की! यदि बेटे को समझा न सके? पर युवराज का प्यार भी किस काम का! यदि उसका जाना रुक जाए? इस कशमकश में जीत हुई समझदारी और प्यार की और बड़े बादशाह ने मूसी नदी पर 'छोटे हुज़ूर' के लिए एक 'लकड़ी पुल' सन् 1565 में बनवाया।

"हक़ीक़त यह भी है कि बाद में शहज़ादे मुहम्मद कुली ने बाक़ायदा भागमती से विवाह किया और अपने नगर का नाम भागमती के नाम पर रख दिया।"

''गुलाब! यदि खोजेंगे, तो हमें ऐसे कई और उदाहरण भी इतिहास में मिल जाएँगे! पर क्या राजकुमार गजेन्द्र और रामभतेरी का प्रेम इतना उद्दाम और गहरा है कि वह इस दुनिया के ढेरों 'चक्रवाती तूफ़ानों' को झेल लेगा?

''गुलाब! वैसे भी हम चाह कर भी कई तथ्यों को नकार नहीं सकते। कुँवर गजेन्द्र 'मौरवी' रियासत का एकमात्र वारिस है, और रामभतेरी? उसका वंश तो एकदम भिन्न है।'' गुलाबदेवी ठाकुर नरोत्तम सिंह के शब्दों के चयन को देख कर मुग्ध थीं और सोच रही थीं कि ठाकुर साहब कितने अधिक संयमी हैं, जो दूसरे के स्वाभिमान की रक्षा के लिए इतनी ज़्यादा सतर्कता बरत रहे हैं। वैसे तो वे भी समझती थीं कि कुँवर और रामभतेरी के सामाजिक रुतबे में ज़मीन-आसमान का अंतर है, पर उनका मातृ-मोह उनकी समझ पर भारी पड़ रहा था।

गुलाबदेवी और ठाकुर साहब चिन्तन-मनन में लीन थे कि तभी बाहर से आते कुछ अजनबी स्वरों ने उन्हें चौंका दिया। वे दोनों त्वरित गति से उठे और जब कक्ष के द्वार पर जाकर खड़े हुए, तो उन्हें रामभतेरी भारी भरकम पगड़ी पहने हुए एक उम्रदराज़ व्यक्ति से बात करती नज़र आई। उन्होंने दूर से देखा कि रामभतेरी ने अपने दोनों हाथ जोड़ रखे हैं, और अपनी गरदन को थोड़े-थोड़े से अन्तराल पर 'ना' की मुद्रा में हिला रही है। उन पग्गड़धारी बुज़ुर्ग महानुभाव के साथ उनसे कुछ कम उम्र के वैसी ही पगड़ी पहने हुए चार-पाँच व्यक्ति और थे, जो उन महाशय के मुरीद की तरह लगातार उनकी हाँ में हाँ मिला रहे थे। उन सज्जन का 'रौब-दाब' उनके रुतबे का परिचय दे रहा था, जिससे साफ़ जाहिर था कि वे व्यक्ति ख़ास 'साख' वाले हैं।

जब इस दृश्य में देर तक कोई परिवर्तन नहीं हुआ और रामभतेरी वैसे ही विनम्रता से हाथ जोड़े 'ना' की भंगिमा में गरदन हिलाती रही, तो ठाकुर साहब और गुलाबदेवी से रहा नहीं गया और वे वहाँ जा पहुँचे।

उन्हें देखते ही रामभतेरी खुशी से खिल गई और बोली : ''बाबो सा! रक्षा कीजिए। यह सरपंच साहब का बड़प्पन है कि ये मुझे सारी पंचायतों का प्रमुख (सरपंच) बनाना चाहते हैं। पर बाबो सा! मैं कल की जन्मी अदना-सी लड़की हूँ, मेरी ऐसी औक़ात कहाँ? बाबो सा! सच मानिए, मैं किसी भी ऐसे प्रलोभन में नहीं फँसूँगी जिससे मेरे टाँडे के विकास में बाधा पड़े। मेरा समय ही क्या! मेरा रोम-रोम तक इस टाँडे की उन्नति को गिरवी है, ऐसे में मैं कोई पद लेकर अपने टाँडे और उस पद दोनों के ही साथ अन्याय करूँगी।'' यह कह कर वह उन सरपंच महोदय के पैरों में हाथ जोड़ कर बैठ गई। उसके इस विनय से वे बेचारे 'बारे-बारे' करने लगे और रामभतेरी को ज़मीन से उठा कर बोलेः ''बाई सा! आप तो साक्षात सरस्वती हो। म्हारै पैराँ मै बैठ कर म्हानै पाप रो भागी मत्ता बणाओ। पण बाईसा! आपसूँ एक प्रश्न है; आप सदा ई तो एकला-ठेकला र्हो कोनी! ब्याह-थ्याह करकै घर भी बसावोगा! इकै लिए आपनै समाज भी चायेगो, तो बाई सा! एक बिनती है कि आप आपरै भविष्य री सोच, यो पद ले ल्यो।''

''सरपंच काको सा! घणी खम्मा! पण आज कै दिन तो मेरी या ही मंशा है, आगैरी भगवान जाणै।''

रामभतेरी ने सरपंच महोदय को इतनी मिठास से 'ना' किया था कि सरपंच जी का 'धोखा' और भी बढ़ गया! वे यह सोच-सोच कर दंग थे कि कोई भी जवान व्यक्ति इतने बड़े पद के लोभ से स्वयं को कैसे बचा सकता है? वे जितना इस घटना पर विचार करते! उतनी ही उनकी श्रद्धा रामभतेरी के प्रति और भी बढ़ती जाती! इसलिए उन्होंने हिम्मत जुटा कर जाते वक्त कह ही दिया : ''बाई सा! मैं आपरो रास्तो उड़ीक र्‌यूँ, (प्रतीक्षारत)। हो सकै है म्हारै सौभाग्य सूं कोई दिन आप राजी भी हो जावो?''

ठाकुर नरोत्तम सिंह और गुलाबदेवी रामभतेरी के उत्तर से अवाक थे।

उस समय उन दोनों के हृदय में बस एक ही विचार का मंथन चल रहा था कि क्या सचमुच रामभतेरी सांसारिक प्रलोभनों से ऊपर उठ कर वीतरागी हो गई है? क्या वह राजकुमार गजेन्द्र को मात्र अपना मित्र ही समझती है?

इसी ऊहापोह से घिरे वे दोनों धीरे-धीरे अपने कक्ष में चले गए और रामभतेरी! वह तो ऐसे निर्विकार भाव से कि जैसे कुछ घटा ही न हो, वापस अपने छात्रों को सम्हालने में लग गई थी।

'टाँडे' के सारे लोग उगते सूरज के सामने हाथ जोड़े खड़े हैं, वे प्रतीक्षा कर रहे हैं अपने उन गुरुओं की, जो पहले तो उनसे प्रार्थना गवाएँगे और बाद में उन्हें सुभाषित सुनाएँगे। आमतौर पर प्रार्थना वाला हिस्सा गुलाबदेवी सँभालती हैं और सुभाषित वाला, कवड़े जी, चंचालकर जी आदि विभिन्न शिक्षकगण। कई दिनों बाद आज जब गुलाबदेवी और मल्लिका के साथ रामभतेरी ने भी सरस्वती-वंदना में भागीदारी की, तो वहाँ उपस्थित हर शख़्स दंग रह गया। बिना एक भी अपवाद के हर व्यक्ति फुसफुसा कर अपने पास खड़े बंदे से यह कहता दिखा: ''भाया! आज रामभतेरी को कैसे टैम मिल गई? नहीं तो, या देब्बी तो! फ़िरकी हुई सबेरै सै रात तक य्हाँ सै व्हाँ भागती, कामै करती रहब है।''

उनका अंदाज़ा सही निकला, एक मिनट बाद ही रामभतेरी माइक पर उनसे मुख़ातिब थी। आज रामभतेरी की बातचीत में किसी उपदेश या भाषण का ज़रा सा भी पुट नहीं था और उसके सम्बोधन का तरीक़ा भी अत्यन्त आत्मीयतापूर्ण था। उसने कहा : ''शनिचरी मौसी! मंगली मौसी! धन्नो मौसी! धापी मौसी! कजरी बहन! प्यारी बहन! चाचा-चाचियो! मौसियो! और समूचे टाँडे के भाई-बहन! मैं आपको बता नहीं सकती कि आज मैं कितनी ख़ुश हूँ। मेरी ख़ुशी बहुत बड़ी है और मेरे शब्द बहुत छोटे, इसलिए आप लोग मेरे कम कहे को बेशी मानना और यदि मैं गलती से किसी का नाम लेना या उसे धन्यवाद देना भूल गई होवूं तो मुझे माफ़ी दे देना।

‘‘भाइयो! मेरी ख़ुशी का एकमात्र कारण आप लोग ही हैं। सच मानिए कि आप लोगों को इस बात का ज़रा सा भी अंदाज़ नहीं है कि जिस तमीज़ और धैर्य से आज आप लोग यहाँ उपस्थित हैं, उन अनुशासित तौर-तरीक़ों के सामने, भारत की बड़ी-बड़ी स्कूलों के विद्यार्थी भी फीक़े पड़ेंगे। भाइयो! इन कुछ ही वर्षों में जिस तरह से आप लोगों ने स्वयं को धो-माँज कर परिमार्जित कर लिया है वह विश्व की किसी भी जनजाति के लिए अचम्भे और प्रेरणा का विषय है। पर मित्रो! मेरी इन बातों से यह मत समझ लीजिएगा कि हम लोगों ने अपने लक्ष्य का क़िला फ़तह कर लिया है, क्योंकि हमारी कोई भी सफलता तब तक असफल है, जब तक हम अपने आस-पास के दूसरे लोगों को भी अपने जैसा ही सुसंस्कृत न बना लें।

‘‘दोस्तो! आप लोगों को तो पता ही है कि मूल्यों की कसौटी पर सिर्फ़ अपना भला सोचने वाले आत्मकेन्द्रित मनुष्य को पशु-समान अज्ञानी ही माना गया है। इसलिए मेरी आप सबसे हाथ जोड़ कर विनती है कि आपने जो कुछ भी सीखा है, या सीख रहे हैं उसे औरों में बाँट कर ख़ुद को धन्य कीजिए।

‘‘भाइयो! आज आपको एक सुख़बर यह भी देनी है कि अपना कुंइयाँ बनाने वाला दल! जल्दी ही दो सौ कुंइयाँ बना लेगा, जबकि आरम्भ में अपना अनुमान था कि अपने लोग एक सौ बीस कुंइयाँ ही बना पाएँगे। यह गर्व का विषय है कि हमारे भाई-बहनों के कठिन परिश्रम से इन कुंइयों से हमारे अनुमान से कुछ अधिक जल मिलेगा! तो भाइयो! ज़रा सोच कर बताइए कि हमें इस अनायास प्राप्त संपदा का उपयोग कैसे करना चाहिए?’’

भीड़ के बीच से एक आवाज़ आई : ‘‘अरे भतेरी! जनम-जनम सै पाणी को तरसते हम! ऐसा नाच-गाणा और ‘रोल्ला’ करेंगे कि उसका हल्ला ऊपर बैठे इन्दर देवता तक जाएगा।’’

एक और जवान लड़के ने अपनी बड़ी-बड़ी स्वप्निल आँखों पर पलकें झपकाते हुए कहा : ''भतेरी! बड़ा सा 'जोहड़' बणा कर! सबको तैरना सिखाएँगे, क्यों ठीक है ना?''

रामभतेरी ने समझ लिया कि इनके अर्थहीन सपने तो अनन्त हैं, अतः समय का अपचय न कर इनसे सीधी बात करना ही उचित होगा। उसने पहले तो अपना गला खँख़ारा! ताकि गंभीर बातों के लिए सबका ध्यान उस पर केन्द्रित हो जाए; और जब सब शान्त होकर उसकी ओर देखने लगे, तब उसने कहना शुरू किया : ''भाइयो! ज्ञानियों के अनुसार हम अपनी सम्पत्ति को दो प्रकार से काम में ले सकते हैं। पहला : उसे ज़रूरत से ज़्यादा भोग कर उसका नाश कर सकते हैं! दूसरा : उस सम्पदा का निवेश कर उसे 'बहुगुणित' कर सकते हैं।''

यह सुनते ही इमरती ने रामभतेरी से फेंक कर प्रश्न किया : ''भतेरी! ज़्यादा पंडिताई मत छाँट! 'निवेस' माने होता क्या है? पहले यह तो खोल कर बता।''

''मौसी! इसे ऐसे समझ लीजिए कि जब हम धरती में बीजों को बोते हैं, तो वह हुआ हमारी सम्पत्ति का निवेश, और जब हम उसके बदले में कई गुनी फ़सल पाते हैं, तो वह हुआ हमारे निवेश का 'बहुगुणित' होना।''

''बीज वाली बात तो ठीक है, पर पाणी! उसका निवेस कैसे होगा?'' पन्ना लुहार के वाक्य को रामभतेरी ने हवा में ही पकड़ लिया और तुरन्त बोली : ''चाचा! मैं आपकी बात समझ गई, पर क्या इस मरुस्थल में पानी भी एक बड़ी 'पूँजी' नहीं मानी जाती है?''

और वहाँ तुरन्त ही 'मानी जाती है, मानी जाती है' का हलकारा हवा में फैल गया।

''वाह मेरे समझदार दोस्तों! तो फिर अपने भी इस पूँजी से जैसलमेर की तरह ही पशु-पालन क्यों न करें! और अपने गुज़ारे लायक मवेशी रख

कर बाक़ी के मवेशियों को बेच कर धन कमाने की सोचें? आप लोग तो जानते ही होंगे कि अपने यहाँ बड़ी मात्रा में उगने वाली 'शिवाण घास'! पशुओं को तो प्रिय है ही, साथ ही वह प्रोटीन आदि कई बहुमूल्य गुणों से भी भरी हुई है।

"दोस्तो! अरमान तो हमारा यह भी है कि हम अपने जंगल की केवल वर्षा के दिनों में 'हरियाती' नाली-सी पतली नदी के पानी को, एक तरह के अस्थायी तालाब 'खड़ीन' में रोक कर उससे गेहूँ और चने की खेती करें। भाइयो! इतिहास बताता है कि अतीत में 'खड़ीन' की खेती से पालीवाल ब्राह्मणों ने जैसलमेर को गेहूँ की फ़सल से इतना भर दिया था कि वहाँ के सारे खलिहान छोटे पड़ गए थे और अतिरिक्त अनाज रखने के लिए बड़े-बड़े 'कोठे' बनवाने पड़े थे। आपको यह भी बता दूँ कि बावजूद इसके कि जैसलमेर में अपने यहाँ से भी कम वर्षा होती है! वहाँ के वे ऐतिहासिक 'खड़ीन'! आज भी अन्नपूर्णा की तरह उस राज्य को अनाज से भरा-पूरा रखते हैं। चतरसिंह काको सा! क्या मैंने ये बातें ठीक बताई हैं या आप इन्हें ठीक करने की कृपा करेंगे?"

चतरसिंह जी ने आशीष मुद्रा में दोनों हाथ उठा कर कहा : "ना! ना बेटा! आपकी सारी बातें सही हैं।"

"भाइयो! अब तो इस योजना पर चतरसिंह काको सा ने भी अपनी मुहर लगा कर मेरी हिम्मत बढ़ा दी है, इसलिए मैं आप लोगों से पूछती हूँ कि क्या आप लोग ज़रा सी ज़्यादा मेहनत करके गेहूँ-चना 'निपजानै', और मवेशी पालने को तैयार हैं?" कह कर रामभतेरी ने माइक का मुँह भीड़ की ओर कर दिया। रामभतेरी के कहते ही वहाँ 'तैयार हैं, तैयार हैं' की ज़ोरों की ध्वनि गूँज उठी। इतना ही नहीं, इस ध्वनि के साथ ही उन सबकी मुट्ठी बँधी हुई भुजाएँ भी आकाश की ओर उठ-गिर रही थीं, जो उनकी इच्छाशक्ति और जोशो-ख़रोश को सुन्दर अभिव्यक्ति दे रही थीं।

अचानक रामभतेरी को लगा जैसे अंतिम पंक्ति के छोर पर कुँवर

गजेन्द्र सिंह भी अपने हाथ को ऊपर उठा रहे हैं। इस आभास मात्र से ही रामभतेरी की द्रुतगति से चलती चिन्तना! कुछेक क्षणों के लिए पटरी से उतर गई, पर चंचल मन के निग्रह की कायल रामभतेरी! तत्क्षण ही उस विकार से मुक्त होकर वापस पूरी सतर्कता से सबसे बात करती नज़र आई। उसने कहा : ''मुझे अभी आप लोगों से और भी कई बातें करनीं हैं, इसलिए आप लोग थोड़ा आराम कर लीजिए या आप लोगों को ठीक लगे तो यहीं आगे-पीछे होकर बैठ जाइए।''

रामभतेरी का कहना भर था कि वहाँ उपस्थित बच्चे, बूढ़े, युवा सबके सब! आज्ञाकारी विद्यार्थियों की तरह पंक्तिबद्ध होकर सलीक़े से बैठ गए। उनकी शालीनता देख कर रामभतेरी की आँखें और उसका चेहरा ख़ुशी से चमकने लगा और वह कूदती-सी सबके बीचों-बीच जाकर खड़ी हो गई। उसके इस क़दम से हर व्यक्ति को ऐसा लगा जैसे रामभतेरी उसके क़रीब आ गई है।

सबके चेहरों से रामभतेरी को सुनने की उत्कंठा टपक रही थी। इसे सही अवसर जान कर रामभतेरी ने कहना शुरू किया : ''भाइयो! आज तक हमने विकास संबंधी जितनी भी चर्चाएँ की हैं, वे सब हमारे शारीरिक विकास तक ही सीमित हैं। अब मैं चाहती हूँ कि हम अपने मानसिक विकास से संबंधित गम्भीर चर्चा भी करें, ताकि हम 'पूर्ण-मनुष्य' बन सकें।

''मित्रो! यह सभी शास्त्रों का मत है कि मनुष्य असीमित सम्भावनाएँ लेकर इस धरती पर आता है, पर माया के प्रपंचों में फँस कर स्वयं को सीमित कर लेता है। यदि वह उन्मुक्त हृदय से अपने चारों ओर बिखरे ज्ञान को आत्मसात कर ले, तो उसमें 'धीरोदत्त नायक' जैसी ही असीम क्षमताएँ आ सकती हैं और ये क्षमतावान नायक यदि चाहें, तो गंगा नदी की तरह हिमालय से लेकर गंगासागर तक! रास्ते के सारे तटों को अपने ज्ञान से समृद्ध कर सकते हैं। अब आप कल्पना कीजिए कि जब हमारे

'टाँडे' के 'नायक' अपने अनुभव से अर्जित ज्ञान का प्रकाश चारों दिशाओं में फैलाएँगे, तो क्या हमारा यह 'टाँडा' अमर नहीं हो जाएगा? भाइयो, यह एक बहुत ही सस्ता सौदा है और मेरे हिसाब से हमें यह अत्यन्त सरलता से उपलब्ध हो रहा है, वरना 'अमृत' पाने के लिए तो देवताओं और असुरों तक को कठिन परिश्रम करके 'समुद्र मंथन' करना पड़ा था।''

मूँगा ख़ुशी के अतिरेक से इतना उत्तेजित हो गया कि आँखों से बहते आनन्दाश्रुओं को पोंछे बग़ैर ही रामभतेरी को कंधे पर उठा कर नाचने लगा, और उसके साथ ही नाच-गाने का अवसर खोजती बनजारों की वह भीड़ भी मदमस्त होकर भिन्न-भिन्न मुद्राओं में नाचने लगी।

दूर खड़ी गुलाबदेवी रामभतेरी के वक्तव्य की गहराई और उसका मर्म समझ कर अभिभूत हो गईं। उन्होंने हाथ बढ़ा कर ठाकुर नरोत्तम सिंह जी को छुआ और बोलीं : ''ठाकुर साहब! आज एक बार फिर इस लड़की ने मुझे 'अवाक' कर दिया है, इतनी ऊँची और असाधारण बात को एकदम सरलता से औसत बुद्धि के लोगों को समझा देना! बड़े-बड़ों के बूते के बाहर की बात है, पर यह लड़की..!'' कहते-कहते उन्होंने ठाकुर साहब की ओर देखा, जो स्वयं भी भाव-विह्वल हो रहे थे। उन दोनों ने मन ही मन उस अव्यक्त, अगोचर परमपिता को प्रणाम किया और मौन होकर स्वस्थित हो गए।

मूँगा को तो वहाँ आना ही था, क्योंकि आज वह गुलाबदेवी को कृतज्ञता ज्ञापित किए बिना कैसे रह सकता था, पर जब तक वह रामभतेरी को धीरे से उतार कर गुलाबदेवी को साष्टांग प्रणाम कर पाता! तब तक तो वह 'छिणी का टूक' (बिजली) उसके कंधे से कूद कर गुलाबदेवी के पैरों में झुकी हुई यह कहती नज़र आई कि ''माँ! मुझे आशीर्वाद दीजिए कि मैं जो कुछ कहूँ, वह कर पाऊँ, नहीं तो आने वाला समय मुझे कभी माफ़ नहीं करेगा। माँ! क्या आज तक मैंने जो भी कहा या किया वह ठीक

था? माँ! मुझे यह भी बताइए कि इन दिनों मैं जो कुछ भी बोल रही हूँ, क्या वह मात्र मेरा बड़बोलापन है या उसमें कुछ गहराई भी है? माँ! मैं अल्पज्ञ! क्या महत्त्वाकांक्षाओं से भरे इस जहाज़ के साथ किनारे लग सकूँगी? या सबको साथ लिए हुए गुमनामी की अतल गहराइयों में डूब जाऊँगी? माँ! मैं अन्दर से बहुत डरी हुई हूँ! मुझे सही रास्ता दिखाइए माँ!'' कहती हुई रामभतेरी गुलाबदेवी के पैरों पर सिर रखे हुए संज्ञा शून्य हो गई। गुलाबदेवी ने मूँगा को इशारा किया कि वह रामभतेरी को उनके पलंग पर लिटा दे। उन्होंने दाखी–मूँगा के साथ आए लोगों से भी निवेदन किया कि वे लोग रामभतेरी को थोड़ी देर आराम करने दें।

सबके जाने के बाद गुलाबदेवी ने पलंग पर बैठ कर तकिया हटाया और रामभतेरी का सिर अपनी गोद में रख लिया। उन्होंने उसके सिर और चेहरे पर 'गुलाबपाश' से ख़ूब सारा कन्नोज़ी गुलाबजल छिड़क कर एक हाथ से उसके सिर पर पंखा झलना शुरू कर दिया और दूसरे हाथ से उसका सिर सहलाने लगीं।

ठाकुर नरोत्तम सिंह चुपचाप दरवाज़े के पास खड़े गुलाबदेवी के मोह से पगा वह दृश्य एकटक देखे जा रहे थे कि रामभतेरी ने आँखें खोल दीं। ठाकुर साहब अधीरता से इसी क्षण की प्रतीक्षा कर रहे थे! वे एक ही डग में गुलाबदेवी और रामभतेरी के सामने पहुँच गए और उसका हालचाल पूछने लगे।

रामभतेरी दोनों के हाव–भाव से इतनी भाव–विभोर हो गई कि उसकी आँखें भर आईं और वह एक नवजात शिशु–सी दोनों से चिपक गई।

गुरु माँ की विश्राम करने की हिदायत के बावजूद उस 'समयजिता' रामभतेरी ने टाँडे में घटित होने वाले सारे उपक्रमों को सँभालना शुरू कर दिया। अपने स्वभावानुसार वह हर काम में गहराई से घुस कर उसके अन्तर और बाह्य की सारी जानकारी हासिल कर लेती थी, लेकिन आज उन्हीं रोज़मर्रा के कामों और पुराने परिवेश में उसे कुछ अटपटापन महसूस

हो रहा था। उसे रह-रह कर लगता था कि जैसे उसके लिए 'अबूझ' वहाँ ऐसा कुछ घट रहा है, जो रोज़ से भिन्न है। मसलन् जब वह शिक्षा केन्द्र के परिधानों का बारीक़ी से मुआयना कर रही थी, तब उसे अपने दाहिने गाल पर ऐसी सरसराहट महसूस हुई, जैसे कोई टकटकी बाँधें उसे देख रहा है। उस दिशा में दृष्टिपात करते ही उसे लगा जैसे उसी पल कोई साया वहाँ से सरक गया है।

आश्चर्यजनक ढंग से यह आँख-मिचौली हर जगह बरकरार थी। जब रामभतेरी कुंइयों का काम सँभालने गई, तो उसे वहाँ भी वही अनुभूति हुई। अब रामभतेरी से रहा नहीं गया और उसने निश्चय किया कि अब तो उसे इस तिलस्म को भेदना ही होगा, क्योंकि किसी भी विचार, वस्तु या मनुष्य को यह इज़ाज़त नहीं थी कि वह रामभतेरी की तपस्या में विघ्न डाले।

तभी उसका ध्यान अस्ताचलगामी सूर्य की लालिमा में खड़ी भीड़ की ओर गया, जो उस अरुणिमा के गुलाबी रंग में पूरी तरह रंग गई थी। रामभतेरी पहले तो कुछ क्षण मौन होकर प्रकृति नटी के इस सौन्दर्य को मुग्ध होकर देखती रही; फिर उसने यह सोच कर कि अब यहाँ इतने लोग एकत्रित हैं तो क्यों न इस अवसर का लाभ उठाया जाए; उसने अपना एक हाथ आकाश की ओर उठा कर कहा : ''भाइयो! आकाश में अपने गंतव्य की ओर उन्मुख इन पक्षियों को देखिए! ये छोटे-छोटे पक्षी हमें कर्म का महत्व समझा रहे हैं। आइए! आज हम ख़ुद से यह वादा करें कि हम सदैव कर्मरत रहते हुए अपने साथ दूसरों का भी भला करेंगे।''

लोगों को अपनी रूखी बातें भी इतने मन से सुनते देख कर, रामभतेरी का चेहरा खुशी से खिल गया और जब उसने उसी प्रफुल्लित भंगिमा में सबकी ओर देखा तब तक सूर्य की लालिमा ने पलटा खाकर अपना रंग सुनहरा कर लिया था और उस सुनहरे रंग की 'कांगनी' ने पृथ्वी की सारी वस्तुओं के चारों ओर पतली लकीर खींच कर हर प्राणी की शोभा बढ़ा

दी थी। ऐसे में जिसका रूप जन्म से ही भव्य और दिव्य हो, उसके सौन्दर्य का वर्णन कैसे किया जाए?

गुलाबदेवी और ठाकुर साहब ने ध्यान से रामभतेरी की ओर देखा : रामभतेरी 'खेजड़ी' के पेड़ के नीचे खड़ी थी, जिससे झड़ कर कुछ छोटी सूखी पत्तियाँ उसके लम्बे घुँघराले बालों में फँस गई थीं। उसकी पारदर्शी नर्म त्वचा में सुनहरी किरणें प्रतिबिम्बित हो रही थीं। रामभतेरी की लम्बी और छरहरी देहयष्टि की डाल-सी लचक से उसके शरीर की कोमलता और हृदय की विनम्रता बयाँ हो रही थी और उसके चेहरे के चारों ओर खड़ी भीड़। कुमुदिनी-कलियों से भरे तालाब के बीचों-बीच खड़ी रामभतेरी पूर्ण प्रस्फुटित कुमुदिनी का दृश्य रच रही थी।

तभी कोयल की कूक-सी रामभतेरी की आवाज़ पुनः सुनाई पड़ी : "भाइयो! हम लोग कुंइयाँ की, खड़ीन खेती की, पालरपाणी आदि की बातें इसलिए कर रहे हैं कि ये सारे साधन हमारा भला तो करेंगे ही! साथ ही इस पृथ्वी की प्रकृति को भी कोई नुकसान भी नहीं पहुँचाएँगे। आपको तो पता ही है परिधान निर्माण, चित्रकारी, वादन, नृत्य आदि अन्य उपक्रम हमारे पर्यावरण को बिलकुल प्रदूषित नहीं करते।

"मित्रो, हम लोग यथासंभव कृत्रिम रसायनों को काम में नहीं लेते हैं, यहाँ तक कि कपड़ों पर 'बूटियाँ' चिपकाने के लिए भी हम पुराने ज़माने की 'लेई' का ही प्रयोग करते हैं और अपने यहाँ प्लास्टिक का इस्तेमाल भी 'ना' के बराबर ही होता है!"

तभी भीड़ से एक आवाज़ आई : "रामभतेरी! अपने लोग विलायत भेजने के कपड़ों को तो प्लास्टिक में लपेटते हैं?"

रामभतेरी ने इस प्रश्न का उत्तर ठहरे हुए स्वर में दिया : "कल्लू चाचा! आपने एकदम सही कहा है, पर क्या करें! ऐसा करना हमारी मजबूरी है। अपने कपड़े बहुत दूर की यात्रा करते हैं और रास्ते के धूल-धक्कड़, पानी आदि से बचाव के लिए हमें उन्हें प्लास्टिक में लपेटना ही

पड़ता है। फिर भी अपने वही प्लास्टिक इस्तेमाल करते हैं, जो 'विश्व पर्यावरण संस्थान' द्वारा प्रमाणित हो एवं जिसका आवर्त्तन और पुनः प्रयोग सम्भव हो।''

इन विचारों के साथ ही रामभतेरी ने एक नई घोषणा की : ''मित्रो! मैंने सोचा है कि अब मैं क्रमवार अपने यहाँ के सारे कार्यक्रमों में केवल मानसिक ही नहीं, शारीरिक रूप से भी भाग लूँगी, ताकि मुझे उन विधाओं में होने वाले श्रम और कठिनाइयों का भी ज्ञान हो।''

रामभतेरी की इस बात की सब पर 'भीष्म-प्रतीज्ञा' जैसी प्रतिक्रिया हुई, और सब आपस में चिन्तित स्वर में बतियाने लगे : ''रामभतेरी यह क्या कह रही है? क्या यह नाज़ुक-सी लड़की अब धरती में गहरे घुस कर कुंई भी बनाएगी?''

चिन्तित तो रामभतेरी के स्वभाव से परिचित गुलाबदेवी, मूँगा सरदार, ठाकुर साहब, दाखी आदि सभी थे, पर क्या उस दृढ़मना बाला ने आज तक किसी की सुनी थी जो आज सुनती?

दूसरे दिन जब कुंइयों के पास से हाहाकार की आवाज़ें टाँडे तक आईं, तो सारे लोग बेतहाशा उस ओर दौड़े। वहाँ पहुँचने पर पता चला कि रामभतेरी नीचे कुंई में फँस गई है, कारण कि कुंई का मुँह छोटा होने के कारण 'चेलवांजी' (कारीग़र) बहुत ही सँभाल कर इस काम को अंजाम देते हैं और गहराई में काम करते हुए 'चेजारे' पानी की धार लगते ही तुरन्त ऊपर आ जाते हैं, जबकि रामभतेरी वहीं अटकी रह गई थी। दूसरी ओर एक अत्यन्त सुन्दर जवान को कुछ लोगों ने पकड़ रखा था, क्योंकि वह कुंई में कूदने की ज़िद कर रहा था। ठाकुर साहब और गुलाबदेवी में परस्पर दृष्टि का आदान-प्रदान हुआ और ठाकुर साहब ने आगे बढ़ कर कुँवर को पकड़ते हुए कहा : ''गजेन्द्र बेटा! बेकार का हठ मत करो। कुंई के अन्दर बहुत ही कम जगह होती है और तुम्हारे भीतर जाने से रामभतेरी का दम घुट सकता है।'' ऐसी भयानक बात सुन कर

राजकुमार रुक तो गया, पर वह भीतर से उद्विग्न और बेचैन बना रहा। कुंई का मुँह छोटा होने के कारण उसके भीतर तीस-पैंतीस फुट की गहराई पर बहुत गर्मी हो जाती है, जिसे कम करने के लिए ऊपर से मुट्ठी भर-भर कर रेत डालनी पड़ती है, और सिर को चोट से बचाने के लिए उस पर 'टोप' लगाना पड़ता है।

बहुत प्रयास के बाद रामभतेरी जब बाहर निकली, तो सफ़ेद रंग का टोप लगाए हुए उसका मुखारविंद उसके कीचड़-मिट्टी से सने काले-पीले शरीर पर ऐसा फ़ब रहा था मानों कीचड़ में कमल का फूल खिला हुआ हो। हर विकट स्थिति में हँसने वाली रामभतेरी की हँसी थामे नहीं थम रही थी। उसका यह हाल देख कर दाखी गुस्से से चीख़ी : "भतेरी! खी-खी और गिरना-पड़ना बंद करके चुपचाप सीधी खड़ी हो जा।"

माँ की डाँट सुनते ही रामभतेरी की हँसी क़ाफ़ूर हो गई और वह एक छोटी बच्ची-सी मूँगा की छाती से, जो सदा से ही उसकी शरणग़ाह थी, चिपक गई।

वह जानती थी कि मूँगा ही उसे दाखी के क्रोध से बचाएगा; और वही हुआ। उसने दाखी को बरज कर कहा : "दाखी, घर जा और भतेरी को नहलाने-धुलाने का इन्तज़ाम कर। ख़बरदार! जो इसे कुछ भी कहा तो।"

इतने में ही रामभतेरी की नज़र कुँवर गजेन्द्र सिंह पर पड़ी। उसने आगे बढ़ कर कुँवर का हाथ पकड़ा और उन्हें खींचती-सी ठाकुर नरोत्तम सिंह के पास ले गई और कहने लगी : "बाबो सा! आप कुँवर साहब को समझा दीजिए कि ये यहाँ न आया करें। आख़िर इन्हें अपने राजघराने की मान-मर्यादा का भी तो ख़्याल रखना चाहिए।"

ठाकुर साहब रामभतेरी की 'ना' के पीछे छिपी 'हाँ' को देख पा रहे थे, पर स्थितियों का तक़ाज़ा था कि वे राजकुमार गजेन्द्र सिंह जी को समझाएँ। ठाकुर साहब ने कुँवर से कहा : "गजेन्द्र! मैं तुम्हारी भावनाओं

की क़द्र करता हूँ। पर बेटा! आप कुछ ऐसा काम कीजिए, जो रामभतेरी का सहारा बने और आपकी मर्यादा के भी अनुकूल हो।''

राजकुमार के चेहरे पर प्रश्नवाचक चिह्न देख कर उन्होंने आगे कहा : ''कुंवर! रामभतेरी निकट भविष्य में ही गुजरात की ओर जाएगी और आपकी रियासत भी वहीं है। आप वहाँ यथाशक्ति रामभतेरी के कामों में उसका साथ दीजिएगा और 'गणेश एन. देबी' के अनुसूचित जातियों वाले विश्वविद्यालय जैसा ही कोई बड़ा काम करने की इसकी इच्छा को सार्थक करने में मददगार बनिएगा।''

कुँवर गजेन्द्र को 'बहुविध' समझाने के बाद ठाकुर साहब ने रामभतेरी से कहा : ''बेटा जी! अब तो आप ख़ुश हैं ना? मेरी समझ से यदि कुँवर गुजरात में अपने साथ काम करना चाहें, तब तो तुम्हें कोई आपत्ति नहीं होनी चाहिए?''

यह समाधान सुन कर रामभतेरी ने अपनी गर्दन 'हाँ' में हिला दी, और तेज़ी से बिना पीछे देखे अपने घर चली गई।

मध्य रात्रि के निरभ्र आकाश में शरद् पूर्णिमा का चाँद अपने पूर्ण यौवन में चमकता हुआ अपनी प्रियतमा धरती को जगमगा रहा था। उस बियाबान मरुस्थली में चारों ओर ऐसी नीरवता का साम्राज्य था कि हवा की सरसराहट तक साफ़ सुनाई दे रही थी। एक बड़े तालाब के किनारे की रेत सोने-सी चमचमा रही थी और उस पर उगे हुए पौधों पर राशि-राशि जुगनू ऐसे शोभित हो रहे थे जैसे वनदेवी पूजा के थाल में मोगरे के फूल सजाए उस शुभ्र ज्योत्स्नामयी रात का अभिनन्दन कर रही हो।

तभी पायल की हल्की रुनझुन के साथ, कोमल पदचापों वाली एक अद्वितीय सुंदरी का रेशमी आँचल, कभी रेत को छूता, तो कभी हवा में उड़ता हुआ, वहाँ लहराया। उस तन्वंगी युवती की पीठ पर 'अजन्ता सुन्दरी' जैसा घने बालों का ढीला जूड़ा ऐसे पड़ा हुआ था, मानों उसके कोमल कंधे उस गहन केशराशि का भार वहन करने में असमर्थ हों।

उसकी लम्बी छरहरी काया पर पड़ा परतदार झीना आँचल, उस युवती की गरिमामय चाल से हल्का-सा आंदोलित होकर उसे अनूठी भंगिमा प्रदान कर रहा था। युवती का संकुचित वक्षस्थल, हल्के नितम्ब, क्षीण कटि और फूलों से लदी डाली-सी लचक! उसे अनायास ही 'बाली द्वीप' की प्रसिद्ध 'तारा-सरस्वती' के समकक्ष प्रतिष्ठित कर रहे थे।

तभी अपनी मद्धिम चाल से चलती हुई वह कोमलांगी अपने दोनों पैर पीछे की ओर मोड़ कर तालाब के किनारे बैठ गई और कमर तक झुक कर एक हाथ से पानी में लहरें पैदा करने लगी। जब उस स्वच्छ दर्पण में तीख़े नाक-नक़्श वाला उसका कोमल चेहरा प्रतिबिम्बित होकर लहरों के कारण टेढ़े-बाँके रूपाकार गढ़ता, तो वह युवती बच्चों-सी मासूम हँसी हँसती हुई दोहरी होने लगती और उसकी श्वेत-धवल दंत-पंक्ति! उसके वस्त्रों और वर्ण से होड़ करती हुई लगती।

उस नवयुवती ने जब अपने हिलते प्रतिबिम्ब के पास एक पूर्ण प्रस्फुटित कुमुदिनी को देखा, तो उसने पानी में कुछ अधिक झुक कर, उसे लहरों द्वारा अपने पास खींचना शुरू कर दिया। शायद उस कमसिन नवयौवना में संतुलन जैसी महीन समझ अभी तक आई नहीं थी, नतीजतन वह उस जल-राशि में गिरने ही वाली थी कि सेकेंड के सौवे हिस्से में एक हाथ आगे बढ़ा और उसने झटके से उस लावण्यमयी को पीछे खींच लिया। इतना ही नहीं, अगले ही क्षण वह फूल, उस सौंदर्य की देवी के जूड़े की बाईं ओर शिव के भाल पर शोभित 'बाल चंद्र'-सा शोभायमान भी होने लगा।

आश्चर्य से भरी उस अपूर्व देहयष्टि से दीप्त बाला ने अभी अपने कमलनयनों से अपने उद्धारक को देखा भी न था कि उन बलिष्ठ सौम्य भुजाओं ने उसे मृणाल की तरह उठाया और अपने सफ़ेद घोड़े पर बैठा कर, पलक झपकते ही एक ऐसे उपवन में ले गया, जहाँ चारों ओर अनगिनत प्रकार के श्वेत पुष्पों की सत्ता का विस्तार था। उसने उस

अप्रतिम सुंदरता के मूर्तिमंत रूप को बहुत ही नफ़ासत से घोड़े से उतारा और एक ऐसी पुष्प-शय्या पर लिटा दिया जो रजनीगंधा, कामिनी, बेला, जूही, रात की रानी आदि सुगंधित सफ़ेद फूलों से बुनी हुई थी। जैसे ही उस श्वेतवसना नायिका ने आँखें भर कर उस नायक को देखना चाहा! उसी समय पवन ने एक विचित्र रहस्यमयता का संचार कर पुष्पों के मकरंद से वहाँ पतली-सी धुंध सृष्ट कर दी और उस धुंध से ढँके हुए 'पुरुष' ने 'प्रकृति' के 'बंद-कमंद' इतनी शिष्टता से खोल दिए कि 'प्रकृति' को इसका भान तक न हुआ।

'केलि-क्रीड़ा' के लिए पूर्णत: प्रस्तुत यह युगल जोड़ी उसमें पूरी तरह लीन होने की दिशा में अग्रसर हो ही रही थी कि हवा के तीव्र झोंके ने धुंध की उस पतली चादर को चीर दिया और भाव-समाधि में स्थित उस रसभीने नायक ने पहली बार बौरानियों को छूती अपनी लम्बी काली पलकों को ऊपर उठा कर चारों ओर हताशा से देखा।

कामदेव के पाँच बाणों में से 'रतिक्रिया' वाला बाण प्रत्यंचा पर चढ़ा ही रह गया और पसीने से तर-बतर रामभतेरी हड़बड़ा कर अपनी चारपाई पर उठ बैठी।

दही 'बिलोती' दाखी ने 'हेला' मारा : ''क्या बात है भतेरी! नींद से इतना चौंक कर क्यों उठी है बेटा? कोई सपना देखा है क्या? बेटा! कहा जाता है कि सवेरे का सपना सच्चा होता है।''

उत्तर में रामभतेरी ने चुप रहना ही उचित समझा। उसने अपने मस्तिष्क से उस पूरे सपने को समेट कर एक कोने में रखा और जल्दी से नहा-धोकर गुलाबदेवी के पास चली गई।

दरवाजे से घुसते ही रामभतेरी ने पुकारा :''माँऽऽऽ! कहाँ हैं आप?''

''अरे बेटा! यहीं तो हूँ। पर तुम्हारे सदा निर्मल और विमल रहने वाले चेहरे पर आज शांति की शीतलता की जगह उद्विग्नता की उष्मा क्यों छाई हुई है?''

"माँ, कुँवर साहब अब मेरे नीरव हृदय को अपनी प्रेम-तरंगों से उद्वेलित करने लगे हैं और मैं चाह कर भी स्वयं को शांत नहीं रख पा रही हूँ।"

"पर बेटा! वे तो यहाँ हैं ही नहीं!"

"माँ! यही तो उसकी ज़्यादती है, कि अब वे मेरे सपने में भी आने लगे हैं। कल रात मैंने सोने से पहले 'गूगल' पर अपने आगामी प्रवास 'माउन्ट आबू' और उसकी 'नक्की' झील को देखा और पूरी जानकारी हासिल करने के बाद उन्हीं विचारों से घिरी हुई सो गई। लेकिन माँ, सोते ही मैंने एक विचित्र सपना देखा, जिसके 'नायक' थे कुँवर सा और नायिका मैं। माँ, मैं आज सुबह से ही इस ग्लानि-बोध से भरी हुई हूँ कि यदि मन में गहरी छिपी हुई कुंठाओं से ही सपने बनते हैं, तो क्या मैं साध्वी बने रहने का ढोंग कर रही हूँ? क्या मेरे अन्त:तल में भी दबी हुई इच्छाएँ! राजकुमार से प्रेम करती हैं? माँ! मैं एक ऐसा पारदर्शी जीवन जीना चाहती हूँ, जिसमें कोई भी 'दुहरापन' न हो। माँ! मुझे रास्ता दिखाइए।"

गुलाबदेवी ने रामभतेरी की अंकवारी की और कहा : "हे मेरी सरलमना पुत्री! मैं यह बात गंगा जी में खड़ी होकर कह सकती हूँ कि तुम गंगाजल-सी ही पवित्र हो। रही स्वप्न की बात! तो इसे कोई ख़ास तवज्जुह मत दो, एकदम भूल जाओ। रामभतेरी! मुझे भी बहुत बार ऐसे-ऐसे सपने आते हैं, जिनका दूर-दराज तक मुझसे कोई वास्ता नहीं होता और उनमें से मुझे एक भी याद नहीं रहता। वैसे भी बेटा! मैं चाहती हूँ कि तुम नदी-सी आगे बहती रहो और किसी भी प्रतिज्ञा को अपना बंधन मत बनाओ। जब जो समय-सापेक्ष हो, उसे अपना लो। बेटा! सिद्धांतों को अपने रास्ते का संबल बनाओ, रोड़ा नहीं। रामभतेरी बेटा! तुम एकदम सही मार्ग पर हो, इसलिए बेखटके आगे बढ़ती रहो। बेटा! 'यशस्वी भव, विजयी भव'।" यह आशीर्वाद सुनकर भावविह्वल रामभतेरी 'माँ! माँ!' कहती हुई गुलाबदेवी से चिपक गई।

गुलाबदेवी से आशीर्वाद लेते ही रामभतेरी का मन हल्का हो गया। उसकी समझ में आ गया था कि उसका अख़्तियार सिर्फ़ उसके कार्यों पर है, भविष्य में घटित होने वाले उनके फलों पर नहीं, इसलिए उसे स्वयं को पूरी सच्चाई और ईमानदारी से टाँडे के विकास में लगा देना चाहिए।

रामभतेरी ने आँखें मूँद कर काल के चक्र की कल्पना की, जो अपनी धुरी पर निरंतर घूमे जा रहा था। चूँकि उसे थामना उसके वश में नहीं था, इसलिए उसने उसकी ताल में ताल मिलाना ही उचित समझा, और तत्क्षण ही वह अपने शिक्षकों और टाँडे के कार्यकर्ताओं से घिरी, एक बड़ी मेज़ पर कई नक़्शे सज़ाए हुए उनसे गहन विचार-विमर्श करती नज़र आई।

गुलाबदेवी ने कार्यक्रम की ऐसी सज्जा देख कर ठाकुर साहब से कहा : ''ठाकुर साहब! मैं जब-जब रामभतेरी को देखती हूँ, तब-तब मेरा आश्चर्य पुराने अनुभवों से बहुत ज़्यादा आगे बढ़ जाता है। अब ज़रा आज के 'ताम-झाम' को ध्यान से देखिए! क्या यह एक अजूबा नहीं है कि एक कम-उम्र लड़की! बिना किसी प्रशिक्षण के इस स्तर पर कार्य कर रही है?''

ठाकुर साहब ने बिना कुछ कहे, अपने दोनों हाथ आकाश की ओर उठा कर जोड़ दिए और एक तृप्तात्मा की तरह इस स्थिति को उस आदि-अनन्त की हैतुक कृपा मान कर मौन रह गए।

इधर रामभतेरी इन सारी चर्चाओं से परे एक निर्लिप्त-कर्मशील व्यक्ति की तरह अपने 'टाँडे' के प्रत्येक सदस्य को आत्मीयता और आदर से

पुकार-पुकार कर सबका ध्यान अपनी आगामी योजनाओं पर केन्द्रित कर रही थी। उसने आज के सम्बोधन में एक नया अर्थ भरते हुए कहा : "हे मेरे आत्मीयो, आप सबको प्रणाम, नमस्कार, ख़ुशआमदीद। दोस्तों, यह अत्यन्त ख़ुशी का विषय है कि हम सब ने कई छोटी-छोटी मंज़िलें पार कर ली हैं, इसलिए अब आवश्यक हो गया है कि हम अपने लक्ष्यों के पुराने मानकों को तोड़ कर नए मानक बनाएँ और अपने लक्ष्यों में बढ़ोतरी कर नए प्रतिमान स्थापित करें। भाइयो! जैसे पहाड़ पर चढ़ते हुए, शिखर के नज़दीक एकदम सीधी और खड़ी चढ़ाई करनी पड़ती है, वैसे ही अब हमारे सारे उपक्रमों को भी अत्यधिक मनन और एकाग्रता की ज़रूरत पड़ेगी, इसलिए ज़रूरी है कि हम किसी भी निर्णय के पहले अपने पैरों के नीचे की ज़मीन की मजबूती और अपने बाज़ुओं की ताक़त को तौल लें। साथ ही हम अपनी क्षमता का यह आकलन भी कर लें। हम अपने कार्यों में जितना इज़ाफ़ा करना चाहते हैं, क्या वह हमारी सामर्थ्य के अनुकूल है?

"भाइयो! ये सारी बातें हमें इसलिए भी तय करनी होंगी, क्योंकि अब हमने दुनिया के खुले बाज़ार में क़दम रख दिया है, जो एक प्रकार का कुरुक्षेत्र है। इसलिए अब हमें हर क्षण अपनी सुरक्षा के लिए दिव्यास्त्रों और ब्रह्मास्त्रों की ज़रूरत पड़ेगी। दोस्तो, आज तक तो हम यत्र-तत्र बिखरे हुए 'बटमार' कहलाते थे, पर अब हम रेत से सोना निकालने वाले किसान और वस्तुएँ बना कर उन्हें बेचने वाले व्यापारी बन गए हैं। हमारा ध्येय है कि हम अपनी बुद्धि और परिश्रम, दोनों के ही अन्तिम तल तक 'गोता' मार कर अपने श्रम-बिन्दुओं को मोती में बदलकर उनकी तिज़ारत करेंगे और उससे हुए लाभ का अधिक हिस्सा विकास और निवेश में और कम हिस्सा स्वयं पर ख़र्च करेंगे।

"भाइयो! आपको याद होगा कि पिछली सभा में यह निर्णय हुआ था कि 'टाँडे' के हर आदमी को अपने यहाँ होने वाले सभी उपक्रमों का पूरा

ज्ञान होना चाहिए, क्योंकि आज जब हम दुनिया के बाज़ार की स्पर्द्धा का जायज़ा लेते हैं, तो लगता है अब हमें मात्र टाँडे के उपक्रमों तक ही सीमित न रह कर, आज के अधुनातन तौर-तरीक़ों को भी जानना-समझना होगा।

"आजकल चारों ओर क्रांतियाँ हो रही हैं और हमारी आँखों के सामने कल्पनातीत काम हो रहे हैं। आपको जान कर आश्चर्य होगा कि अमरावती निवासी श्री सुभाष पार्लेकर ने 'शून्य खर्च पर प्राकृतिक खेती' की पद्धति विकसित की है। ज़रा सोचिए कि जो बात हम कल तक सोच भी नहीं सकते थे, उसे आज लोग घटित करके दिखा रहे हैं। भाइयो! मेरी समझ से हम सबको यह मान कर कि 'मैं सब कुछ कर सकता हूँ! मुझमें असीमित संभावनाएँ हैं'! इसी क्षण से स्वयं को नाना प्रकार के कार्यों में प्रशिक्षित करना आरम्भ कर देना चाहिए।

"दोस्तो! अपनी इस विकास-यात्रा में 'कुंइयाँ' बना कर, कपड़े बेच कर और खड़ीन खेती कर हमने स्वयं को काफ़ी आत्मनिर्भर बना लिया है, पर हमें समृद्ध से समृद्धतम बनने का प्रयास करना है और अपने कल्याण के साथ लोक-कल्याण भी करना है।"

रामभतेरी के विचारों से उत्साहित होकर भीड़ में से एक व्यक्ति ने आगे आकर कहा : "रामभतेरी, वादा हमारा कि हम मरते दम तक जी-जान से काम करते रहेंगे।"

रामभतेरी ने तुरंत उनके हाथ में माइक पकड़ा कर कहा : "पन्ना काका! इस पर बोलिए.."

इस आदर से इतराया पन्ना! माइक पर इतनी ज़ोर से बोला कि उपस्थित लोगों ने अपने कानों में अँगुलियाँ डाल लीं, पर मुँह से कहते दिखे : " मरते दम तक काम करेंगे, काम करेंगे।"

आज एक बार फिर गुलाबदेवी और ठाकुर साहब यह सोच कर पशोपेश में पड़े हुए थे कि आख़िर यह कमनीय बाला! नाच के और

कितने प्रकार जानती है, जो नित नई ताल–लय के साथ एक नया नृत्य शुरू करवा देती है? तभी रामभतेरी की आवाज़ ने उनकी विचार–तंद्रा भंग कर दी। वह सबको धन्यवाद देती हुई कह रही थी : ''इस उत्साहवर्द्धन के लिए अनेक धन्यवाद भाइयो! मैं आपलोगों का 'उल्लास' देख कर इतनी अधिक आह्लादित हूँ कि इस ख़ुशी को शब्दों के 'बाँध' में बाँध नहीं पा रही हूँ। एक हरहराती नदी–सी मेरी ख़ुशी आज थल, जल और आकाश तक उछालें भर रही है। दोस्तो! मुझे ऐसा लग रहा है जैसे सागर की उद्दाम लहरें सैंकड़ों मीलों की दूरी तय कर उछाल खाती हुईं मुझे ऊपर से नीचे तक रस–सिक्त कर रही हैं और तालाबों में तैरतीं 'सोन मछलियाँ' मेरे कानों में सफलता के शुभ संदेश गुनगुना रही हैं।

''दोस्तो! आज सुबह–सुबह जब गुरु माँ से विश्वकवि रवीन्द्रनाथ रचित 'राही मतवाले/ खोल द्वार खोल/बिखरा है रंग/ जल में, थल में, वन के तल में/ बिखरा है रंग/देख बिखरा है रंग' सुना तो मन इतना प्रफुल्लित हो गया कि मैं वसन्त ऋतु के सौन्दर्य में खो गई।''

इसके पहले कि रामभतेरी कुछ और कहती पीछे से आवाज़ आई : ''हे रामभतेरी देवी! आज होली का दिन है इसलिए आज क्यों न हम सब भी होली के रंगों, डफों के गीतों और ठंडई की मिठास में जीवन के नवसृजन का मधुर राग अलापें और प्रकृति के अवदानों के प्रति कृतज्ञता ज्ञापित करें।''

रामभतेरी ने आँखों की कोर से देखा कि वक्ता के मुँह में शब्द डालने वालों में प्रमुख थे : कुँवर गजेन्द्र सिंह और उनके समर्थन में खड़े थे मूँगा, दाखी, ठाकुर साहब, गुलाबदेवी, कवड़े जी आदि गुरुजन। गुरुजनों की मंशा समझते ही रामभतेरी ने तुरन्त ही प्रसन्न मुख से कहा : ''ज़रूर, ज़रूर! हम इस त्योहार को ख़ूब 'उत्साह' से मनाएँगे।''

दूसरे और तीसरे दिन आगामी कार्यक्रमों के प्रारूप बनाने का दौर चला। सबसे पहले रामभतेरी ने प्रवास की लम्बी–चौड़ी सूची को एक

बड़े 'पट्ट' पर टाँग कर कहा : "भाइयो! वैसे हमारी मंज़िल तो माउन्ट आबू है, पर हम यह दूरी तय करने में महीनों लगाएँगे।"

गुलाबदेवी के मुँह से बेसाख़्ता निकल गया : "बेटा! अब तो हवाई जहाज़ का ज़माना है और आप चींटी की चाल की बात कर रही हैं? पहले तो आपके अनुमान ऐसे नहीं हुआ करते थे? अब ऐसा क्या अनोखा घट गया जो आप इस हाथ भर की दूरी को तय करने में इतने लम्बे समय की बात कर रही हैं?"

"माँ! क्षमा करें, मैं आपके प्रश्न के उत्तर में एक प्रतिप्रश्न कर रही हूँ। माँ! आपको तो ज्ञात ही है कि गाँधी जी ने 'दांडी-यात्रा' की थोड़ी-सी दूरी को तय करने में तेईस दिन लगाए थे, ताकि लोगों को तैयार किया जा सके, जबकि उनकी जनता जगी हुई थी और हमारी यात्रा तो बनजारा समाज को आधुनिक संस्कारी समाज बनाने की कठिन यात्रा है। माँ! जो लोग 'जीवन' शब्द का ही अर्थ नहीं जानते, उनमें जीवन के लक्ष्यों के बीज बोना क्या सरल काम है? फिर भी यदि हम अज्ञान के अंधकार से ज्ञान के प्रकाश तक जाने वाली एक सँकरी-सी पगडंडी भी बना पाए, तो स्वयं को सफल मानेंगे क्योंकि आने वाली पीढ़ियाँ उस पर राजमार्ग बना लेंगी।

"माँ, हम गांधी जी की दांडी यात्रा की तरह अपनी यात्रा को 'जनजाति जागरण' से जोड़ना चाहते हैं। आपको तो ज्ञात ही है कि उन्होंने अपनी उस यात्रा में जन-जन के मन में छिपी चिंगारी को धधकती आग में बदल दिया था, बस कुछ-कुछ वैसा ही प्रयास हम भी करेंगे।"

"माँ! हमारे सामने देश की स्वतंत्रता जैसा बड़ा प्रश्न तो नहीं है, पर मानव मात्र की स्वतंत्रता का प्रश्न ज़रूर है, और जब तक मनुष्य के पास रोटी, कपड़ा और मकान जैसी न्यूनतम सुविधा नहीं होगी, वह स्वतंत्रता का सही अर्थ समझ ही नहीं पाएगा। माँ! सबसे पहले हमें उसे ग़रीबी के दलदल से बाहर निकालना होगा और फिर उसकी आत्महीनता की बेड़ियाँ काट कर उसे जीना सिखाना होगा।"

आज शायद पहली बार ठाकुर नरोत्तम सिंह ने पूछाः ''बेटा जी! आपकी भूमिका तो बहुत सुन्दर थी, पर अब ज़रा आप अपनी योजनाओं के बारे में भी तो बताइए!''

''हाँ, हाँ, बाबो सा'' कह कर रामभतेरी ने हाथ में एक पतली-सी छड़ी ली, जिसके अन्तिम सिरे पर छोटा सा बिजली का 'लट्टू' जल रहा था। उसने, उसे 'पट्ट' पर लगे हुए नक़्शे के 'सिवाणा' नामक स्थान पर रख कर कहा : ''भाइयो, अभी हम यहाँ हैं, और हमें 'माउन्ट आबू' होते हुए गुजरात तक जाना है'' सर्र से छड़ी को दोनों स्थानों पर छुआ कर रामभतेरी ने उसे वापस 'सिवाणा' पर लाकर खड़ा कर दिया। रामभतेरी आगे कुछ कहती, उसके पहले ही भीड़ के दूसरे छोर से दोनों हाथ ऊपर उठाए चतरसिंह जी का दमदार गला सुनाई पड़ा : ''बाई सा! सुभाष जी पधार गया है'', और वे उनका हाथ पकड़ कर उन्हें मंच की ओर लाने लगे।

आश्चर्यजनक था यह देखना कि 'खट्टा' पड़ने से फटे हुए दूध की तरह भीड़ ने तुरन्त बीच से फटकर उन दोनों को रास्ता दे दिया।

यह देख कर गुलाबदेवी के मुँह से बरबस निकल गया : ''दाखी, देखो, तुम्हारी बेटी का कमाल! कि उसने इन्हें अज्ञान की गुफ़ाओं से निकाल कर इतना अधिक जागरूक बना दिया है कि ये लोग विकसित समाज का मुकाबला करने को तैयार हैं। हमारा सौभाग्य है कि हमें ऐसी निराली रामभतेरी मिली, जिसने विधाता की कलम को भी पकड़ लिया और इनकी क़िस्मत नए सिरे से लिखवा दी।''

''अर्रर मर रंडारू, तू क्या यहाँ मरनै आई है?''

''अरे! हट परे सी, खसमखाणी रांड, केला की बच्ची! तू है कौण मुझ पर रोब झाड़ने वाली? वैस्सै भी पूछणा तो मेरे को तेरै से था कि तू मेरी इमरती मौसी कै इस टाँडे मै, क्या अपणी 'कबर' खुदाने आई है?''

''अरी ओ मूर्खा! मन्नै तो मेरी 'भायली' धापी नै बुलावा भेजा था कि

आकर दो–चार नए काम सीख लै, इस्सै लिए मै यहाँ आई हूँ, तेरी तरियाँ बिना बुलाये ना आई हूँ?''

''अरी ओ टिंगी! बिन बुलायै आई होगी तू! तेरा खसम! और तेरा पूरा कुणबा! मन्नै तो ह्याँ के सरदार नै बुलावा भेजा था।''

''हुँह! मन्नै तो यहाँ के सरदार नै बुलावा भेजा था'' मुँह 'चिबड़ा' कर केला की 'कुड़–कढ़ाती' भावती बोली।

अब क्या था! दूसरे ही क्षण एक–दूसरे से गुत्थम–गुत्था वे महिलाएँ एक बड़ी सी गेंद के मानिंद 'गुरगंडी पर गुरगंडी' खाए जा रही थीं। उनकी धाराप्रवाह गालियाँ उस तांडव–नृत्य के साथ संगत करती हुई लय और ताल दे रही थीं।

यह झगड़ा मिनट, दो मिनट चला होगा कि रामभतेरी ने मूँगा समेत वहाँ आकर दोनों को छुड़वाया और दोनों के पैर छूकर बोली : ''आप दोनों ही हमारी बड़ी हैं और हमलोग आप दोनों की ही! समान रूप से श्रद्धा करते हैं, फिर यह झगड़ा क्यों?''

भावती और केला अचरज से भरी रामभतेरी की बातें सुनती रहीं और फिर एक साथ बोलीं : ''अरे भतेरी! सुणी है कि तूनै इस टाँडे मै कई नए काम करै हैं जिससै सारै लोगाँ नै भोत सुख मिल्या है, म्हारा भी मन है कि म्हारे टाँडे मै भी तेरे तरीक्के लागू करैं। भतेरी, हम तेरै सै तेरा यो तरीका ए तो सीखणा चाह्वाँ हाँ। तू हमै भी अक्कल की बातें सिखावैगी ना?''

दोनों को गले लगा कर रामभतेरी ने कहा : ''मौसियो! ये तो हमारे बड़े भाग्य हैं, जो कुँआ 'तिसाये' के पास आया है। हमारी तो गहरी इच्छा है कि हम सबने जो सीखा है, उसे बाँटे। सच कहूँ तो आज आप लोग यहाँ आईं, इसे हम हमारी तपस्या का वरदान मानते हैं। मौसी! हम लोगों की तो योजना यही थी कि हम अपनी सारी उपलब्धियों को आप लोगों तक पहुँचाएँगे, पर आप लोगों ने ख़ुद यहाँ आकर हमारा काम हल्का कर दिया।''

इतना कह कर रामभतेरी ने अपना रुख 'टाँडे' के लोगों की ओर

किया और उत्साह से भर कर ज़ोर-शोर से बोली : ''भाइयो! आज ऊपर वाला हम पर 'छप्पर फाड़' कर मेहरबानियाँ बरसा रहा है। देखिए उसका कमाल! जैसे ही सुभाष जी पधारते हैं उनसे ग्रहण करने वालों में भावती मौसी और केला मौसी भी जुड़ जाती हैं, जो अपने आप में एक-एक 'टाँडे' के समान हैं। दोस्तो! पहले मैं सोच रही थी कि हम रास्ते के अधिकतर गाँवों में रुक कर उन्हें अपने तरीक़ों से परिचित कराएँगे, पर अब मैं सोच रही हूँ कि हम गाँवों में रुक कर उन्हें यह समझाएँगे कि उनके कुछ विद्यार्थी यहाँ आकर हमारे उपक्रमों में साझा करें और उनमें निष्णात होकर अपने टाँडे वालों को प्रशिक्षण दें।

''भाइयो, वैसे भी इस महत्वाकांक्षी प्रवास में हमारी योजना यही थी कि हम प्रत्येक जनजाति के समुदायों को प्रशिक्षित करते हुए आगे बढ़ेंगे, इसीलिए मुझे लगा था कि इस यात्रा में हमें दीर्घ समय लगेगा, पर आज की इस घटना ने हमें सिखाया है कि यदि हम एक बड़े 'चित्रपट' पर 'लैपटाप' के माध्यम से हमारे उपक्रमों की तस्वीरें दिखा कर उन्हें समझाएँगे तो उनमें जल्दी जागृति आ जाएगी।''

इतने में दूर से आती घोड़े की टापों की आवाज़ें पास आ गईं, और एक हरकारे ने ठाकुर साहब के पास जाकर कहा :'' घणी खम्मा ठाकुर साहब! सरकार की तरफ से 'जनजाति प्रोजेक्ट' के लिए एक करोड़ की ग्रांट आई है।''

रामभतेरी के प्रश्नवाचक चेहरे के जवाब में ठाकुर साहब ने कहा : ''बेटा जी! यह 'ग्रांट'! मेहरानगढ़ के राजा साहब की, जो कि राजसभा के सदस्य भी हैं, सिफ़ारिश से आई है।''

''पर बाबो सा! उन्होंने कभी कोई ज़िक्र तो नहीं किया?''

''बेटा! करने वाले कहते कम हैं। आप इसे सिर नवाँ कर स्वीकार कीजिए और इसी हरकारे के साथ ठाकुर साहब के नाम एक कृतज्ञता-ज्ञापन पत्र भेज दीजिए।''

यह चर्चा पूरे 'टाँडे' के लोगों के सामने होने के कारण, वहाँ मौजूद सारी भीड़ ज़ोर से नाचने-गाने लगी। रामभतेरी ने होली की छुट्टी तो स्वीकार की ही थी, इसलिए इस ख़बर के आने के बाद तो उनकी उमंग और उत्साह का कोई ठिकाना ही नहीं रहा था। देखते ही देखते वहाँ का सारा आकाश गुलाल के रंग से गुलाबी हो गया और लोग-बाग टोले बना-बना कर नाचते-गाते सबके घरों पर दस्तक देने लगे। होली का यह हुड़दंग इतना बातमीज़ था कि ऊपर बैठे इन्द्रदेव अपनी अप्सराओं से कहते दिखे : "सीखो! होली कैसे मनती है! कहीं कोई अश्लीलता नहीं! कहीं कोई बदतमीज़ी नहीं! ध्यान से देखो! क्या 'जवा' और 'टेसू' फूलों के लाल-पीले रंगों से रंगे हुए ये ख़ूबसूरत बनजारे और भी अधिक सुन्दर होकर, नन्दनकानन में खिले पारिजात सरीखे नहीं लग रहे?"

तभी पत्र देकर लौटती रामभतेरी के कानों में 'राग वसन्त' में निबद्ध गुलाबदेवी के रसभीने गायन के सुर कानों में पड़े : 'आजु ब्रज होरी श्याम मचाई/बाजत ताल मृदंग, झांझ, डफ, मंजीरा, शहनाई/उड़त गुलाल लाल भए बदरा, होरी सकल ब्रज छाई/इत ते आवत सुघर राधिका, उत ते कुँवर कन्हाई/हिलि मिलि फाग परस्पर खेलत, शोभा बरनि न जाई'...

सुरों की दीवानी रामभतेरी के पैर उसी कोने में जहाँ के तहाँ जम गए और वह ब्रज में पहुँच कर 'नवलनागरी'-सी होली खेलने लगी। ...पर कृष्ण के बिना होली कैसी? यह सोचती हुई रामभतेरी अपने कल्पना-लोक में खोई हुई आकाश को देखे जा रही थी कि उसी क्षण पीछे से आकर 'कृष्ण' ने उसके चेहरे पर गुलाल मल दिया। उसका अचकचाना अभी दूर भी नहीं हुआ था कि उस कृष्ण ने उसके सामने आकर अपनी हथेली फैला दी, जिसमें सुवासित गुलाल भरा हुआ था। अब कृष्ण सरीखे याचक की अर्ज़ी 'राधारानी' कैसे ठुकरातीं? उन्होंने दोनों मुट्ठियाँ भर कर गुलाल लिया और साँवरे सलोने को ऊपर से नीचे तक रंग दिया, लेकिन कृष्ण को रँगते ही 'राधा' की आँखें बंद हो गईं और मुख शर्म से नीचे

झुक गया, पर इस दिव्य प्रेम को कृष्ण शर्मशार कैसे होने देते? उन्होंने हल्के हाथ से राधा की चिबुक उठाई और प्यार से उसकी अंकवारी कर ली, और राधारानी भी एक मासूम बच्ची-सी सिकुड़ कर उनसे जा चिपकीं।

दूर खड़े ठाकुर साहब ने इस दृश्य को भव्य और दिव्य मानते हुए, दोनों हाथ जोड़ कर उस युगल-जोड़ी को प्रणाम किया और फिर अपने हाथों को आकाश की ओर उठा कर परमपिता से उन दोनों की मंगलकामना के लिए प्रार्थना की।

ठाकुर साहब को कुँवर गजेन्द्र का रामभतेरी की चिबुक उठा कर उसका मुख देखना! रह-रह कर राधा-कृष्ण की प्रणय-लीला के प्रसिद्ध चित्रों की याद दिला रहा था, जिन्हें उन्होंने आज तक 'मिनियेचर पेंटिंग' के नाम से ही जाना था। वे सोचने को बाध्य थे कि क्या उन महान चित्रकारों को भी यह सौभाग्य प्राप्त हुआ था कि वे इसे साक्षात घटता हुआ देखते? या उन्होंने केवल अपनी कल्पना से ही इतने सुन्दर चित्र बना लिए थे?

'राग वसन्त' के बाद 'राग क़ाफ़ी' में एक और 'होरी' गाकर लौटीं गुलाबदेवी ने जब ठाकुर साहब का आँखें झपकाना देखा, तो वे उनकी इस स्थिति को देख कर दंग रह गईं और ठाकुर साहब से सट कर बोलीं : "ठाकुर साहब! आज आप अपनी आँखों को 'चस-बुत, चस-बुत' बल्ब की तरह क्यों 'खुल-बंद', 'खुल-बंद' कर रहे हैं? आख़िर माजरा क्या है?" पर ठाकुर साहब तो किसी और ही अतीन्द्रिय जगत में राधा-कृष्ण की 'बरनि न जाई' लीला में भाव-विभोर थे।

अन्त में स्थिति को आँकने में अक्षम गुलाबदेवी से रहा नहीं गया और उन्होंने ठाकुर साहब को झिंझोड़ कर ऊँचे सुर में कहा: "ठाकुर साहब! आप ठीक तो हैं? बेटा मल्लिका! एक गिलास पानी लाना ज़रा।"

पानी के छींटे पड़ते ही ठाकुर साहब अपने में लौट आए और झेंपते हुए बोले : "गुलाब! पता नहीं मुझे क्या हो गया था?"

गुलाबदेवी ने मुस्कुरा कर कहा : "ठाकुर साहब! आज आपको क्या हुआ जो आप मंत्रबिद्ध-से दिख रहे थे?"

"हे देवी! मैं धन्य हूँ कि मुझे आपका और आपकी बेटी रामभतेरी का सान्निध्य मिला।"

उनकी इस भावाभिव्यक्ति से गुलाबदेवी का असमंजस और भी बढ़ गया, क्योंकि उन्होंने तो वह अनुपम दृश्य देखा नहीं था, जिसके साक्षी ठाकुर साहब थे, इसलिए उन्होंने सोचा कि इस पहेली को अभी अनुत्तरित ही रहने देना बेहतर होगा। कुछ समय बाद उन्होंने वहाँ उपस्थित लोगों से हाथ जोड़ कर कहा : "भाइयो, रात हो रही है; मेरा अंदाज़ा है कि आप सब भी थक गए होंगे और कल सुबह से ही हम सबको ज़ोरों से काम में लगना है; इसलिए अब आप लोगों को भी थोड़ा विश्राम कर लेना चाहिए।" इसके बाद वे रामभतेरी की ओर मुड़ कर बोलीं : "बेटा! क्या तुम कल सुबह की सभा में अपना पूरा कार्यक्रम रख पाओगी?"

"हाँ माँ! वो तो रखना ही है, देखिए ना! समय भागा जा रहा है और अभी अपने को सुभाष जी से भी निर्देश लेने हैं" – कह कर उसने सबको प्रणाम किया और दाखी-मूँगा के साथ अपने घर चली गई। कुँवर गजेन्द्र की आँखें उसे अपनी पीठ पर महसूस तो हो रही थीं, पर उसने अपनी गरदन नहीं घुमाई सो नहीं ही घुमाई! और उस दृश्य से ग़ायब हो गई।

दूसरे दिन प्रभास बेला में ओस पड़े कमल फूल-सी खिली और गुलाब-जूही-सी महकती रामभतेरी! अरुणिम सूर्य की रश्मियों से प्रकाशवान 'टाँडे' के सामने खड़ी नज़र आई। उसने सर्वप्रथम गुरुजनों को होली के प्रणाम किए और फिर ठाकुर साहब, गुलाबदेवी, मल्लिका, मूँगा, दाखी, चतरसिंह और शिक्षक गणों के साथ सुभाष पार्लेकर को भी मंच पर आमंत्रित कर सबको सम्बोधित करते हुए कहने लगी : "भाइयो! अब

समय आ गया है कि हम खुद का विस्तार करें। आप तो जानते ही हैं कि अब केवल बनजारे ही नहीं, बल्कि भील और अन्य आदिवासी भी हमारे साथ जुड़ गए हैं, इसलिए जहाँ उनकी बहुतायत है, हम उन जंगलों में जाकर, उन्हें वहीं प्राथमिक प्रशिक्षण देंगे और बाद में उनके प्रतिनिधियों को यहाँ बुला कर विशेष रूप से प्रशिक्षित करेंगे। वे जिस भी कला में विशेष शिक्षा प्राप्त करना चाहेंगे, उन्हें हम उसी में प्रशिक्षित करने का प्रयास करेंगे।

‘‘भाइयो! हमारे पास समय कम है और योजनाएँ अधिक! इसलिए आप सबसे विनती है कि अब से ठीक चौबीस घंटे बाद हम अपने सारे ‘डेरे-डंडे’ को बैलगाड़ियों और ऊँटगाड़ियों में लाद कर इस जंगल को पार करना शुरू कर दें! क्या हम ऐसा कर पाएँगे?’’

‘‘अरे भतेरी! यह कौन सी मुश्किल बात है? हम तो आज तक चलते ही रहे हैं और अबकी बार के लम्बे ठहराव के बाद तो हम भीतर ही भीतर यात्रा करने के लिए छटपटा ही रहे थे। भतेरी! बेफिकर रह, हम सब उगते सूरज के साथ ही नाचते-गाते यह जंगल पार करना शुरू कर देंगे’’ उनकी त्वरा और उत्साह को देख कर रामभतेरी समेत सारे बुजुर्ग प्रसन्न हो गए।

रामभतेरी ने बात के अंतिम सिरे को फिर से उठा लिया और उसे आगे बढ़ाते हुए कहा : ‘‘दोस्तो! अपना पहला पड़ाव ‘सिंदरी’ में, दूसरा ‘जालोर’ में, तीसरा ‘भीनमल’ में, चौथा ‘सिरौही’ में और पाँचवाँ ‘माउन्ट आबू’ में होगा। जैसा कि तय है हम पहले की तरह ही रास्ते में कमाते-खाते चलेंगे, साथ ही हमने विदेश भेजने के जो परिधान बनाए हैं, उन्हें भी जंगलों के पास के शहरों में दिखा कर बेचने की कोशिश करेंगे। ध्यान रहे कि हमारा ध्येय मात्र पैसा कमाना नहीं, बल्कि इस मिट्टी पर खड़े प्रत्येक व्यक्ति को स्वावलम्बी बनाना भी है। इस हेतु ये मंचस्थ विभूतियाँ अपने-अपने नेतृत्व में यहाँ के विशिष्ट प्रशिक्षित लोगों का एक जत्था

बना लेंगी और फिर अपने उपक्रमों के उपकरणों को साथ लेकर मंज़िल की ओर कूच कर देंगी।

''भाइयो! क्या हम इस 'कर्म-नदी' को पार कर पाएँगे?'' और वहाँ तत्क्षण ही ''ज़रूर पार करेंगे'' का नारा जोर से गूँज उठा।

सबने अपने पास का 'अबीर' बड़ों के पैरों में चढ़ाया और उनसे 'विजयी भव' का आशीर्वाद लिया। उनके इस नफ़ीस आचरण से गुलाबदेवी की आँखें खुशी से भर आईं और उन्होंने रामभतेरी से कहा : 'बेटा! तुमने बंगाल की यह खूबसूरत परंपरा इन्हें भी सीखा दी। रामभतेरी! लगता है तुम सारी सृष्टि से सौन्दर्य बटोर कर उसका एक अनोखा रसायन बनाकर उसे सर्वहारा वर्ग में बाँट दोगी और तुम्हारा यह दान इतना महत्वपूर्ण होगा कि आने वाली सदियाँ! तुम्हारी गाथा कहती नहीं थकेंगी।''

रामभतेरी का रोम-रोम पुलकित हो उठा और वह गुलाबदेवी के पास खड़े सभी बुज़ुर्गों के चरणों में झुक कर प्रणाम करते हुए धन्यता का बोध करने लगी।

वहाँ ऐसा पवित्र परिवेश रच गया था कि सबको यह अनुमति हुई मानों वहाँ दसों दिशाओं से आकाशगामी देवताओं का समवेत स्वर प्रतिध्वनित हो रहा है : ''यशस्वी भव...''

न तो अभी तक मुर्गे ने बाँग दी थी, न ही सूरज ने अपनी लालिमा बिखराई थी और अभी रात की कालिमा का श्यामल रंग भी तलछट की तरह क्षितिज पर ही विराजित था। पक्षियों की चहचहाहट और कलरव अभी धीमे ही थे, लेकिन जागरण सूचक प्रकृति के इन सब प्रतिमानों को झुठलाते हुए बनजारे! प्रभास के इस झुटपुटे में ही अपनी बैलगाड़ियों के बैलों के सींगों पर तेल रगड़ रहे थे और ऊँटगाड़ियों के 'गोरबन्दों' को झनकार रहे थे। सड़क तक गई पूरी 'रेत-पट्टी' ही नहीं, पक्की सड़क पर भी तम्बू और घर-गृहस्थी का सामान लादे कई छकड़े तैयार खड़े थे।

प्रतिदिन सबसे पहले उठ कर 'भैरव राग' में अपने ठाकुर को उठाने वाली गुलाबदेवी जब सूर्य-नमस्कार करने बरामदे में आईं, तो बाहर सजे मेले को देख कर दंग रह गईं। वे सूर्य-नमस्कार भूल कर दौड़ती-सी ठाकुर साहब के कक्ष में उन्हें यह दृश्य दिखाने के लिए बुलाने गईं, तो वे भी वहाँ मौजूद नहीं थे। आश्चर्यजनक ढंग से पास ही बने अस्तबल से सारे घोड़े भी ग़ायब थे। तभी मल्लिका वहाँ आई, और उसने अचरज-भरे स्वर में कहा : "माँ! यह क्या आप अभी तक तैयार नहीं हैं?"

"मल्लिका बेटा! क्या सचमुच ही पूरा टाँडा तैयार हो गया है? पर बेटा, अभी तो सूरज भी पूरा-सा नहीं उगा है?"

"माँ! आपको तो अंदाज़ा है ही कि आजकल सूरज भी रामभतेरी के कहने से ही उगता-डूबता है और उसके हिसाब से तो वह कभी का उग कर पुराना पड़ गया है। माँ, आप जल्दी कीजिए।"

गुलाबदेवी तैयार होकर जब दरवाज़े पर पहुँचीं तो देखा ठाकुर नरोत्तम सिंह जी, रामभतेरी, मल्लिका, दाखी, मूँगा सरदार आदि सभी उनकी प्रतीक्षा कर रहे हैं। रामभतेरी ने गुलाबदेवी के पैर छूकर उन्हें प्रणाम करते हुए कहा : ''माँ! टाँडे के सारे यात्रागामी परिवार, पूरी रात तैयारी करते रहे और सूरज निकलने के पहले ही टाँडे की पूरी बारात जोशो-ख़रोश के साथ चल पड़ने को मचल पड़ी।''

उसकी कार्यकुशलता पर मुग्ध होकर गुलाब देवी ने उसके सिर पर हाथ रख कर कहा : ''बेटा! आपके लिए आज का विशेष आशीर्वाद है : आयुष्मती भव, कीर्तिमती भव।''

''हे देवियो! आपलोगों का प्रेमालाप ख़त्म हो गया हो, तो चलें?'' कह कर ठाकुर साहब ने मुस्कुराते हुए अपने घोड़े को एड़ मारी, और उनके साथ ही मूँगा आदि भी अपने-अपने घोड़ों पर दौड़ पड़े।

निश्चित किया गया था कि ठाकुर साहब सबसे आगे चलेंगे और मूँगा एक सतर्क चौकीदार की तरह चारों ओर चक्कर लगाता हुआ पूरे टाँडे के लोगों की सम्हाल करता चलेगा। तय यह भी था कि सारे शिक्षकगण भी घोड़ों पर आगे जाकर 'सिंदरी' की व्यवस्था देखेंगे और पड़ाव डालने की जगह निर्धारित करेंगे।

'सरपट-पट्टी' पर घोड़े दौड़ा कर आगे जाने वाले ये लोग! जब उस 'एवरेस्ट रूपी सिंदरी' में अपनी विजय-पताका फहराने चले, तो यह देख कर दंग रह गए कि 'छुपी-रुस्तम' रामभतेरी ने तीन-चार दिन पहले ही प्रशिक्षित बनजारों का एक दल वहाँ भेज दिया था और उनलोगों ने इनलोगों की अभ्यर्थना करने की पूरी तैयारी कर रखी थी। तम्बू के खूँटे ज़मीन में गड़े हुए थे और गरमागरम बाजरे की खिचड़ी उनलोगों की प्रतीक्षा कर रही थी। इस बार गुलाबदेवी ही नहीं, ठाकुर साहब भी रामभतेरी की इतनी सुन्दर कार्यान्विति को देख कर गद्‌गद हो गए और निःसंकोच सबके सामने रामभतेरी को गले से लगा कर बोले : ''बेटा जी!

आज तक मैं गुलाबदेवी को कहा करता था कि वे आपके लिए अतिशयोक्ति अलंकार का प्रयोग अतिशय मात्रा में करती हैं, पर आज मैं भी उन्मुक्त कंठ से कहना चाहूँगा कि 'बेटा! तुम तो 'न भूतो न भविष्यति' जीवात्मा हो। मैं चकित हूँ! अवाक हूँ! बेटा! परमपिता से प्रार्थना है कि तुम जिस अजस्र ज्ञान-प्रपात से स्वयं को सिंचित करती रहती हो, उसके सान्निध्य से तुम कभी भी वंचित न होओ और इसी प्रकार जन-कल्याण करती रहो।''

एक मिनट को सेकेंडों में बाँटने वाली रामभतेरी ने वहाँ एकत्रित सिंदरीवालों को संबोधित कर कहा : ''सिंदरी के भाई-बहनो! घणी खम्मा! प्रणाम! ख़ुश आमदीद!'' इतना कह कर उसने अपनी दोनों बाहों को आलिंगन-मुद्रा में आर-पार अपने वक्ष पर रखा और एक क्षण रुकी रही, फिर भावुकता भरे स्वर में बोली : ''आज मेरी ख़ुशी आकाश से भी बड़ी और समुद्र से भी गहरी है, क्योंकि आज यहाँ केवल राजस्थानी बनजारे ही नहीं! आसपास के भील और आदिवासी भी पधारे हैं। भाइयो! हम केवल और केवल यही चाहते हैं कि आप सब पढ़ें-लिखें और आत्मनिर्भर भी बनें।''

''कँवरी सा! ये सारी बातें आपके भेजे दूत हमें पहले ही समझा चुके हैं, अब तो हमारे काम करने का समय आ गया है। आप बताएँ कि हमें कहाँ कुदाल मारनी है और कहाँ कपड़े बनाने हैं?'' सिंदरीवासियों का यह कहना था कि रामभतेरी ने उनके सरगना को ऑर्डरों की वह फ़ेहरिस्त पकड़ा दी जो उसके अग्रिम भेजे हुए प्रतिनिधियों ने आसपास के गाँवों से एकत्र की थी। और उन्हें उन सब परिधानों के नमूने भी दे दिए ताकि वे लोग उनके अनुसार काम कर सके।

इतने में ही रुनझुन करतीं बैलगाड़ियों और ऊँटगाड़ियों से राशि-राशि बनजारे और 'गाड़िया लुहार' नाचते-गाते हुए वहाँ आ पहुँचे और उस बरात के आगमन से उपस्थित जन-समुदाय के सरोवर में आनन्द की ऐसी लहर उठी कि उसने समुद्र के ज्वार को भी मात कर दिया।

रामभतेरी ने गुलाबदेवी, ठाकुर साहब, दाखी आदि से परामर्श कर वापस माइक हाथ में ले लिया और सबका अभिनन्दन करती हुई बोली : "भाइयो! मैं आपलोगों को आनन्दित देख कर ख़ुश तो बहुत हूँ, पर हमारी अपनी सीमाएँ हैं। दोस्तो! समय भागा जा रहा है और इससे पहले कि वह हमें ख़र्च कर दे, आइए हम उसका अधिकतम उपयोग कर लें।"

इसके बाद उसने मंच, शिक्षकगणों को सौंप दिया और उन लोगों ने अपने टाँडे की सारी गतिविधियाँ वहाँ लगाए हुए बड़े 'सफ़ेद पट्ट' पर आद्योपांत दिखला दीं। जैसा कि 'मूँगा के टाँडे' में घट चुका था, यहाँ भी ठीक उसी तरह लोगों ने अपनी इच्छानुसार विभिन्न काम चुन लिए और उन्हें प्रशिक्षित करने के लिए तीन-चार शिक्षकों के नेतृत्व में बनजारों का एक शिक्षित दल वहाँ ठहर गया। तय किया गया कि बाक़ी के लोग दूसरे दिन सुबह वहाँ से 'जालोर' के लिए कूच करेंगे।

रात को गुलाबदेवी ने कहा : "भतेरी बेटा! आप तो कह रही थीं कि 'बापू की जनता तो जगी हुई थी, पर अपनी नहीं, इसलिए हमें बहुत समय लगेगा।' पर बेटा जी! मुझे तो लगता है, आपने भी बापू की तरह ही अपनी जनता को भी जगा रखा था। और यदि ईमानदारी से स्वीकार करें, तो मुझे तो यह भी लगता है कि यदि आप उनके नक़्शे-क़दम पर इसी प्रकार अधुनातन तरीक़ों को अपना कर चलेंगी, तो सूखी घास में लगी चिंगारी की तरह ही आपके विचारों की लपट भी अनेक लोगों तक पहुँच जाएगी।"

गुलाबदेवी की भविष्यवाणी एकदम सही साबित हुई और रामभतेरी के स्वयंसेवकों का दल 'रिकार्ड तोड़' तेज़ी से 'जालोर', 'भीनमल' और 'सिरौही' में अपने 'कर्मयोग' की पताका फहरा कर 'माउन्ट आबू' पहुँच गया।

'माउन्ट आबू' की 'नक्की झील' और उसके चारों ओर हरीतिमा से भरी पहाड़ी दृश्यावली को सारे बनजारे विस्फारित नेत्रों से निहार रहे थे

और सोच रहे थे कि वे लोग स्वर्ग या इन्द्रलोक में आ गए हैं वरना धरती पर तो ऐसा देश हो नहीं सकता!

रामभतेरी भी वहाँ के नयनाभिराम सौन्दर्य को देख कर अभिभूत थी। किसी चीज़ के बारे में पढ़ना या कि उसकी तस्वीर देखना एक बात है, पर आँखों से उसे देख कर उसका स्पर्श करना एक अलग ही अनुभूति की बात है। रामभतेरी आज चाहे एक धीर-गम्भीर नवयुवती थी, पर जन्मना तो वह चंचल-चपला भतेरी ही थी! और कई बार व्यक्ति के अनचाहे ही उसका अतीत! उसके वर्तमान स्वभाव को तिलांजलि दिलवा कर खुद सत्ता सँभाल लेता है, और उस क्षण! रामभतेरी के साथ भी यही घटित हुआ। इसके पहले कि कोई उस ओर ध्यान देता, झील के गहरे पानी में से ज़ोरों की 'छपाऽऽऽक' की आवाज़ आई और रामभतेरी उसमें डूबती-उतराती दिखी।

झील के चारों ओर हाय! हाय! मची हुई थी कि तभी एक नवयुवक ऊँची जगह से पानी के बीचों-बीच कूदा और 'मँझधार' में बहती रामभतेरी को बचा लाया।

तालियों की गड़गड़ाहट के बीच जब वह नवयुवक दबे पाँव वहाँ से भाग रहा था, तभी एक बलिष्ठ हाथ ने उसकी कलाई पकड़ ली और अचरज-भरे स्वर में कहा : "बेटा गजेन्द्र! आप यहाँ?"

"मामोसा! घणी खम्मा" कह कर युवराज गजेन्द्र सिंह ने ठाकुर नरोत्तम सिंह जी के पैर छुए और स्पष्ट शब्दों में अपनी उपस्थिति की वजह बताते हुए उनसे कह दिया : "मामोसा! मैं तो यहाँ 'पलक पाँवड़े बिछाए' हुए आप लोगों की ही प्रतीक्षा कर रहा था।"

"कुँवर! आप हम लोगों की प्रतीक्षा कर रहे थे या रामभतेरी की?"

हल्के से झेंप कर कुँवर गजेन्द्र बोले : "मामोसा! आपने ही तो 'सिवाणा' में आदेश दिया था कि 'कुँवर, तुम अभी लौट जाओ, और रियासत के कामों को सम्भालो। जब रामभतेरी यहाँ से तेजगढ़ जाने के

लिए प्रयाण करेगी, तो उसे गुजरात घुमाने का पूरा भार तुम पर रहेगा, उस वक़्त तुम जितना चाहो उतना रामभतेरी के कार्यों में उसके सहायक बन जाना।' तो बस मामोसा! मैं तो उसी दिन से प्रत्येक पल आपलोगों के आने की राह देख रहा था।''

''वाह! युवराज वाह! प्रीत करनी तो कोई आपसे सीखे। भाई! आपने तो मुझे भी मात दे दी।'' इतने में वहाँ गुलाबदेवी आ गईं और युवराज गजेन्द्र को देखते ही ऐसी खिल गईं, जैसे सूखी धरती पर ज़ोरों से वर्षा हो गई हो। उन्होंने लपक कर कुँवर गजेन्द्र को आलिंगनबद्ध कर लिया, और बोलीं : 'बेटा! परमपिता आपको शतात् वर्षों तक नीरोग और चिरायु रखें। आज तो आपने हमें भगवान की तरह ही पुनर्जीवन दिया है और इसके लिए हमलोग आपके चिर ऋणी रहेंगे। कुँवर साहब! आपके प्रेम की प्रगाढ़ता ने आपकी छठी इन्द्रिय को इतना सशक्त कर दिया है कि यदि रामभतेरी पर, कहीं भी कोई विपत्ति आती है, तो आपकी देह के तानपूरे के सारे तार! सप्तम सुर पर झनझनाने लगते हैं। कुँवर बेटा, आज तक तो हमने लैला-मजनूँ, सोहनी-महिवाल आदि के प्रेम के क़िस्से सुने ही थे, पर आज आपने उन क़िस्सों को हक़ीक़त में बदल कर सिद्ध कर दिया कि रामभतेरी के प्रति आपका प्रेम 'ऋक्' पर आधारित ही नहीं, पूर्णत: 'ऋक्' है।'' इन भावोद्गारों के पश्चात् गुलाबदेवी ने गजेन्द्र सिंह का हाथ पकड़ा और उन्हें अपने पूजा-कक्ष में ले जाकर भगवान की 'उत्सव मूर्ति' के सामने बैठा दिया और स्वयं आँखें मूँद कर देर तक शुद्ध संस्कृत में धाराप्रवाह मंत्र बोलती रहीं। देखते ही देखते यह भावाकुलता दर्पण की तरह कुँवर गजेन्द्र सिंह में भी प्रतिबिम्बित होने लगी। कुँवर उस लोकातीत आलोक-छाया में कुछ देर बैठे रहे, फिर धीमे से उठे और गुलाबदेवी को सांकेतिक प्रणाम करके कक्ष के बाहर चले गए।

'दोपहर की डूबने वाली घटना' के बाद रामभतेरी बेसुध होकर गहरी नींद में सो रही थी। उसने सफ़ेद मलमल की झीनी साड़ी पहन रखी थी

कि अचानक चारपाई से बाहर उसके लम्बे आँचल को किसी ने हल्के से खींचा! लेकिन रामभतेरी पर इसका ज़रा सा भी असर नहीं हुआ। तब उसने हल्के हाथों से उस 'कमलपुष्प' को उठाया और एकदम बेआवाज़ कदमों से बाहर निकल कर झील की ओर चला गया।

यह सारी क्रिया इतनी सावधानी से की गई थी कि रामभतेरी से सट कर सोई हुई चतुर-सुजान दाखी तक को इसकी भनक नहीं पड़ी।

झील के किनारे, एक छोटी-सी सफ़ेद नौका! हेना, स्वर्ण-चम्पा, मदनमस्त, चम्पा, श्वेत चम्पा, श्वेत कमल एवं श्वेत गुलाब फूलों से भरी हुई! युवराज गजेन्द्र सिंह ने उसमें बिछी सफ़ेद शय्या पर उस 'या कुन्देन्दुतुषार हार धवला'-सी कोमलांगी को सुला दिया और फूलों में से वेणियाँ उठा कर उसके केशों में, कलाइयों में, बाँहों में, और उसकी कटि में पहना दी। यह सारी सजावट अत्यन्त नफ़ासत से की गई थी और कुँवर की उँगलियों ने रामभतेरी की त्वचा का हल्का सा स्पर्श भी नहीं किया था, इसलिए बावजूद इतनी सज्जा के रामभतेरी की नींद में ज़रा सा भी विघ्न नहीं पड़ा था, बल्कि वह नींद में ही हल्का-सा मुस्कुरा कर बोली थी : "कुँवर, मेरी कलाई छोड़िए! कोई देख लेगा।" उसके अस्पष्ट-अस्फुट शब्द और कोई समझता या नहीं, पर कुँवर तो समझ ही गए! समझ वे यह भी गए कि रामभतेरी भी उनसे प्रेम करती है, और उन्हीं का सपना देख रही है।

मध्यरात्रि में पूर्ण यौवन को प्राप्त उस शरत् पूर्णिमा के चाँद की ज्योत्स्ना ने अपनी द्युति की माला गूँथ कर उसे चाँद के चारों ओर वरमाला की तरह सजा दिया था। उसकी हूबहू प्रतिकृति अंतरिक्ष में नहीं, उस नौका में दृष्टिगोचर थी और स्वर्ग के देवता यह निर्णय करने में असमर्थ थे कि कौन सा चाँद ज़्यादा सुन्दर है। तय हुआ कि धरती वाला चाँद ज़्यादा सुन्दर है, क्योंकि वह आकाशी चाँद की तरह घटता-बढ़ता नहीं है।

इस आनन्द-विहार करती जोड़ी पर वरुण ने जल के छींटे डाले,

पवन ने पेड़ों से पत्तियाँ और फूल बरसाए और समग्र देवताओं ने उन पर पुष्पवर्षा करते हुए उन्हें 'यशस्वी भव' का आशीर्वाद दिया।

कुँवर की समझदारी की इन्तिहाँ का क्या वर्णन किया जाए! आज वे 'चप्पू' वाली नहीं, 'क्षेपणी' (पैडल) वाली नाव लाए थे, ताकि प्रकृति के इस निस्तब्ध अछूते कौमार्य को कोई हल्की-सी आवाज़ भी भंग न करे। जब रामभतेरी ने नींद में ही करवट बदली, तो नौका डगमगाई और रामभतेरी बेतहाशा चौंक कर उठ बैठी। उसकी इस हरकत से जब वह नौका ज़ोरों से हिलने लगी, तो रामभतेरी ने आलोक ज्योतित रात को आँखें फाड़ कर देखा और बेइन्तिहाँ डर गई। ओफ्फोह! चारों ओर इतना पानी?'' रामभतेरी दहल गई और उसने सहम कर पानी की विपरीत दिशा में अपना चेहरा कुँवर के अँगरखे में छिपा लिया। बाद में तंद्रामुक्त होने पर जब उसे पता चला कि यह सीना 'बापू' का नहीं! कुँवर गजेन्द्र का है, तो वह सकुचा कर छुई-मुई-सी सिकुड़ गई।

कुँवर ने अपनी रसभीनी बातें यों शुरू की : ''कँवरीसा, घणी खम्मा, पर आप ही बताइए, मैं क्या करता? मैंने अपने दिल को बहुत समझाया, ख़ूब बरजा कि 'देख! तू रामभतेरी जी से दूर रह!' पर यह ढीठ माना ही नहीं और मैं उसके हाथ बिक गया। कँवरीसा! यह बन्दे की पहली ग़लती है इसलिए कृपा करके माफ़ी दे दीजिए।''

रामभतेरी ने उन्हें सही अर्थों में बेहतरीन माफ़ी दी, और उनसे छिटकने के बजाय उनके और पास चली गई!

गुलाबदेवी ने जब अपने बरामदे से यह दृश्य देखा, तो उन्होंने ठाकुर साहब से कहा : ''ठाकुर साहब! कभी तो मुझे रामभतेरी और कुँवर! एक-दूसरे के बहुत नज़दीक, तो कभी दूर लगते हैं।''

ठाकुर साहब ने हँसकर कहा : ''गुलाब! इस पूर्ण चन्द्रालोक में तुम्हें इनसे कुछ दूरी पर तैरता वह सफ़ेद हंसों का जोड़ा दिख रहा है ना। क्या वे रति-क्रिया में रत हैं या एक-दूसरे से सटे हुए तैर रहे हैं?''

''ठाकुर साहब! आप मुझसे ये बच्चों जैसे प्रश्न क्यों पूछ रहे हैं? एकदम साफ़ तो दिख रहा है, कि दोनों अलग-अलग तैर रहे हैं।''

''ओ.के. मैडम, अब ज़रा झील के पानी में दोनों का प्रतिबिम्ब देखिए।'' गुलाबदेवी ने शरमा कर कहा : ''पर ठाकुर साहब! ऐसा तो पानी के हिलने के कारण हो रहा है।''

''तो हे गुलाबदेवी! दूरबीन से दिखने वाला यह दृश्य भी! कुछ और नहीं, बल्कि देखने के कोण की ही क़रामात है। गुलाब! आप मेरी इस बात को पत्थर की लकीर मान लीजिए कि इन दोनों के प्रेम में शरीर की कोई वक़त नहीं है।'' तभी किसी गहरे सोच में डूबी हुई गुलाबदेवी ने असमंजस भरे स्वर में कहा : ''ठाकुर साहब! मुझे यह नियति का विधान लग रहा है कि 'रामभतेरी और कुँवर का कभी मिलन नहीं होगा'।'' यह कह कर गुलाबदेवी उदास हो गईं। गुलाबदेवी का यह हाल देख कर ठाकुर साहब ने उन्हें एक बच्चे की तरह अपने से चिपका लिया और उनके सिर पर हाथ फेर कर कहने लगे : ''गुलाब! रामभतेरी के भविष्य के लिए ऐसी विकल उद्विग्नता क्यों? गुलाब! आप ही तो कहा करती हैं कि 'जीवन एक नदी है', तो फिर रामभतेरी रूपी नदी किसी समुद्र में जा मिलेगी या अपना स्वतंत्र अस्तित्व बनाए रख कर आजन्म जन-कल्याण के लिए वन-प्रांतर को हरा-भरा करती हुई कहीं बिला जाएगी किसने जाना है। गुलाब! आपने तो हमेशा यह माना है कि रामभतेरी एक अलौकिक जीवात्मा है, तो फिर उसकी क्या तो चिंता? और कैसा भय?...''

दूसरे दिन पौ फटते ही ओस–भीगे गुलाब–सी महकती–चहकती रामभतेरी ठाकुर साहब और गुलाबदेवी के कक्ष में उसी चंचल चपलता से घुसी जैसे रोज़ घुसती थी। उसकी चाल–ढाल में, बातचीत में बिना किसी व्यतिक्रम के सहज प्रफुल्लता थी। आश्चर्यजनक था यह देखना कि उसके शरीर के हावभाव में कल रात वाली घटना का आभास मात्र तक नहीं था! न ही तो उसके चेहरे और माथे पर चिंता की कोई लकीर दिख रही थी और न ही वह उदासीन या अलसाई हुई लग रही थी! वह तो उनकी वही रोज़ वाली सदाबहार रामभतेरी थी। ठाकुर साहब और गुलाबदेवी कभी एक–दूसरे को देखें तो कभी रामभतेरी को, क्योंकि, उन दोनों को किसी भी तरह यक़ीन नहीं हो रहा था कि एक नवयुवती पर कल रात वाली रोमांचक घटना का कोई असर न हो! माना कि कल रात का पूरा घटना–प्रसंग अतीन्द्रिय था, पर आख़िर था तो देह से संबंधित प्रेम–प्रसंग ही!

वे दोनों इन्हीं विचारों के भँवर में फँसे हुए थे कि रामभतेरी शरारती बच्चे की तरह उन दोनों के सामने आकर खड़ी हो गई और अपनी दोनों हथेलियों का पंखा बना कर उन लोगों की आँखों के सामने बाएँ से दाएँ, दाएँ से बाएँ डुलाने लगी। उसकी इस हरक़त से ठाकुर साहब और गुलाबदेवी इस धरती पर लौट आए और दोनों ने उसके एक–एक हाथ को खींच कर अपने से चिपका लिया। उस आलिंगन की जकड़न इतनी अधिक थी कि उसकी काया चटकने–सी लगी और उसने जोर से पुकारा : ‘‘हे भगवान! आपने जैसे डूबते ग्राह की रक्षा की थी वैसे ही मेरी प्राण–

रक्षा भी कीजिए।'' यह सुनते ही उन दोनों ने उसे छोड़ दिया और उसके साथ हँसने लगे।

तभी मूंगा, दाखी और कई शिक्षकगण वहाँ आ गए और भतेरी ने एक लम्बी वक्तृता में माउण्ट आबू की उपलब्धियों और असुविधाओं का कच्चा-चिट्ठा प्रस्तुत कर दिया। जिसका सारांश था कि : 'माउन्ट आबू में हम लोगों को विदेशी सैलानियों के ऑर्डर तो मिले, पर यहाँ के स्थानीय लोगों ने हमारे परिधानों में कोई रुचि नहीं दिखाई। खोज करने पर पता चला कि यहाँ गुजरात से आए परिधानों का हमारे परिधानों से काफी साम्य था और इनकी तुलना में वे सस्ते भी थे। हालाँकि उनके परिधानों में हमारे कपड़ों जैसी डिज़ायनदारी और नफ़ासत नहीं है, लेकिन आम आदमी के लिए तो कपड़ों का सस्ता और चटख़ होना ही काफ़ी है।'

''माँ! इन सारी बातों को दृष्टिगत रखते हुए अब हमें भविष्य के लिए कई अहम निर्णय लेने होंगे। हमें निश्चित करना है कि क्या हमारा पूरा जत्था तेजगढ़, मौरवी, द्वारिका आदि जाएगा या हममें से कुछ लोग गुजरात की ओर जाएँगे और बाक़ी के लोग हमारे द्वारा स्थापित रास्ते भर के प्रशिक्षण केन्द्रों को सँभालते हुए 'सिवाणा' लौट जाएँगे और वहाँ से राजस्थान की अंतरंग हिस्सों में जाकर चारों दिशाओं के काम करेंगे और आवश्यकतानुसार वहाँ नए केन्द्र खोलेंगे।''

इन सूचनाओं के पश्चात् रामभतेरी ने अनुरोधात्मक ऊँचे स्वर में कहा : ''आज हमारे सारे गुरुजन यहाँ उपस्थित हैं, और हमें उनके दिशा-निर्देश और निर्णय की प्रतीक्षा है कि हमें आगे क्या करना है।''

इस प्रश्न से वहाँ सन्नाटा छा गया। तभी सबको चौंकाती हुई एक अत्यन्त विनम्र, पर दृढ़ निश्चय से भरी हुई आवाज़ सुनाई पड़ी : ''घणी खम्मा मामो सा! यदि आप लोगों की अनुमति हो तो मैं कुछ कहूँ?'' सबके चेहरे पर सहमति का भाव देख कर कुँवर गजेन्द्र सिंह ने अपना संक्षिप्त और सारगर्भित वक्तव्य यों प्रस्तुत किया : 'मैंने रामभतेरी जी को

जितना जाना और समझा है, उसके अनुसार उनका ध्यान 'तेजगढ़', 'मौरवी' और 'द्वारिका' जाने की ओर अधिक है। अब यदि ये चाहें तो अपने प्रवास की शुरुआत 'तेजगढ़' के आदिवासी विश्वविद्यालय से कर सकती हैं, या फिर 'मौरवी' से? वैसे भी 'तेजगढ़', 'द्वारिका' और 'मौरवी' के रास्ते में नहीं पड़ता है, क्योंकि तेजगढ़ यहाँ से दाहिनी ओर है, और ये दोनों स्थान बाईं ओर हैं। आज जब मैंने यहाँ प्रवेश करते समय कँवरी रामभतेरी का प्रश्न सुना, तो उसे सुन कर मैं अचंभित रह गया। मामी सा! यह इनका बड़प्पन है कि ये अपने गुरुजनों को इतना अधिक आदर देती हैं और उनसे मार्गदर्शन करने की विनती कर रही हैं, क्योंकि मेरे अनुमान से तो आगामी पूरे कार्यक्रम की रूपरेखा इनके मस्तिष्क में अँकी हुई होगी?''

कुँवर गजेन्द्र सिंह की बात ख़त्म होते ही सारी आँखें एक साथ रामभतेरी की ओर उठीं और गुलाबदेवी ने आनन्द-भरे स्वर में कहा : ''रामभतेरी बेटा! आपने जो कुछ सोचा है, वह ज़रा हमें भी बताएँ।''

रामभतेरी ने अपने झुके सिर को ऊपर उठा कर सबके चेहरों को ध्यान से देखा, और फिर वापस अपनी नज़रें झुका कर जो कुछ बताया उसमें केवल सोच-विचार ही नहीं, क्रियाशीलता भी शामिल थी। उसने कहा : ''आप सब मेरी महत्त्वाकांक्षी योजनाओं के विचारक और उन्हें क्रियान्वित करने में मेरे सहयोगी रहे हैं। आज तक मैंने मनचाही योजनाएँ बनाईं और आप सबने बिना कोई प्रश्नचिह्न लगाए उन्हें पूरी तरह स्वीकार कर अपना 'तन-मन' सब उनमें लगा दिया। आप लोगों के इसी बढ़ावे के कारण मैंने अपनी योजनाओं की 'पींगें' इतनी बढ़ा लीं कि अब वे आकाश छूने लगीं हैं। मसलन, पहले मेरा लक्ष्य बनजारों और अपने टाँडे का विकास करना था, फिर उसमें गाड़िया लुहार जुड़ गए, क्योंकि वे मुझे अपने सहधर्मा लगे। बाद में मेरा हृदय उन सभी पिछड़ी जातियों के लिए उद्वेलित होने लगा, जो अँग्रेज़ सरकार द्वारा बनजारों की तरह ही हाशिए पर धकेल

दी गई थीं और यही वजह थी कि मैं अपने लोगों के पूरे दल के साथ तेजगढ़ के आदिवासी विश्वविद्यालय में जाकर स्वयं को एवं हमारे स्वयंसेवकों को वहाँ प्रशिक्षित करवाना चाहती थी। पर माँ, जब मैंने उस केन्द्र पर शोध की तो पाया कि उनका ध्येय हमसे एकदम भिन्न है। वे आदिवासी संस्कृति की रक्षा हेतु उनके औजारों, अस्त्र-शस्त्रों, नृत्य, गीत, चूल्हे, कपड़े आदि रोज़मर्रा के काम में आने वाली सारी चीज़ों को पुनर्जीवित कर रहे हैं और जो उपलब्ध हैं उन्हें संजो रहे हैं। इसकी सम्पूर्ण परिकल्पना एवं संरचना ऋषितुल्य श्री गणेश एन.देबी की है। माँ! वह 'भाषा विश्वविद्यालय' महासागर है और उनके सामने हमारी वक़त एक छोटी सी बूँद जितनी भी नहीं है। हमारा ध्येय मात्र इतना ही है कि प्रत्येक बनजारा पढ़े-लिखे और कुशल होकर आत्मनिर्भर बने और पाश्चात्य संस्कृति के प्रभाव और बाज़ारवाद से बचाने के लिए हम उसे इतना अधिक संस्कारित कर दें कि वह विदेश के फेंके हुए कचरे को अपने जीवन में प्रवेश नहीं करने दे। चूँकि अभी हमारे भाईबंद कच्ची मिट्टी सरीखे हैं; इसलिए हमारे लिए यह सरल होगा कि हम उन्हें संस्कारों के पानी से 'गूँध' कर नर्म कर लें और फिर 'मूल्यों के चाक' पर चढ़ा कर सही आकार दे दें।

''माँ! अब मैं सोचती हूँ कि राजस्थान के जो भील और आदिवासी एक अरसे से हमारे साथ हैं, उन्हें तो हम अपने साथ रख लेंगे, पर अब इस दिशा में और विस्तार नहीं करेंगे, क्योंकि न तो हमारे 'डैने' इतने मज़बूत हैं कि हम आकाश के अन्तर में पैठ सकें और न ही हमारे क़दम 'वामन अवतार' जैसे सक्षम हैं कि हम उनसे लोक-परलोक सब माप लें। इसलिए अब हमें पहले से निश्चित किए हुए लक्ष्यों में ही महारत हासिल करनी होगी।

अब यदि आप गुरुजनों की आज्ञा हो, तो हम मौरवी और द्वारिका मोटर गाड़ी से जाएँ, क्योंकि अब हमें अपना समय बचा कर उसका

सदुपयोग करना है। हमें यातायात के कौन से साधन अपनाने हैं और कौन से मार्ग चुनने हैं इन सबका पूरा दारोमदार कुँवर गजेन्द्र सिंह के कंधों पर रहेगा। वे ही यात्रा के सारे निर्णय लेंगे और उसी के अनुसार पूरा बंदोबस्त भी करेंगे। क्यों बाबो सा! ठीक है ना? अपने सब राजा-महाराजाओं की तरह पूरे ठाठ से चलेंगे, आख़िर एक राजा के मेहमान जो ठहरे!'' कह कर रामभतेरी मसख़री के संकेत स्वरूप आँखें मिचमिचा कर हँसने लगी।

रामभतेरी की 'छेड़' को समझ कर कुँवर गजेन्द्र सिंह ने मुस्कुराते हुए वैसा ही रसभीना जवाब दिया : ''कँवरी सा का हुक्म सिर आँखों पर। इस नाचीज़ बंदे की क्या मजाल जो कँवरी सा के राजसी ठाठ-बाट में कोई भी कमी रहने दे। कँवरी सा से केवल इतनी सी इल्तिज़ा है कि वे कब और किस समय यहाँ से प्रयाण करना चाहेंगी इसकी सूचना मुझे अभी दे दें।''

रामभतेरी ने उसी विनोद-भरी मुद्रा में तत्काल उत्तर दिया : ''कुँवर जी! यदि हम कल सुबह पाँच बजे यहाँ से कूच करें, तो क्या आप प्रबंध कर पाएँगे?''

कुँवर गजेन्द्र सिंह का जवाब था : ''कँवरी सा! आपने एक राजपूत को चुनौती दी है, अत: उसमें किन्तु-परन्तु कैसा? मैं आपके हुक़्म के अनुसार कल सुबह पाँच से भी पहले सारे साज़ो-सामान के साथ यहाँ आपकी ख़िदमत में हाज़िर रहूँगा।''

अभी पक्षी अपने घोंसलों में ही फड़फड़ा कर उड़ने की तैयारी कर रहे थे, नक्की झील के अंदर झाँकता नीला आसमान भी एकदम स्थिर था, यहाँ तक कि न तो उसके किनारे पर सैलानी योग व्यायाम करते नजर आ रहे थे और न ही काम वाले काम पर जाते दिख रहे थे। ऐसा लग रहा था जैसे हमेशा चहचहाता यह नगर अभी भी पूरी तरह सोया हुआ है, लेकिन अचरज की बात है कि ऐसे माहौल और समय में एक नवयुवक! सजा-धजा हुआ पूरी मुस्तैदी के साथ गाड़ियों के एक लम्बे कारवाँ के पास खड़ा, किसी की प्रतीक्षा कर रहा था। उसकी बेचैन आँखें एक ख़ास बिन्दु पर स्थिर थीं कि अचानक उस बिंदु ने एक नवयौवना का आकार ले लिया और दूसरे ही क्षण वह

आकार हवा की गति को मात देता हुआ उस नवयुवक के सामने आकर खड़ा हो गया। प्रतिवर्ती क्रिया की तरह अगले ही क्षण उस नवयुवक ने घुटनों के बल बैठ कर राजे-रजवाड़ों के रस्म-ओ-रिवाज़ की तरह उस सूर्य-रश्मि-सी नवयौवना का दाहिना हाथ उठा कर कहा : "महारानी साहिबा! सुप्रभात एवं स्वागतम्।" उस कामदेव-से जवान के राजसी तौर-तरीके से आदाब-अदायगी पर वह नवागता रामभतेरी ऐसी शरमाई जैसी आज तक कभी नहीं शरमाई थी। उसकी देहयष्टि का एक-एक रेशा सिमट कर उस तन्वंगी के इकहरे शरीर की भंगिमा में और भी मासूमियत भर रहा था। कुछ देर तक वह दृश्य चित्रवत् वहीं स्थिर रहा, फिर अचानक उसमें भूकंप-सी हलचल आई और रामभतेरी झुक कर कुंवर को उठाने के प्रयास में उन पर गिर गई। प्रत्युत्पन्नमति के शहंशाह कुँवर गजेन्द्र ने अपनी गोद में गिरी कपोती रामभतेरी को फूल के मानिंद अपने हाथों में उठा लिया और ग़लीचा बिछी हुई 'कैडिलक कन्वर्टेबल' की लम्बी-चौड़ी पिछली सीट पर लिटा दिया। सीट पर लेटते ही रामभतेरी ने अपनी शर्म से बंद आँखें खोलीं और दूसरे ही क्षण वह चिहुँक कर उठ बैठी और ज़ोरों से पुकारने लगी : "माँऽऽऽ! बाबो साऽऽऽ!"

ठाकुर साहब, गुलाबदेवी, दाखी, मूँगा आदि सभी लोग 'रॉल्स रॉयस', 'ब्यूक', 'बेन्टले पैकार्ड', 'मर्सिडीज़' आदि नई-पुरातन गाड़ियों की पंक्ति से कुछ ही दूरी पर खड़े वह ख़ूबसूरत नज़ारा देख कर आनन्दित हो रहे थे, इसलिए रामभतेरी और कुँवर को थोड़ा अवकाश देने के लिए उनमें से किसी ने भी रामभतेरी की पुकार का उत्तर नहीं दिया।

कुंवर गजेन्द्र सिंह ने आगे जाकर सारे गुरुजनों की अगवानी की, और उनसे अपना-अपना आसन ग्रहण करने को कहा, तब चिंचालकर जी ने आगे बढ़ कर कहा : "कुंवर साहब! इस राजकीय समारोह में हम तेज़ चल कर कैसे आ सकते हैं? क्योंकि हमें भी तो आपकी मान-मर्यादा का ख़्याल रखना है! इसलिए हमने सोचा कि हम सब मंथर गति से चल कर ही आपकी

इस अभिराम सौंदर्य-सृष्टि के साथ न्याय कर पाएँगे।'' उनके इस कथन से वहाँ उपस्थित सभी लोग हँसने लगे, जिससे सारा माहौल अत्यधिक ख़ुशग़वार हो गया।

तभी कुँवर ने रामभतेरी की गाड़ी के आगे की सीट पर बैठ कर ऊँचे साफ़े वाले राजपूत ड्राइवर से कहा: ''ठाकरा जी! अपने अमदाबाद कै साबरमती आश्रम और 'तेजगढ़' के बाद 'मौरवी' जाएँगे, आप दूसरे ठाकरों से भी यह कह दीजिए।''

उनके हुक़्म के साथ सारी गाड़ियों के राजपूती साफ़े आदाब में झुके और लम्बी-लम्बी गाड़ियाँ कतारबद्ध ऐसे आगे बढ़ चलीं गोया 'क्वीन विक्टोरिया' की सवारी निकली हो।

पिछली सीट से अपनी हथेली से कुँवर के कंधे को छू कर रामभतेरी ने कहा : ''कुँवर साहब! आपने साबरमती आश्रम कैसे जोड़ा?''

गजेन्द्र सिंह ने पूरा मुड़ कर रामभतेरी की हथेली को अपने माथे से छुआ कर कहा : ''हर मेजेस्टी! मैं आपके दिल की उन धड़कनों से परिचित हूँ, ज़ो गाँधी जी के नाम से ही तेज़ हो जाती हैं। चूँकि हम तेजगढ़ और साबरमती के पास ही हैं, इसलिए हमारे ज़रा से दिशा-परिवर्तन से ही हम ये दोनों जगहें आराम से देख लेंगे।''

''कुँवर! कुँवर!... क्या आपने ठान ली है कि आप पूरी तरह मेरे 'मन का हरण' करके ही रहेंगे?'' इतना कह कर रामभतेरी ने अपनी भाव-भरी आँखों की कोरों में क़ैद आनंदाश्रुओं को रोकने का प्रयास तो बहुत किया, पर इसके बावजूद दो-चार जल-कण बेईमानी करके बाहर निकल आए और उसके गुलाबी कपोलों पर मोती-से बिखर गए।

रामभतेरी की ऐसी भावाकुलता देख कर भला कुंवर को धैर्य कैसे रहता! वे अपनी सीट से उछल कर पिछली सीट पर गए और उन्होंने रामभतेरी को एक बच्चे की तरह स्वयं से चिपका लिया।

रामभतेरी ने कल्पना भी नहीं की थी कि उसकी 'राजे-रजवाड़ों के ठाठवाली यात्रा' की फ़रमाइश को कुँवर इतनी गंभीरता से लेंगे। उनके ठाठ केवल बड़ी गाड़ियों की क़तार तक ही सीमित नहीं थे, बल्कि रास्ते भर बरातियों की मेजबानी में अलभ्य पकवानों और व्यंजनों की ऐसी 'परसगारी' की गई थी कि नख़राली दाखी तक एकदम चौंधिया गई और इससे थक कर उसने एक सेवक से कह दिया : "भाई, अब बस भी करिए। आपलोगों ने हमारी ख़ातिरदारी में तरह-तरह की वस्तुओं का ऐसा अम्बार लगा दिया है कि हम 'नाकों-नाक' आ गए हैं। अब बस एक मेहरबानी कीजिए कि जब तक हम न कहें आपलोग कुछ भी मत लाइएगा।"

दूसरी गाड़ी से जब कुँवर गजेन्द्र ने देखा कि दाखी और उनके सेवक के बीच कुछ बात हो रही है, तो वे मूँगा-दाखी की गाड़ी की ओर जाने के लिए सीट से उठने लगे। कुँवर के बिना कुछ कहे ही उनका मन्तव्य समझ कर रामभतेरी ने उन्हें कुहनी से पकड़ कर वापिस अपने पास बैठा लिया। दूर से यह सारा वाक़िआ देखतीं गुलाबदेवी बोलीं : "ठाकुर साहब, देखा आपने! जैसे पत्नी घर-गृहस्थी के मामले में पति को दखल नहीं देने देती है, और दूसरों की आँख बचा कर उसकी कुहनी या कमीज़ की बाँह हल्की सी खींच कर उसे रोक लेती है, अभी ठीक वैसा ही रामभतेरी ने भी किया।"

गुलाबदेवी की इस अभिव्यक्ति के पीछे छिपी मंशा को समझ कर

ठाकुर नरोत्तम सिंह ने उत्तर दिया : ''गुलाब! अब समझदारी इसी में है कि आप रामभतेरी और कुँवर को रामभरोसे छोड़ दीजिए। ज़रा सोचिए, क्या हम चाह कर भी इस संबंध को वह रूप दे सकेंगे जैसा हम चाहते हैं? गुलाब, इनका यह संबंध स्वयं में अनेकानेक विचित्रताएँ समेटे हुए है, और अपने लिए भी अनुभवातीत है। गुलाब! अब समय आ गया है कि हम एक साक्षी-चेता दर्शक की तरह सारी घटनाओं को घटते हुए देखते रहें और उसमें अपनी किसी भी प्रकार की भूमिका की आशा न करें।''

गुलाबदेवी ने स्वीकृतिस्वरूप गर्दन तो हिला दी, पर उन्होंने मन ही मन निश्चित किया कि वे सही समय देख कर रामभतेरी और कुँवर से यह बात करेंगी।

साबरमती आश्रम का प्रांगण आते ही रामभतेरी के सारे गुरुजन इतनी त्वरित गति से वहाँ पहुँचाने के लिए कुँवर को प्रशंसात्मक स्वरों में धन्यवाद देने लगे, लेकिन रामभतेरी के मुखारबिंद से धन्यवाद तो दूर, प्रशंसा का एक शब्द तक नहीं निकला। बेचारे कुँवर चकोर की तरह एकटक अपने चाँद को देखते हुए उसके होठों से निकलने वाली अमृत बूँदों के लिए तरसे जा रहे थे, पर वे महारानीजी बिना कुछ कहे कुँवर के अंगरखे को अपने पार्श्व से ज़ोरों से रगड़ कर इठलाती हुई आगे बढ़ गईं। आश्चर्यजनक बात यह थी कि उसकी जिस भंगिमा से कुँवर को क्रोध आना चाहिए था, इसके विपरीत, वे तो उससे एकदम निहाल हुए दिख रहे थे। आगे बढ़ती रामभतेरी ने अपनी अठखेली की प्रतिक्रिया देखने की भी जरूरत नहीं समझी, गोया वह जानती थी कि कुँवर को उसकी यह छेड़ अच्छी लगेगी।

तभी रामभतेरी तेज़ी से आगे बढ़ी और उसने आश्रम की ज़मीन की 'रज' उठा कर 'दक्षिणी ब्राह्मणों' की तरह अपने पूरे माथे पर लगा ली,

गुलाबदेवी उसका यह शृंगार देखकर बरबस बोल पड़ीं : ''दाखी! तुम्हारी बेटी के माथे पर लगी यह मिट्टी तो मलय पर्वत के चंदन से बने

त्रिपुंड से भी अधिक सुन्दर लग रही है। दाखी, मुझे हमेशा लगता है कि भगवान ने इस रामभतेरी को अवश्य ही हम सबसे अलग मिट्टी से और विशेष मुहूर्त में गढ़ा है, जो यह हमेशा इतनी अनोखी और दिव्य लगती है।'' इतने में ही कुंवर गजेन्द्र ने वहाँ आकर कहा : ''आप सब कतारबद्ध यहाँ खड़े हो जाइए, अब हमें आश्रम की परिक्रमा पर निकलना है।''

जैसे ही यात्रा शुरू हुई रामभतेरी एक भावावेशित व्यक्ति की तरह कुंवर गजेन्द्र से बोली : ''कुँवर! ज़रा सोचिए, कैसा होगा वह आदमी! जिसे हम 'गांधी' कहते हैं? क्या वह हमारी ही तरह हाड़-माँस का बना था! या भगवान ने उन्हें किन्हीं और ही दिव्य-द्रव्यों से सृजा था? नहीं तो क्या एक 'पाव-हाड़िया' (कृशकाय) साधारण-सा इन्सान! इतनी मार और इतने अनशन सहकर भी अपनी कल्पनातीत कल्पनाओं को साकार कर सकता था? कुँवर! अकल्पनीय है यह तथ्य कि उसने कई सदियों से गुलाम भारत के सुप्त देशवासियों को जगा कर, बिना किसी हिंसा के उस साम्राज्य को पराजित कर दिया जिनका राज विश्व के दो-तिहाई हिस्से पर था।

''कुँवर, इतना ही नहीं, उन्होंने भगवान महावीर के अहिंसा-धर्म का भी अद्‌भुत विस्तार किया। महावीर ने कहा था : 'जीव-हत्या पाप है', पर गांधी ने उनसे भी आगे बढ़ कर कहा : 'दूसरा तुम्हें चाहे जितना मारे, पर तुम प्रतिकार में प्रहार मत करना।' कुँवर एक ओर 'कालापानी' के सर्जक, और 'जलियाँवाला बाग' में निहत्थों पर गोलियाँ चला कर उन्हें भून डालने वाली क़ौम! और दूसरी ओर शिक्षित-अशिक्षित, निर्धन, धनवान, जवान, बच्चे, बूढ़े आदि का लाठियाँ और गोलियाँ खाते हुए बेखौफ़ लक्ष्य की ओर बढ़ते जाना क्या एक कल्पनातीत स्वप्न का साकार होना नहीं है? आपने अच्छा किया, जो पूरे आश्रम की यात्रा आरक्षित कर ली और अब हम उस जगह पर आ खड़े हुए हैं, जहाँ से बापू ने नमक सत्याग्रह छेड़ा था। आप ज़रा सोच कर देखिए कि क्या

नमक की भी कोई बिसात है! जो उस महामना ने उसे सत्याग्रह का सबसे बड़ा मुद्दा बना कर भारत में क्रांति ला दी? वे यहाँ से मात्र अठहत्तर लोगों को लेकर 'दांडी-यात्रा' पर निकले थे, पर हर गाँव से बड़ी संख्या में लोग उनके साथ जुड़ते गए, और जिस दिन बापू ने नमक बनाया उस दिन भारत में हजारों-लाखों लोगों ने नमक बनाया, जिसे ग़ैर-कानूनी करार देते हुए अंग्रेजों ने साठ हज़ार लोगों को जेलों में भर दिया। कुँवर! जब कभी गांधी जी के बारे में सोचती हूँ तो मुझे लगता है जैसे वे एक 'शब्दातीत ख़ुशबू' हैं जो आज भी इस धरती के ज़र्रे-ज़र्रे को सुरभित कर रही है।''

बेचारे कुँवर काफ़ी देर तक चुपचाप रामभतेरी का 'गांधी-प्रशस्ति गान' सुन कर 'हुँकारा' भरते रहे, फिर बोले : ''कँवरी जी! खम्मा घणी! पर मैंने भी 'ककहरे' तक पढ़ाई तो की ही है, इसलिए मुझे भी गांधी जी के बारे में थोड़ा-बहुत मालूम है। वैसे आपको बता दूँ कि मेरी दादी और माँ ने भी गांधी जी के सत्याग्रह आन्दोलन में गिरफ्तारी दी थी और राजघराने की दो महिलाओं को वहाँ देख कर जेल के वार्डन ने कहा था : 'ओह! यह गांधी बाबा तो कमाल का जादूगर है, शायद इन दोनों महिलाओं ने कभी ज़मीन पर पैर तक नहीं रखा होगा, पर आज इन्होंने कानून-भंग कर जान-बूझकर गिरफ़्तारी दी है!''

''कुँवर! यह दृष्टांत सुन कर मैं आश्चर्यचकित हूँ, क्योंकि मैं यह तो जानती थी कि कई-एक धनाढ्य व्यक्तियों ने स्वतंत्रता संग्राम में भाग लिया था, पर राजघराने के लोगों ने भी गांधी में ऐसी श्रद्धा व्यक्त की थी यह तथ्य मुझसे अजाना था।'' इतना कह कर तेज गति वाली रामभतेरी आश्रम के 'नंदिनी अतिथिगृह' जा पहुँची, जिसमें नेहरू जी, सी. राजगोपालाचारी, डॉ.राजेन्द्र प्रसाद, दीनबन्धु एण्ड्रूज, रवीन्द्रनाथ टैगोर प्रभृति विभूतियाँ ठहरा करती थीं। उसने वहाँ की ज़मीन को हाथ से स्पर्श कर प्रणाम किया एवं 'विनोबा-मीराँ' कुटीर होती हुई, सीधी 'हृदयकुंज' की दहलीज़ पर आ खड़ी हुई। उसने वहाँ की दीवारों और छत को दोनों

हाथ जोड़ कर प्रणाम किया, फ़िर ज़मीन पर साष्टांग दण्डवत मुद्रा में कुछ क्षणों तक एकदम स्थिर रही और आँखों में आँसू भरे जब वह उठी तो गांधी जी के चरखे को, चप्पल को, चश्मे को और उनकी मेज़ को छूकर जोरों से रो पड़ी। बाद में उसने कुंवर को बताया उसे वहाँ के दरो-दीवार और प्रत्येक वस्तु में 'वैष्णवजन तो तैनै कहिए जे पीड़ पराई जाणै रे' और 'राम-राम' सुनाई पड़ रहे थे।

रामभतेरी के आँसू थामे नहीं थम रहे थे, इसलिए उन्हें छिपाने के लिए वह तीर की तरह तेजी से विश्व प्रसिद्ध वास्तुकार 'चार्ल्स कोरिया' के बनाए हुए संग्रहालय में घुस गई और अपनी बड़ी आँखों को और भी बड़ा कर, गांधी जी के चार सौ लेखों की मूल प्रतियों को देख-देख कर रोमांचित होती रही। रामभतेरी इतनी अधिक पुलकित थी कि उसको अपना आपा सत्वहीन लग रहा था और उसे ऐसी प्रतीती हो रही थी जैसे वह अभी हवा में उड़ जाएगी। वह धीरे-से उठी और अपने आँचल से वहाँ की ज़मीन को 'बुहार' कर स्वयं को धन्य करने लगी।

रामभतेरी की यह विकलता! भला कुंवर को कैसे बर्दाश्त होती? उन्होंने आगे बढ़ कर रामभतेरी को स्वयं से चिपकाया और उसके आनंदाश्रु अपनी शेरवानी से पोंछने लगे। उनकी इस भावाकुल अभिव्यक्ति से रामभतेरी ख़ुशी से गद्‌गद्‌ हो गई और कुछेक क्षणों में सामान्य होकर तटस्थ स्वर में कुंवर गजेन्द्र से बोली : ''कुंवर, धन्यवाद कि आप मुझे यहाँ ले आए। कुंवर, 'गांधी-दर्शन' से तो मैं हमेशा ही प्रभावित रही हूँ, पर आज जब गांधी जी की पाठशाला का मूलमंत्र; 'आत्मनिर्भरता के लिए मानव-श्रम, कृषि, साक्षरता और समता' को और भी गहराई से समझा, तो एक धन्यता बोध यह भी हुआ कि मैंने टाँडे वालों के लिए सही चुनाव किए हैं।'' यह छोटा-सा वाक्य पूरा करने के बीच रामभतेरी ने कई बार साड़ी से अपनी आँखें पोछीं।

कुंवर ने यह सोच कर कि रामभतेरी कहीं फिर से भावुकता के समुद्र में

न डूब जाए, उसे बच्चों की तरह चमकाने को कहा : ''कुँवरी! देखो गांधी जी!'' यह सुनते ही जब रामभतेरी ने चौंक कर उस ओर देखा, तो उसे कुँवर कंधे उचकाए उसकी मार से बच कर भागने का अभिनय करते हुए दिखे और उनके पास में ही दिखी आश्रम के अहाते में गांधी जी की बड़ी मूर्ति। उनके ऐसे निराले प्यार पर! जिसमें माँ का, पिता का, भाई का, दोस्त का, प्रेमी का, प्रशंसक का अर्थात् 'तोहि मोहे नाते अनेक' की तरह ही सारे प्रेम के प्रकार समाए हुए थे, रामभतेरी रीझ गई और प्रतिवर्ती क्रिया के फलस्वरूप वह कुँवर को स्वयं से चिपका कर उन्हें बार-बार धन्यवाद देने लगी। अपनी प्रशंसा के मौसम को बदलने की गरज से समझदार कुँवर गजेन्द्र ने रामभतेरी के सिर को हल्का-सा थपथपाया और कहा : ''मा बदालत आपका हुक्म हो तो तेजगढ़ चलें?''

''हुक्म है'' कहकर छटपटिया रामभतेरी गाड़ी में जाकर बैठ गई और ज़ोरों से हॉर्न बजाने लगी, इतना ही नहीं गाड़ी की छत खुली होने के कारण वह खड़ी होकर सारी गाड़ियों को आगे बढ़ने का इशारा करने लगी।

बेचारे कुँवर दौड़ते-से अपनी चलती गाड़ी की आगे की सीट पर गिरते-पड़ते-से आकर धँस गए। इसके पहले कि वे रामभतेरी को कुछ कहते! वह बन्दी तो मुँह पर हाथ रख कर ज़ोरों से हँसती हुई नज़र आई। कुँवर गजेन्द्र को हल्का सा क्रोध तो आया, पर क्रोध की जलन पर यदि अतिशय प्रेम की शीतल वायु बह कर ठंडा लेप लगाती रहे, तो क्रोध का प्रवेश तो वाह्य त्वचा तक ही नहीं होगा, फिर वो बेचारा दिमाग़ और दिल तक कैसे पहुँचेगा? पर आदमी तो आख़िर आदमी है, इसलिए वे शरीर को तान कर एकदम चुप्पा-से सीध में देखते हुए अपनी सीट पर बैठे रहे और सिवा उनके साफे की कलगी के पंख के! उनकी पूरी काया बेहरकत और मूर्त्ति की तरह स्थिर हो गई।

वहाँ थोड़ी देर तक सन्नाटा-सा छाया रहा और चूँकि आज रामभतेरी पूरी ढिठाई पर उतरी हुई थी, इसलिए उसका मौन रहना तो लाज़िमी ही

था। इधर कुँवर भी अपनी राजपूती आन में होंठों को कस कर बंद किए बैठे रहे। अंत में गाड़ी के चालक पुराने ठाकरा जी से नहीं रहा गया! उन्होंने गला ख़ँख़ारा और अदब से कुँवर साहब से पूछा : "खम्मा घणी, राजा सा! अब आगै रो मोड़ बाँयों कि दाहिणों?"

कुँवर गेजन्द्र ने सधे स्वर में कहा : "कमांडर साहिबा! को पूछ लीजिए ठाकरा जी।"

कुँवर का मिज़ाज़ समझ में आते ही प्रत्युत्पन्नमति सम्पन्न रामभतेरी! आधी से अधिक सामने की सीट पर झुक गई और चेहरे पर क्षमा-याचना का भाव लिए उसने पहले अपने कानों को छुआ और फिर अपने दोनों हाथ जोड़े उसी मुद्रा में झुकी रही, लेकिन कुँवर फिर भी इसका कोई असर नहीं हुआ। अंत में रामभतेरी की इस विचित्र भंगिमा से कुँवर को ऐसा लगा जैसे वो अब-तब में ही उनकी गोद में आ गिरेगी, और बेकार में ही इन राजसी ताबेदारों के सामने एक अभूतपूर्व दृश्य सृष्ट हो जाएगा! इससे बचने के लिए उन्होंने तत्क्षण कहा : "ठाकरा जी! बाएँ ले लीजिए", और वापस गर्दन तान कर सामने देखने लगे।

अब मिन्नत नहीं, धमकी देनी होगी वरना इस मिज़ाज़ से तो इस यात्रा का मज़ा ही किरकिरा हो जाएगा सोच कर रामभतेरी ने अपने तरकश में से एक 'उपद्रवी' बाण निकाला और उसे खींच कर कुँवर पर मारते हुए कहा : "कुँवर! आप पीछे की सीट पर आ रहे हैं या मैं गाड़ी का दरवाज़ा खोल कर बाहर कूदूँ?"

कुँवर ने कनखियों से देखा कि इस नोंक-झोंक से ठाकरा जी अपनी मूछों के नीचे धीमे-धीमे मुस्कुरा रहे हैं, इसलिए उन्होंने इस दृश्य को 'तमाशा' बनने से रोकने के लिए कुँवर ने गाड़ी रुकवाई और गम्भीर मुद्रा में पीछे की सीट पर रामभतेरी की बगल में बैठते हुए बोले : "हुकुम कँवरी सा!" पर रामभतेरी कौन सी कमतर थी, उसने तुरन्त उत्तर दिया : "फ़िलवक़्त तो मलिका-ए-आज़म के हुक्म की तामील हो चुकी है, अब आगे देखेंगे।"

पिछली बार की तरह ही इस बार भी ख़ातिरदारी आसमान छू रही थी। कुँवर और रामभतेरी के बीच चलती तकरार और रूठ-मनौव्वल ने रास्ते को इतनी क्षिप्र गति दे दी थी कि तेजगढ़ कब आ गया! और कब वे लोग 'भाषा शोध केन्द्र' के प्रांगण के बाहर आ खड़े हुए! इसका किसी को भान तक नहीं हुआ।

रामभतेरी अचकचा कर 'कोराज पहाड़ी' को 'पिछवई' की तरह इस्तेमाल करती हुई पुरातत्व एवं स्थानीय कबीलों की वास्तुकला के सम्मिश्रण से बनी उस दस एकड़िया 'आदिवासी अकादमी' को अनिमेष आँखों से देखती रही, जो अपने भीतर अनेकानेक अजूबे समेटे हुए थी।

"कुँवर! क्या एक शख़्स गणेश एन. देबी का स्वप्न इस प्रकार फ़लीभूत हो सकता है? क्या स्वयं को पूरी तरह उलीच कर भी कोई इतना बड़ा काम कर सकता है? यहाँ के शोध खंड, शिक्षा खंड, कला एवं संस्कृति खंड, स्वास्थ्य खंड, दर्शक दीर्घाएँ, कार्यक्रमों की तालिकाओं आदि को सरसरी तौर पर देखने में ही ख़ासा समय लग जाता है और यदि उनमें गहराई से डूबा जाए तो शायद एक जीवन-काल भी कम पड़े। ऐसी उदात्त उद्भावना को मूर्तिमंत रूप दे देना! कितना कठिन और श्रमसाध्य कार्य रहा होगा, क्या हम इसकी कल्पना भी कर सकते हैं?

अचानक रामभतेरी की दृष्टि एक सद्य निर्मित आकर्षक स्मारक की ओर गई, जो वाचा-संग्रहालय एवं पुस्तकालय के बीच वाले चौक में पकाई हुई ईंटों को ऊपर-नीचे रख कर बना हुआ था। आश्चर्यजनक ढंग से ये ईंटें इस प्रकार रखी हुई थीं, जैसे कई कबीलों के लोग अपने देवताओं के मानवाकार 'चित्तण' दीवारों पर 'माँड' कर पूजा करते हैं।

"कुँवर! जानते हैं आज जब चारों ओर संगमरमर का बोलबाला है, ऐसे में यह ईंटों से बना स्मारक हमें क्यों लुभा रहा है? क्योंकि ये मिट्टी से बनीं ईंटें कहीं बाहर से नहीं आईं हैं, बल्कि उन्हीं आदिवासियों की ज़मीन की मिट्टी से बनीं हैं जिनके लिए श्रीमती महाश्वेता देवी जी ने

मृत्युपर्यन्त संघर्ष किया था और श्री गणेश एन. देवी आज भी जिन्हें स्थापित करने में जुटे हुए हैं।

''कुँवर! जब दो महान व्यक्तित्व एक ही उद्देश्य के लिए समर्पित हों, तो स्वाभाविक है कि उन दोनों में गहरी मित्रता हो जाए और यही महाश्वेता देवी एवं गणेश एन. देवी के बीच भी घटा। कुँवर, बारह वर्षों की दीर्घ मैत्री में इन दो समानधर्मा व्यक्तियों ने जब आदिवासियों के कल्याण का बीड़ा उठाया होगा तो क्या! उनकी शक्ति बहुगुणित नहीं हो गई होगी?'' रामभतेरी ने उसी भाव की रौ में कहा।

''कँवरी सा! मैंने आपको अमरता की परिभाषा करते सुना है, उसमें आज एक नया अध्याय जोड़ दीजिए, 'मित्रों के विचारामृत का संवाहक' होना। महाश्वेता जी की अस्थियाँ एवं राख यहाँ लाकर गणेश देवी ने यह सिद्ध कर दिया कि शायद आपकी अपनी सन्तानें विमुख हो जाएँ, लेकिन सहधर्मा और सहमना मित्र! आपके द्वारा स्थापित मूल्यों के संरक्षक होते ही हैं। कँवरी सा! आइए एक साथ इनको प्रणाम करें एवं इनसे अपनी मित्रता का वरदान माँगें।''

कुँवर के इतना कहते ही रामभतेरी ने अपना दायाँ हाथ बढ़ाया, जिसे कुँवर ने अपने हाथ में थाम लिया और दोनों ने उस स्मारक के सामने साष्टांग प्रणाम किया।

रामभतेरी पूरे केन्द्र की गतिविधियों में इतनी तल्लीनता से डूबी हुई थी कि उसे समय का कोई अंदाज़ ही नहीं रहा। जब उसने आँखें उठा कर आकाश की ओर देखा, तो उसमें रात की श्यामल घटा छाई देख कर कुँवर से कहा : ''कुँवर! आप तो मेरे साथ-साथ चल रहे थे, आपने मुझे टोका क्यों नहीं?''

कुँवर ने बाअदब-बामुलाहिज़ा की तर्ज़ पर कमर झुका कर कोर्निश बजाते हुए कहा : ''इस नाचीज़ की क्या ज़ुर्रत जो वह 'हर मेजेस्टी' के ज्ञानवर्द्धन में खलल डालता?''

रामभतेरी ने कुँवर की मीठी चुटकी को दरकिनार करते हुए उनसे पूछा : "कुँवर! क्या हमलोग अभी चलें, तो समय से मौरवी पहुँच जाएँगे?"

"हे देवी! रात के समय इन रास्तों पर गाड़ी से जाना ठीक नहीं है, इसलिए मैंने आपके रंग-ढंग देख कर रास्ते में पड़ने वाले एक 'सैरगाह' में सब लोगों के ठहरने का इन्तज़ाम कर लिया है। वहाँ ठहरने से, सबसे बड़ा आराम यह रहेगा कि हमलोग कल सुबह ही मौरवी के लिए निकल सकेंगे।"

रामभतेरी ऊपर से नीचे तक कुँवर की नफ़ासत और उनके प्रेम से सराबोर थी। उसका रोम-रोम आह्लादित था, और उसे लग रहा था जैसे असमय ही वसन्त ऋतु का आगमन हो गया है। अपने स्वभाव के विपरीत वह मद्धम चाल से आगे बढ़ी और प्यार से चारों ओर देखते हुए आहिस्ता से गाड़ी में बैठ गई।

विभिन्न प्रकार के पक्षियों के सम्मिलित मुखर कलरव ने प्रभास वेला में ही रामभतेरी की नींद तोड़ दी और जब उसने बड़ी खिड़की से झाँका, तो उसे लगा कि 'नीलाम्बर परिधान हरित तट पर सुंदर है' कविता ज़रूर यहीं लिखी गई होगी। एकदम निश्छल और पवित्र आकाश! हरी मखमली नर्म दूब पर मोगरे और टगर फूलों के छिड़काव से शोभित धरती! पास ही बहती नदी की पावन कलकल ध्वनि! उसका तन-मन मोहे ले रही थी कि तभी उसे 'घास-मैदान' के पास की पक्की पट्टी पर 'बने-ठने' कुँवर गजेन्द्र सिंह अपनी गाड़ी के पास खड़े नज़र आए, जो हाथ हिला कर तुरन्त चलने का इशारा कर रहे थे। कुँवर को पूरी तरह तैयार देख कर रामभतेरी को यह सोच कर स्वयं पर क्रोध आने लगा कि इस नींद की वजह से रईसज़ादे कुँवर ने उसे हरा दिया, पर उस बेचारी को क्या पता था कि उसकी उपस्थिति मात्र से ही कुँवर की आँखें! 'रतजगा' करने लगती हैं।

कुँवर के इसी गहरे प्रेम की चर्चा करते हुए गुलाबदेवी ने अपने कक्ष में नरपत सिंह जी से कहा : "ठाकुर साहब! मुझे कई बार कुँवर पर दया आती है। चातक की प्रेम-पुकार से स्वाति-नक्षत्र तक उसे एक बार तृप्त कर देता है, पर लगता है कुँवर के भाग्य में तो उतना सा सुख भी नहीं है।" इतना कह कर गुलाबदेवी उदास हो गईं। गुलाबदेवी का यह हाल देख कर ठाकुर साहब ने उन्हें एक बच्चे की तरह अपने से चिपका लिया और उनके सिर पर हाथ फेर कर कहने लगे : "गुलाब! आज आपको हो क्या गया

है? एक नश्वर प्राणी में इतनी आसक्ति? आप तो जीवन-मरण तक को प्रकृति का नियम मान कर सहर्ष स्वीकार करती हैं! फिर आज रामभतेरी और कुँवर के लिए ऐसी विकल उद्विग्नता क्यों? गुलाब! आप ही तो कहा करती हैं कि 'जीवन एक नदी है' तो फिर 'रामभतेरी रूपी नदी' किसी समुद्र में जा मिलेगी या अपना स्वतंत्र अस्तित्व बनाए रख कर आजन्म जन-कल्याण के लिए वन-प्रांतर को हरा-भरा करते हुए कहीं बिला जाएगी इससे क्या फ़र्क़ पड़ता है? यह उसका अपना चुनाव होगा और शायद इसी में उसे धन्यता-बोध भी होगा। गुलाब! आपने तो हमेशा यही माना है कि रामभतेरी एक अलौकिक जीवात्मा है, तो फिर उसकी क्या तो चिंता? और कैसा भय?''

ठाकुर साहब गुलाबदेवी के सिर को सहलाते हुए उन्हें अभी तक चिपकाए हुए ही थे कि सदा की 'हड़बड़ी-माई' रामभतेरी तेज़ी से उस कक्ष में घुसी और उन दोनों को छेड़ने के लिए, मुँह पर हथेली का गोला रख कर 'खों-खों' कर ख़ँख़ारने लगी। आँखें बंद होने के कारण रामभतेरी को अलग खड़े ठाकुर साहब और गुलाबदेवी तो दिखे नहीं! इसलिए वह तब तक ख़ँख़ारती रही, जब तक दोनों ने रामभतेरी के हल्की-सी चपत लगा कर उसे आलिंगनबद्ध नहीं कर लिया।

रामभतेरी आँखें खोल कर मुस्कुराई और जल्दी-जल्दी बोलने लगी : ''माँ, बाबो सा, ज़रा बाहर झाँकिए और देखिए, आकाश में कितना बड़ा इन्द्रधनुष खिला हुआ है, और वह नीला निरभ्र आकाश! कैसे तोतापंखी हरी धरती पर झुका जा रहा है।'' ''अरे वाह बेटा! तो आजकल आप कविता भी करने लगीं'' कहते हुए जब ठाकुर साहब और गुलाबदेवी ने बाहर झाँका, तो प्रकृति के सौन्दर्य के साथ ही उन्हें प्रतीक्षारत कुँवर गजेन्द्र भी दिख गए और इसके पहले कि वे दोनों मुड़ कर रामभतेरी को कुछ कहते, वह देवी! तो वहाँ से 'उड़न-छू' हो चुकी थी। ''गुलाब! तुम्हारी बेटी का तो अंदाज़ ही निराला है, ज़रा देखो तो उसने कितनी चतुराई से बिना कुँवर का नाम लिए ही हमें पूरी सूचना दे दी।''

गुलाबदेवी और ठाकुर नरपत सिंह जी ने नीचे जाते ही देखा, गाड़ियों में सवारियाँ बैठ चुकी हैं और उन लोगों के गाड़ी में बैठते ही वे सब गाड़ियाँ एक साथ रवाना हो गईं। गोया उन वाहन चालकों को सब कुछ पहले से ही बता दिया गया हो।

रामभतेरी रास्ते भर कुँवर गजेन्द्र को उनके ही ख़ानदान का और मौरवी का इतिहास सुनाती रही। अप्रतिम स्मरण शक्ति की मालकिन रामभतेरी जब अपनी रसभरी शैली से कुँवर को उन्हीं की कथा सुना रही थी, तो बावजूद इसके कि जानी हुई बातों को सुनना, निहायत ही ऊबाऊ काम है, कुँवर अपने कान और आँख दोनों रामभतेरी पर स्थिर कर पूरे मनोयोग से उसके मुँह से निकले शब्दों को पी रहे थे। मंज़िल के नज़दीक पहुँच कर ही उन्होंने अपने कर्ण और नेत्र-रस का मोह छोड़ा और बोले : ''कँवरी सा! अब आप अपने शब्दों में दी हुई विवरणी की सच्चाई को मिला लीजिए, क्योंकि आप मौरवी नगर में प्रवेश कर चुकी हैं।''

रामभतेरी ने गाड़ी में बैठे-बैठे ही कहा : ''कुँवर! 'गूगल' ठीक ही कह रहा था कि 'मच्छू' नदी के तट पर बसा मौरवी प्रायद्वीप! सही मायने में राजे-रजवाड़ों का नगर है और पूरे नगर की रूपरेखा और परियोजना इतने सुंदर ढंग से की गई है कि यदि यह पूर्व का 'पेरिस' माना जाता था, तो इसमें कोई अतिशयोक्ति नहीं थी। कुँवर! ब्रिटिश राज में आपकी 'जडेजा राजपूती रियासत' को ग्यारह बंदूकों की सलामी दी जाती थी, इसका अर्थ यह हुआ कि आपके यहाँ आरंभ से ही अकूत धनराशि थी। कहा जाता है कि आपके पितामह ने अपनी सूझ-बूझ और परिश्रम से मौरवी राज्य की समृद्धि में बहुत अधिक बढ़ोतरी की है। उन्होंने सत्तर मील लम्बी रेल लाइन बिछा कर उसे 'नवलाखी' और 'वाधवान' दो बंदरगाहों से जोड़ा, ताकि यहाँ से कपड़ा, नमक और अन्य चीज़ें बाहर भेजी जा सकें। कुँवर! अब समय आ गया है कि आप! उनके द्वारा संचयित एवं संवर्द्धित, ऋद्धि-सिद्धि सहित लक्ष्मी का सही अर्थों में सदुपयोग करें।

अब तक उनके इस अर्द्ध-वार्तालाप के साझीदार ठाकुर साहब भी हो गए थे। रामभतेरी की बात समाप्त होते ही उन्होंने हाथ से कुँवर को रोक कर रामभतेरी से कहाः "बेटा! सच बताइए! आपने कुँवर के ख़ज़ाने और यहाँ घटित हो सकने वाले उपक्रमों की एक लम्बी तालिका अपने दिमाग़ में बना रखी है ना?"

रामभतेरी ने अपनी शंख-सी बड़ी-बड़ी आँखों को पूरा खोल कर ठाकुर साहब को देखा, और फिर आँखें झुका कर अपनी गर्दन हामी में हिला दी। रामभतेरी की गर्दन का 'हाँ' में हिलना था कि कुँवर गजेन्द्र सिंह उतावले-से बोल पड़े : "बताइए ना कँवरी सा! क्या करना है? वादा इस राजपूत का कि आपके मुँह से जो निकलेगा, उसे मैं जी-जान से पूरा करूँगा।"

लेकिन क्षिप्रा-रामभतेरी ने अपने स्वभाव के विपरीत गंभीरता से कहा : "कुँवर! सबसे पहले हमें रानी माँ के दर्शन करके उनके पैर छूने हैं! और उसके बाद हम अपने गुरुजनों के साथ बैठ कर पूरी योजना पर विस्तार से चर्चा करेंगे। कुँवर! चूँकि मौरवी एक पूर्ण विकसित नगर है, इसलिए हमें यहाँ 'सिवाणा' और 'जैसलमेर' की तरह के विकास के कार्य नहीं करने हैं, बल्कि यहाँ के आसपास के गाँवों के ग़रीबों के कल्याणार्थ भिन्न प्रकार के संस्थान बनाने हैं।"

जहाँ गुलाबदेवी रामभतेरी के इस प्रस्ताव पर रीझी जा रही थीं, वहीं दाखी ने मुँह फुला कर कहाः "ऐ रामभतेरी! तू 'कब्भी तो बट मै बोलै है, तो कब्भी पीपल मै', पहलै तू जमीन और पाणी की दिवानी थी, अब कुछ और ही कह रही है? आखिर तू चाहती क्या है?"

रामभतेरी के प्रति प्रेम के अतिरेक श्रद्धा से भरे हुए गुलाबदेवी के हृदय को दाखी का यह छोटा-सा आरोप भी सहन नहीं हुआ और उन्होंने तत्क्षण कड़े स्वर में कहा : "दाखी! तुम रामभतेरी की माँ सही, पर उस पर मेरा भी कुछ अधिकार है और उसी अधिकार से मैं कह रही हूँ कि रामभतेरी ने जो सोचा है वह एकदम सही है। यदि आदमी समय, स्थान और

स्थिति के अनुसार निर्णय नहीं लेगा, तो इस काल-चक्र से बाहर फेंक दिया जाएगा। दाखी! रामभतेरी का यह निर्णय उसी तरह सही है, जैसी श्रीकृष्ण की कुरुक्षेत्र के युद्ध में शस्त्र नहीं ग्रहण करने की प्रतिज्ञा! और स्थिति एवं समय बदलने पर उस प्रतिज्ञा को तोड़ने का साहस। दाखी, मैंने तुम्हें पहले भी समझाया है कि इस बच्ची की आँखें 'ससीम' को नहीं, 'असीम' को देखती हैं, इसलिए बेहतर यही है कि हम इसका समय बर्बाद किए बिना इसके बताए हुए कार्यक्रमों में तन-मन से जुट जाएँ, समझीं देवी!''

दूसरे दिन सुबह-सुबह ही रामभतेरी नहा-धोकर वहाँ आ गई। मुँह पर आए केशों से टपकते जल-कणों से रामभतेरी का चेहरा ओस-पड़े फूल-सा निर्मल और पवित्र लग रहा था। काली घनी केशराशि का हथलपेटा ढीला जूड़ा उसकी गर्दन और पीठ को ढके था। लापरवाही से अधभीजी मलमल की सफ़ेद साड़ी में स्वयं को लपेटे रामभतेरी! 'हेमेन मजुमदार' के प्रसिद्ध चित्र 'सद्यः स्नाता युवती' जैसी लग रही थी, और इसके साथ ही वह वाल्मीकि रामायण की स्नान करती सीता की तरह ही शुभ्रता और पवित्रता का प्रतीक भी लग रही थी। सौंदर्य की एक ख़ास ख़ासियत यह भी है कि यदि उसका वाहक अपनी ख़ूबसूरती से अनजान हो, तो उसका सौंदर्य बहुगुणित हो जाता है और इस दृष्टि से लावण्यमयी रामभतेरी प्रथम श्रेणी में आती थी। रामभतेरी ने आते ही कुँवर गजेन्द्र सिंह से कहा : ''कुँवर साहब! चलिए सबसे पहले 'रानी माँ' से मिल लेते हैं।''

मेहमानख़ाने से अन्तर्महल तक पहुँचने में उन लोगों को ख़ासे बड़े-बड़े दालान पार करने पड़े, जिनकी सजावट एक-दूसरे से एकदम भिन्न थी। रामभतेरी की आँखें 'फ़्लैश कैमरे' की तरह उनके चित्र उतार कर उसे अपने मस्तिष्क के स्मृति-कक्ष को भेज रही थी, जहाँ वे निरंतर दर्ज हो रही थीं।

इस प्रौढ़ावस्था में भी 'रानी माँ! के रूप का क्या कहना!' रियासतों की परम्परा के अनुसार इनकी राजकुमारियाँ! दूसरी रियासतों में ही ब्याही जाती हैं, और इस प्रकार उनमें अनायास ही दूसरी जलवायु से प्रभावित

रक्त का मिश्रण हो जाता है। 'टस्कनी सौंदर्य' इसलिए जगत-ख्यात है, क्योंकि उन लोगों में 'इतालवी एवं अरबी' दोनों प्रकार के रक्त मिले हुए हैं। कुँवर गजेन्द्र से पता चला कि उनका असली ननिहाल नेपाल का राज परिवार है, जहाँ के लोगों को उनके तीख़े नाक़-नक़्श, अपनी आर्य-परम्परा से मिले हैं। ठाकुर नरपत सिंह जी से तो उनकी दूर-दराज़ की रिश्तेदारी है, पर आपसी संबंध मीठे होने के कारण वे लोग एक-दूसरे के काफ़ी निकट हैं।

रामभतेरी से 'रानी माँ' इतने अधिक प्रेम से मिलीं, मानों वे दोनों कई दिनों से बिछड़ी हुई माँ-बेटी हों।

गुलाबदेवी ने तत्काल ठाकुर साहब की ओर देखा, और 'दूरसंवेदन' (टेलीपैथी) से पूरी बात समझ में आते ही वे तुरंत रानी माँ के पास गए और उन्हें प्रणाम करने के बाद बोले : "घणी खम्मा जीज़ा (बड़ी बहन)!" "अरे, नरपत भाई सा आप! और भौजाई सा यहाँ?" सुनते ही गुलाबदेवी ने आगे बढ़ कर उनके पैर छूए। उन दोनों की अंकवारी कर रानी माँ ने उन्हें भी वहीं अपने पास बैठा लिया, जहाँ रामभतेरी बैठी हुई थी और पूछने लगीं: "भौजाई सा! यह कन्या कौन से 'ठिकाने' से है?"

इसका उत्तर ठाकुर साहब ने यों दिया : "जीज़ा! लाखों में एक जीवात्मा! स्वयं में ही अपना 'ठिकाना' और परिचय होती है और वैसी ही एक विशिष्ट आत्मा रामभतेरी भी है, जो इस धरती पर केवल दूसरों का कल्याण करने आई है।"

रानी माँ तो यों ही मंत्रबिद्ध-सी रामभतेरी की ओर खिंची जा रही थीं, ऊपर से यह सुन कर तो उनकी ख़ुशी का ठिकाना ही नहीं रहा। उन्होंने तुरन्त कुँवर गजेन्द्र की ओर देख कर कहा: "कुँवर! मेरी हार्दिक इच्छा है कि इन कँवरी सा की सारी कामनाएँ पूरी हों और उन्हें पूरा करने की ज़िम्मेदारी आपकी है।"

रामभतेरी ने उठते वक़्त रानी माँ को प्रणाम करते हुए कहा : "रानी

माँ! आपने भी गांधी जी के सत्याग्रह में भाग लिया था, यह जान कर मेरे मन में कई दिनों से आपके दर्शनों की अभिलाषा थी, इसलिए आज आपसे मिल कर मुझे विशेष धन्यता-बोध हो रहा है।'' रामभतेरी ने अपना वाक्य पूरा भी नहीं किया था कि रानी माँ ने उसे पुनः अपने आलिंगन में लेकर उसे आशीर्वाद दियाः ''यशस्वी भव।''

रामभतेरी रानी माँ के कक्ष से निकलते ही एक बड़े कमरे में पड़ी गोल मेज़ की कुर्सी पर जाकर बैठ गई और आनन-फ़ानन में ही दूसरी कुर्सियों पर शिक्षकगण एवं अन्य सब लोग गहन चर्चा के लिए बैठ गए। रामभतेरी ने बिना किसी भूमिका के कुँवर गजेन्द्र सिंह को संबोधित कर कहा : ''कुँवर साहब! इस 'मौरवी परियोजना' की शत-प्रतिशत ज़िम्मेदारी आपकी होगी और मुझे पक्का विश्वास है कि आप इसे पूर्ण समर्पण से पारित करेंगे। आपने विलायत से इंजीनियरिंग और एम.बी.ए. दोनों पास किए हैं, इसलिए आपके लिए तो यहाँ के छोटे-छोटे संस्थान चलाना बाएँ हाथ का खेल है। कुँवर! आपके कई महल एवं बड़े-बड़े मकानात खाली पड़े हैं, जिनमें आप गरीबों के विकास हेतु संस्थान बना सकते हैं।

''कुँवर! हम बनजारों के संसाधन बहुत सीमित हैं, इसलिए हम तो कल्पना भी नहीं कर सकते कि वृद्धाश्रम और अनाथाश्रम बनाएँ, पर अब नगरों और गाँवों में इनकी ज़रूरत महसूस हो रही है। ग़रीबी के कारण यहाँ के अनाथ बच्चे रामभरोसे रहते हैं और अधिकतर तो बड़े शहरों में जाकर भीख माँगने लगते हैं। वृद्धों को गाँवों में श्रद्धा तो बहुत मिलती है, पर जब घर के जवान पुरुष और स्त्री सुबह-सकारे ही काम पर चले जाएँ और साँझ गए लौटें तो उनकी देखभाल कैसे हो? कुँवर! वैसे हम सब समझते हैं कि घूम-फिर कर ये सारी समस्याएँ ग़रीबी के कारण हैं, पर यदि हम ग़रीबी की इस बड़ी झील में अपने प्रयासों का एक छोटा सा कंकड़ भी फेकेंगे, तो लहर तो उठेगी ही; फिर चाहे वह छोटी ही हो, पर कुछ-न-कुछ फ़र्क तो ज़रूर पड़ेगा।

‘‘कुँवर! आपको एक निःशुल्क स्कूल, कॉलेज और एक अस्पताल भी बनवाना चाहिए। स्कूल में आरम्भ से ही ‘हस्त कौशल’ पढ़ाया और सिखाया जाना चाहिए और कॉलेज में भी अन्य विषयों के साथ ‘इंजीनियरिंग’ विषय अवश्य ही पढ़ाया जाना चाहिए। विद्यार्थियों को यह छूट हो कि वे एक वर्ष में अपनी रुचि का विषय जान लें, और उसी में डिप्लोमा आदि करके काम में लग जाएँ। अपने देश में यों भी डिग्रीधारी बेकारों की कमी नहीं है, इसलिए हम उसमें और इज़ाफ़ा नहीं करेंगे और गांधी जी की शिक्षा-पद्धति के अनुसार शारीरिक श्रम और कौशल पर बल देंगे। कुँवर! मौरवी में गुजरात का सबसे पुराना इंजीनियरिंग संस्थान ‘लखधरजी इंजीनियरिंग कॉलेज’ 1951 में आपके ही किसी रिश्तेदार के द्वारा बनवाया गया था। अब तो यह कॉलेज बहुत ही विशाल आकार का हो गया है, और इसमें अनेक प्रकार के स्नातक और स्नातकोत्तर पाठ्यक्रम हैं। मेरा विश्वास है कि आपके स्कूल और कॉलेज के छात्रों को यह ‘विश्वविद्यालयी कॉलेज’ अवश्य ही प्रवेश दे देगा।

‘‘कुँवर, मौरवी शहर! और इसके गाँवों में बहुत बड़ा अंतर है। मौरवी में अनेकानेक कारख़ाने हैं, जिनके प्रमुख उत्पाद हैं : चीनी मिट्टी की टालियाँ, स्नानागार और शौचालय में प्रयुक्त होने वाले क़ीमती सामानात, आधुनिक विद्युत उपकरण आदि। यहाँ कपास को अभिसंस्कारित करने के क़ारख़ाने भी हैं और बड़े पैमाने पर देश-विदेश के लिए विभिन्न प्रकार की घड़ियों का निर्माण करने वाले कारख़ाने भी यहाँ कई हैं। यहाँ के चीनी मिट्‌टी के क़ारख़ानों के उत्पादों की वार्षिक क़ीमत लगभग 40 अरब रुपये हैं। कुँवर! इन सब क़ारख़ानों के अधिकांश मज़दूर पास के गाँवों से आते हैं, और बड़ी तादाद में घड़ी फ़ैक्टरियों की मज़दूरनें भी पास-पड़ोस के गाँवों से ही आती हैं। उन्हें देख कर ही आप उनके कमज़ोर हालात से वाकिफ़ हो जाएँगे, जबकि यहाँ आते वक़्त वे अपने सबसे बेहतरीन कपड़े पहन कर आते हैं।

''कुँवर! मौरवी शहर में अत्यधिक समृद्धि है और यहाँ के गाँवों में अति निर्धनता का राज है। शहरों में आदमी कम हैं और रोज़गार ज़्यादा हैं, पर गाँवों में आदमी ही आदमी हैं, और काम नहीं के बराबर है। कुँवर! जो महिलाएँ और पुरुष इन कारख़ानों में मज़दूरी के लिए पास के गाँवों से आते हैं, आपको उनके लिए प्रत्येक शनिवार और रविवार को 'कम से कम प्रति गाँव एक शिक्षक' के हिसाब से अपने स्कूल या कॉलेज से शिक्षकों को गाँवों में भेजना चाहिए, ताकि वे लोग भी पढ़ सकें, जो कारख़ानों में मज़दूरी करने यहाँ आ जाते हैं। यदि शिक्षकगण चाहें तो शनिवार की रात उसी गाँव में रुक कर रविवार रात को भी शहर लौट सकते हैं और इस अतिरिक्त कार्य के लिए आपको शिक्षकों को विशेष भत्ता देना चाहिए।

''कुँवर! ये तो हुईं व्यय की योजनाएँ, अब ज़रा अर्थ-लाभ की बात भी करें। कुँवर! आपका एक महल, जो 'आर्ट डेको पैलेस' के नाम से प्रसिद्ध है उसे आप तुरन्त 'हनीमून होटल' के नाम से अमीरों के लिए खोल दीजिए। उसके सामुद्रिक सीपियों से बने स्नानागार और रति-क्रिया के 'भित्तिचित्रों' के अलावा उसमें छह बड़े-बड़े राजसी भोजन-कक्ष एवं बैठक-कक्षों के साथ ही, चौदह शयन-कक्षों की रूपरेखा और सज्जा ऐसी है मानों उन्हें उस समय के राजा-महाराजाओं के 'विलायत-फिरत' बिगड़े दिल शाहज़ादों के लिए बनाया गया था। आप चाहें तो आज ही इसे विशिष्ट होटलों की सूची में तस्वीरों सहित चमक-दमक वाली भाषा में 'ऑनलाइन' विज्ञापित कर सकते हैं।

''कुँवर! हम लोगों ने देखा है कि राजस्थान के कई महलों का एक हिस्सा मालिकों ने स्वयं के लिए सुरक्षित रख कर बाक़ी के हिस्से को होटल में तब्दील कर दिया है। यदि आपको बाद में कभी अर्थाभाव हो, तो आप भी अपने महल के लिए ऐसा ही कुछ सोच सकते हैं। अरे कुँवर साहब! मैं तो भूल ही गई कि आपके पिता जी ने यहाँ के कपास से

उत्कृष्ट गुणों वाला सूत बनाने की दो मिलें बैठाईं थीं, जिनके सूत की 'लन्दन' के 'मैनचेस्टर' में विशेष माँग थी। जब एक बार वे बहुत अस्वस्थ हुए, तो आपको पढ़ाई के बीच में विदेश से बुलाना उन्हें गवारा नहीं हुआ और उन्होंने ये मिलें बन्द कर दीं। कुँवर! इन मिलों की सारी मशीनें एकदम उम्दा हालत में हैं, क्योंकि ये जर्मनी से मँगवाई गई थीं और 'रानी माँ' ने बाद में वहीं से इंजीनियरों को बुला कर इन्हें बहुत ही एहतियात से 'बाँध-जूड़' कर रखवा लिया था। मेरी समझ से यह परिश्रम और व्यय उन्होंने इसी आशा से किया था कि आप किसी दिन अवश्य ही इन मिलों को खोल कर चलाएँगे। कुँवर! आप ज़रा सोच कर देखिए, इससे न केवल बहुत से लोगों को रोज़गार मिलेगा, बल्कि आपको अर्थ लाभ भी होगा, जिसे आप अन्य निःशुल्क संस्थानों में खर्च कर पाएँगे।

"कुँवर! फिर भी यदि कभी ऐसी स्थिति आ ही जाए कि आपको अर्थाभाव हो जाए, तो कुँवर! आपको तो ज्ञात ही है आपकी 'माँ सा!' नेपाल राजघराने की एकमात्र पुत्री हैं और जब उनका दहेज एवं गहने आए थे, तो मौरवी के महलों में जगह कम पड़ गई थी। उनके ज़ेवरातों में कुछ 'गज मुक्ताएँ' भी हैं और अकेले उनकी क़ीमत ही करोड़ों-करोड़ में होगी।"

कुँवर साहब के परिवार के संबंध में इतनी विस्तृत जानकारी रामभतेरी के मुँह से सुनकर सभी भौंचक्के थे, पर दाखी से रहा नहीं गया और उसने कड़ी आवाज़ में रामभतेरी को टोका : "रामभतेरी! अपनी हद मै रह। तुझे क्या भगवान जी आकर कान में बोल गए हैं कि रानी जी दहेज में क्या-क्या चीज़ें लेकर आईं थीं, जो तू इतने विस्वास से आकाश-पाताल नाप रही है?"

"माँ! आप ठीक कह रही हैं, लेकिन आपको अंदाज़ नहीं है कि आज के 'इंटरनेट' युग में क्या हो सकता है? माँ! स्वतंत्रता के बाद रानी माँ! ने एक सच्चे नागरिक की तरह अपने गहनों को सूचीबद्ध करके न

केवल उन पर 'धन कर' (वेल्थ टैक्स) दिया, बल्कि 'पुरातन वस्तु कर' (एन्टिक वैल्यू) भी दिया था। इतना ही नहीं, जब उनके गहनों के चित्र 'कम्प्यूटर' पर दिखाए गए, तो गहनों की विश्व प्रसिद्ध 'क्रिस्टी', 'सूदबी' आदि के जौहरी! रानी माँ के द्वार पर करोड़ों पाउण्डों के चैक़ लिए आए थे और उनके गहनों को मुँहमाँगे दामों पर ख़रीदने के लिए उनकी मिन्नतें कर रहे थे, लेकिन रानी माँ ने उनमें से एक भी वस्तु नहीं बेची। उनका कहना था कि 'जब मुझे धन की आवश्यकता ही नहीं है, तो मैं इन्हें क्यों बेचूँ'?''

यह सुन कर कुँवर गजेन्द्र ने कहा : ''माँ सा ने ठीक ही कहा था। गांधी बाबा के कारण उन्होंने गहने पहनना तो बहुत पहले ही छोड़ दिया था और अब तो वे केवल आंध्र की रंगीन खादी ही पहनती हैं, शायद इसीलिए उन्होंने अपने ज़ेवरातों की धरोहर को 'विलायती' कम्पनियों को नहीं बेचा होगा?''

रामभतेरी ने आगे कहा : ''कुँवर! यदि आप चाहें तो मौरवी को एक पर्यटन स्थल के रूप में भी विकसित कर सकते हैं। आपके यहाँ का 'हरा चौक', अपने बीचों-बीच 'घंटा घर' संजोए, 'वेनिस' के प्रसिद्ध सेंट मार्क्स स्क्वायर की तरह ही लुभावना है। इतना ही नहीं, जयपुरी पत्थर से बने 'मणि मंदिर' की लयात्मक मूर्तियाँ, नक्काशीदार जालियाँ, छतरियाँ और मेहराबदार तोरण; अच्छे-अच्छे कला-पारखियों तक को मोहित कर लेते हैं। इनके अलावा भी नया महल, दरबारगढ़, झूलता पुल और नगर दरवाज़ा आदि स्थल पर्यटकों के आकर्षण का केन्द्र बन सकते हैं।''

''कँवरी सा! आपने सारे सुझाव तथ्यों के साथ दिए हैं। मेरी समझ से इतनी अधिक पारदर्शिता से सारी परियोजना को सामने रख कर समझा देना, केवल विरले व्यक्ति ही कर सकते हैं। मेरा विश्वास है कि मैं इन्हें अपनी क्षमतानुसार कार्यान्वित कर लूँगा। कँवरी सा! मैं समझ नहीं पा रहा हूँ कि आपको कैसे धन्यवाद दूँ, इसलिए सिर्फ़ इतना कहूँगा कि मैं आपका ऋणी हूँ और आजन्म ऋणी रहूँगा।''

यह कह कर कुँवर ने गुलाबदेवी, ठाकुर साहब, दाखी, मूँगा और शिक्षकगणों को प्रणाम किया और रामभतेरी की ओर उन्मुख होकर बोले : "कँवरी सा! द्वारिका चलें या आप यहाँ ठहर कर विश्राम करना चाहेंगी?"

"कुँवर! श्रम बिना विश्राम कैसा। यदि संभव होता, तो हमलोग तुरन्त ही द्वारिका के लिए रवाना हो जाते?"

"कँवरी सा! यदि आपकी इच्छा अभी प्रयाण करने की है, तो आप आदेश दें, सारा प्रबंध पलक झपकते ही हो जाएगा।"

रामभतेरी ने मुस्कुरा कर उत्तर दिया : "कुँवर! मुझे आपकी क्षमता और काम करने की सामर्थ्य पर बेइन्तिहा विश्वास है, लेकिन मैं चाहती हूँ कि जाने के पहले हम मौरवी का भ्रमण कर लें एवं रानी माँ को भी प्रणाम करके उनसे विदा ले लें। आपने बताया था कि द्वारिका जाने में ख़ास समय नहीं लगेगा और वैसे भी हमें वहाँ कोई परियोजना तो आरम्भ करनी नहीं है, इसलिए हम आराम से प्रातःकाल द्वारिका नगरी के लिए निकल सकते हैं।"

कुँवर गजेन्द्र ने अपने हृदय की मल्लिका के आगे झुक कर कोर्निश करते हुए कहा : "जो आज्ञा कँवरी सा!" उनकी इस मुद्रा पर रामभतेरी झेंपती-सी निहाल हो गई और बाक़ी के लोग हँसने लगे।

ठाकुर नरपतसिंह ने तत्क्षण उठ कर कुँवर की पीठ थपथपाई और उन्हें आशीर्वाद दिया : "कुँवर! इसे ही कहते हैं, सच्चा प्रेम। आयुष्मान भव।"

घिरती साँझ के नीरव सन्नाटे में एक विराट दीए के प्रकाश में द्वारिकाधीश का मुखारविंद आलोकित है; पूरे गर्भगृह को प्रकाशित होने में अभी एक प्रहर बाकी है; भृत्यगण मंदिर की साज-सज्जा में व्यस्त हैं। चूँकि यह समय अंतराल का है, इसलिए अभी प्रभु के अंतरपट ही खुले हैं; ताकि प्रभु के अभिषेक एवं शृंगार के समय उनके अन्तरंग भक्त उनकी सेवा में पूर्ण एकाग्रता और एकनिष्ठता से विभिन्न राग-रागिनियों में निबद्ध शरणागति के पद प्रस्तुत कर सकें।

रास्ते के विभिन्न मंदिरों एवं द्वारिकाधाम के स्मारकों को देखने के बाद जब रामभतेरी और कुंवर ने धीमे कदमों से मन्दिर में प्रवेश किया, तो वे यह देख कर चकित रह गए कि वृंदावन से आए हुए हरिदासी संप्रदाय के कुछ भक्तों के साथ गुलाबदेवी भी तानपूरे पर राग घनाश्री में निबद्ध सूरदास का यह पद गा रही हैं : 'राधा-माधव भेंट भई/राधा-माधव/माधव-राधा/कीट भृंग-गति ह्वै जु गई/माधव राधा के रंग राँचे/राधा माधव-रंग रई/माधव-राधा प्रीति निरंतर/रसना करि सो कहि न गई/बिहँसी कह्यौ, हम-तुम नहिं अंतर/यह कहिकै उन ब्रजहि पठई/सूरदास-प्रभु राधा-माधव/ब्रज-बिहार नित नई-नई'। कहा जा सकता है कि वे केवल गा ही नहीं रही थीं, बल्कि उसके साथ एकाकार भी थीं। सम्पूर्ण वातावरण एक अलौकिक दिव्यता से पूरित था, जिसने धीरे-धीरे संवेदनशीला रामभतेरी को भी अपने दिव्य आलोक में घेर लिया और यथार्थ के धरातल पर पली-बढ़ी, जमीनी तत्वों से रची-बुनी और वेद-

पुराणों को कंठस्थ की हुई रामभतेरी को नख से शिख तक एक स्फुरण-सा हुआ।

अचानक रामभतेरी का बहिस्तरीय ज्ञान उसके हृदय और मस्तिष्क में पहुँच कर उससे तरह-तरह के प्रश्न करने लगा। प्रत्येक प्रश्न का उत्तर पाने की 'आग्रही' रामभतेरी जब अपने अन्तर्मन में गहरे उतर कर उनका जवाब खोजने में डूबीं हैं, तो उसकी आँखों ने धीरे-धीरे बंद होकर उसे लोकातीत अवस्था में पहुँचा दिया...

"प्रश्न बनजारों की घुमक्कड़ी मिट्टी से बना यह तन अपने कौतुकप्रिय स्वभाव और कौतूहल-भरे मन के साथ यहाँ क्यों आया है? मात्र कर्म में ही विश्वास करने वाला मन! और आजन्म 'पूजाहीनम्', 'मंत्रहीनम्', 'क्रियाहीनम्' वाला यह तन! इस द्वारिकाधीश मंदिर की सांध्य-अर्चना में विग्रह मूर्ति के सामने संज्ञा-शून्य-सा बैठा कर क्या रहा है? यह कुँवर के प्रति उसके आकर्षण का नतीजा तो नहीं? जिसकी वजह से 'अनाहत स्वर' और 'अलौकिक स्पंदन' आदि को महसूस करने की उसकी आकांक्षा बढ़ती जा रही है। पहले जब उसकी ऐसी कोई इच्छा होती थी, तो वह उसे अपने स्वच्छंद स्वभाव, और बचपने के 'खाते में खता' कर ख़ारिज कर दिया करती थी, पर आज का कठोर सत्य यह है कि वही रामभतेरी! पूजा की थाली गोद में रखे यहाँ मौजूद है और उत्सुक है मीराँबाई द्वारा अपनाए गए मार्ग पर अपना सर्वस्व अर्पण कर, तन-मन और जीवन का 'सही अर्थ' समझने हेतु।

विशाल कक्ष में... विराट दीपक के आलोक में द्वारिकाधीश का भव्य श्रृंगार हो रहा है... घृत से अंग-अंग स्नेहमय करने के पश्चात दूध, दही, मधु, शक्कर, नारियल-जल आदि से अभिषेक आरम्भ होता है। स्वामियों के स्वामी त्रिभुवनपति का, अकिंचन जीवात्माएँ श्रृंगार कर रही हैं! सम्पूर्ण वातावरण कुछ वायवीय-सा है कि अचानक पूरा कक्ष आलोकित हो उठता है और संगीत सम्राट तानसेन आसन से उठ कर द्वारिकाधीश

'श्री कृष्ण' को कोर्निश बजा कर अपने गुरु स्वामी हरिदास जी की एक बंदिश अर्पित करते हैं : 'सरितागन भिन्न-भिन्न पंथ जैसे/अवत सिंधु पाई रहित मगन/ तानसेन कहत ऐसे भगत/ भिन्न-भिन्न धरमन/ उपासती भिन्न-भिन्न/ एक ही ब्रह्म पावत।...' क्षण मात्र में ही वहाँ 'ब्रह्माविर्भाव' होता है एवं पलक झपकते ही तानसेन आदि सब अदृश्य हो जाते हैं, और सूने कक्ष में जलता वह ज्योतित दीया! अपने सघन प्रकाश से चतुर्दिक आलोक फैला देता है।

अहर्निश जलता यह 'दीया' अनश्वर कैसे हुआ? मिटा क्यों नहीं? क्या यह साक्षात ज्ञान है? या यह 'आत्मा है?' क्या यही चैतन्य है? या 'दीये' की अनश्वरता काल का ही एक चक्र है? और 'वासांसि जीर्णानि यथा विहाय' के अनुसार सभासदों का गायन आदि इस 'दीये' के वस्त्र मात्र ही हैं? क्या यही वह शाश्वत सत्ता है, जो चक्र की धुरी की तरह परिधि का न्यास करती हुई भी उसकी नश्वरता से परे है? स्थिर है? क्या यही परात्पर है? क्या यही कबीर है, जो गुहार लगा रहा है : 'रात सोया कौन? जो उठा, क्या वह वही था? क्या निद्रा मृत्यु नहीं है? और जगना पुन: जन्म?'

क्या यह जन्म! एक पड़ाव मात्र है? मेरा मन अकुला रहा है, ...सिर घूम रहा है... हे भगवान! तुमने इस हँसती-खिलखिलाती काया को किन जंजालों में फँसा दिया है?

''देवी! नैवेद्य एवं पुष्पांजलि अर्पित करें'', यह निर्देश रामभतेरी को वापस वास्तविकता के धरातल पर ले आया और परालोक में विचरण करते उसके हाथ, पैर, आँख, नाक सब क्रियाशील हो उठे। अद्भुत शृंगार से नित्य-विहारी द्वारिकाधीश कृष्ण का रूप दमक रहा है! मीनार सदृश अर्चियों से चार पुजारी चार दिशाओं से उनकी आरती कर रहे हैं। अर्चियों के आलोक से देदीप्यमान द्वारिकाधीश का सौंदर्य इतना रमणीक एवं मुग्धकारी लग रहा है कि बड़े-बड़े कवि भी उस सौंदर्यातीत सौंदर्य का वर्णन करने में स्वयं को असमर्थ पा कर अपनी लेखनी एक ओर रख देते हैं।

आरती के पश्चात सम्पूर्ण लोकों के स्वामी के सामने पर्दा खींच कर भोग लगता है एवं प्रसाद वितरण होते ही पुनः उस 'शहंशाहों के शाह' के सामने से पर्दा हट जाता है। पर्दा हटते ही भक्तों के आनन्दपूरित नेत्रों ने देखा कि द्वारिकाधीश पूर्णतः शृंगारहीन हैं और उनके श्यामल शरीर पर एक झीनी-सी धोती लपेटी हुई है। इतने में ही मंत्रोच्चार के साथ मक्खन से प्रभु के अंगों की मालिश आरम्भ हो जाती है, तत्पश्चात कर्पूर मिश्रित दूध से द्वारिकाधीश को आपादमस्तक स्नान कराया जाता है, ताकि उनका 'रात्रि-शृंगार' किया जा सके, और सबके देखते ही देखते प्रभु का वह अद्‌भुत शृंगार जल में समा जाता है। अरे! यह क्या? दो घंटे तक पूर्ण अलौकिक शृंगार? और अब उसी की पूर्ण समाप्ति? आख़िर इसका अर्थ क्या है? क्या हम अज्ञों को जीवन का क्रम सिखाने की भगवान की यह कोई ख़ास लीला है? क्या यह अलिप्तता के पाठ का मूर्तिमंत रूप है? क्या यह 'पुनः-पुनः यौवन..., पुनः-पुनः जरा..., पुनः-पुनः मृत्यु..., पुनः-पुनः शैशव' का ही जीवंत प्रस्तुतीकरण है?

क्या त्याग और भोग दोनों एक-दूसरे के पूरक हैं? अर्थात शृंगार भी सही है और उसका मिटना भी सही है? हम इस काल के आवृत्त को सत्य या भ्रम चाहे जो मान लें, सत्ता दोनों की ही है। हमारी गति, मुक्ति, भोग और त्याग सब गर्भनाल की तरह इस जीव से जुड़े हैं। शायद कवि ने ठीक ही कहा है : 'कथा है कि कोई अंत नहीं/' अंत ही है इसका प्रारम्भ/ मनुष्य एक सूक्ष्म बुदबुद/ क़ैद इस वृत्त में।''

अंजलि के मंत्र अभी वातावरण में गूँज ही रहे थे : 'बुद्धिं देहि, रूपं देहि, शक्ति देहि, वरं देहि, भक्तिं देहि!'

रामभतेरी के अन्तर्विवेक ने जब उसकी इच्छा जाननी चाही, तो उसके अंतस में जो प्रश्नोत्तरी आरम्भ हुई उसका सार रूप था : प्रश्न : 'क्या कामना है? क्या द्रौपदी, अहिल्या, शकुंतला-सा रूप चाहिए? क्या अमरत्व चाहिए?' उत्तर : 'नहीं-नहीं, मुझे ययाति नहीं बनना है, जर्जर

जीर्ण-शीर्ण विचारों से रचा-बुना यह तन लेकर क्या होगा? पर यदि तुम कर सकते हो तो इस 'मत्त-चतुर' को भी 'दक्ष यज्ञ' की तरह ध्वंस कर दो और यदि 'सती'-सी 'सिद्धि' देनी है, तो अनुग्रह करो कि यह काया गल कर, जल कर, सड़ कर, धरती में समा कर, जब फूटे, तो कंटकाकीर्ण क्षुद्रताओं से मुक्त हो और एक प्रेम-वेलि की तरह इस धरती को सुवासित कर दे, और स्वार्थों के संजाल से घिरी इस धरती को अपने स्वार्थों से और बोझिल न बनाए। हे भगवान! क्या ये विचार और ये शब्द मेरे हैं? या कोई दिव्यात्मा मुझमें समा गई है? ये आकाशी विचार! सुबह से रात तक जोड़-तोड़ बैठाती इस साधारण सी काया के वश के तो नहीं हैं! हे प्रभु! आप मुझ मूर्ख के साथ यह क्या खेल खेल रहे हैं?'

भावातीत अवस्था से लौटने पर रामभतेरी ने देखा कि रात्रि-शृंगार के पश्चात मंदिर एकदम वीरान-सा हो गया था। भक्तों की श्रद्धा से आलोकित द्वारिकाधीश का विग्रह अपनी विद्यमानता से उस सन्नाटे को और भी गहरा रहा था। इस गहन सन्नाटे ने रोमांच की एक लम्बी सिहरन रामभतेरी की रीढ़ की हड्डी पर ऊपर से नीचे तक खींच दी। तभी, रानी माँ का कोमल स्वर में दिया गया यह निर्देश : "कँवरी उठिए! पूरा मन्दिर खाली हो गया है। बस अब आपको एवं कुँवर को अपनी-अपनी अर्चना करवानी है" उस विशाल खाली मन्दिर में जोरों से प्रतिध्वनित होने लगा।

रामभतेरी ने पानी में भीगे पक्षी की तरह अपने शरीर को तोड़-मरोड़ कर, फटकार-झटकार कर समेटा और प्रभु को यह धन्यवाद देती हुई उठी कि 'राग से भरे मन में यह विराग', क्षणिक 'श्मशान वैराग्य' की तरह तो ठीक है, पर यह इस काया का न तो स्थायी भाव है और न ही संचारी! इसलिए तुम मुझे इस संजाल से बचाना।

पुजारी जी ने कुँवर और रामभतेरी के हाथ से अर्चना-पूजा वाली थाली लेकर क्रमश: दोनों के नाम और कुलादि का पाठ करते हुए एक सौ आठ तुलसी पत्तों को एक-एक मंत्र के साथ भगवान के चरणों पर

रखने को कहा; तत्पश्चात वे उनकी लाई हुई पूजा की वस्तुओं से द्वारिकाधीश के विग्रह की विधिवत पूजा करने लगे।

पूजा-अर्चना समाप्त होने पर पुजारी ने दोनों थालियों से पुष्पमालाएँ उठाईं और कुँवर की माला कुँवर को और रामभतेरी की माला रामभतेरी को पहना दी। माला देखते ही रामभतेरी ने कहा : ''पुजारी जी! मेरी माला तो मेरे द्वारा गूँथी हुई चम्पा फूलों की थी और आपने तो मुझे गुलाबों की माला पहना दी'' यह कहते हुए रामभतेरी ने अपनी माला निकाल कर कुँवर को पहना दी और कुँवर के गले से अपनी माला उतार कर अपने गले में पहन ली। उसका माला बदल करना था कि मंदिर के सन्नाटे को तालियों की गड़गड़ाहट ने आंदोलित कर दिया। प्रभु के शयन का समय होने के कारण मंदिर का प्रकाश हल्का था, फिर भी रामभतेरी को अपने सभी गुरुजनों के आह्लादित चेहरे दिखाई पड़ गए। विस्मय से भर कर रामभतेरी ने पूछा : ''आपलोगों ने इतनी ज़ोर से तालियाँ क्यों बजाई?'' गुलाबदेवी ने आगे बढ़ कर रामभतेरी की अंकवारी की और कहा : ''बिटिया रानी! आम लोगों के रिवाज़ के मुताबिक माला का अदल-बदल वर और कन्या के बीच होता है, जो कि परिणय-संस्कार की पहली कड़ी है। चूँकि तुम एक भिन्न दुनिया में पली-बढ़ी हो और बाद का ज्ञान भी तुमने पुस्तकों से ही प्राप्त किया है, अपने अनुभव से नहीं! इसलिए तुम इस रस्म को नहीं जानती, पर शायद प्रभु की इच्छा के कारण ही अनजाने में तुमसे यह शुभ काम हो गया।''

रामभतेरी ने अपनी कमलकली-सी आँखों को पूरे खिले कमल की तरह बड़ा करके पूछा : ''माँ! परिणय-संस्कार अर्थात कुँवर गजेन्द्र मेरे पति और मैं उनकी पत्नी? साथ ही आपने बताया कि यह 'माला बदल' उसकी पहली कड़ी होती है। माँ! यदि यह कड़ी 'जस की तस' रह जाए तो मात्र कड़ी ही रह जाएगी! शृंखला तो बन नहीं पाएगी? माँ! मेरी आपसे प्रार्थना है कि आप इसे कड़ी ही रहने दीजिए, क्योंकि यदि मेरा

लक्ष्य फूलों पर चलना होता, तो मेरे लिए इससे ज़्यादा अच्छा संबंध कोई और हो ही नहीं सकता था! पर माँ, मेरा जीवन तो संघर्ष की उन ऊबड़-खाबड़ सँकरी पगडंडियों को समर्पित है, जिसमें 'स्व' के सुख की कोई जगह ही नहीं है, केवल 'पर' के सुख की ही खोज है। माँ! ऐसे में मैं कोई भी बंधन कैसे स्वीकार कर सकती हूँ?''

''देखो रामभतेरी, मुझे वह दिन याद है, जब तुमने बंधन का हवाला देकर सरपंच के पद को अस्वीकार कर दिया था, पर बेटा! कुंवर तो शत-प्रतिशत तुम्हारे मुरीद हैं, वे तो तुम्हारी कोई भी इच्छा तुम्हारे मुँह से निकलने के पहले ही करने को सन्नद्ध रहते हैं। ऐसा लगता है कि तुम्हारे उद्देश्यों के प्रति उनकी प्रतिबद्धता ही उनके जीवन का संकल्पित निश्चय है। ऐसे में क्या तुम्हें नहीं लगता कि यदि तुम और कुंवर एक हो जाओ, तो तुम दोनों की शक्ति दूनी हो जाएगी?'' गुलाबदेवी ने बहुत प्यार से रामभतेरी को कहा।

इतने में बाईं ओर से 'रानी माँ सा' का विनम्रता भरा आग्रह आया : ''बेटा! हम समझ नहीं पा रहे हैं कि आख़िर आपको यह हिचक हो क्यों रही है? मेरी अनुभवी आँखों ने, आप दोनों की आँखों में एक- दूसरे के प्रति प्रेम देखा है। बेटा! यदि आपको हमारे पारिवारिक संस्कारों और राजसी ठाट-बाट पसंद न हों, तो हम माँ-बेटा एक क्षण में ही वह सब त्याग देंगे।''

''घणी खम्मा माँ सा! मुझे पता है कि आप इन राजसी ठाट-बाट में लिप्त नहीं हैं और राजा जनक की तरह ही इनके बीच कमल-पत्र की तरह ही रहती हैं। आपकी अपनी सम्पत्ति; मिट्टी की एक सुराही, शयन के लिए एक साधारण सा पलंग, और चार-पाँच खादी की साड़ियाँ ही हैं। इनके अलावा आपने अपना सारा धन पारिवारिक-ट्रस्ट और देवोत्तर ट्रस्ट को दे दिया है।''

''कँवरी बेटा! मैं तुम्हें अपने हृदय के अंतरतम से स्वीकार कर, तुमसे अनुरोध करती हूँ कि तुम कुंवर से विवाह कर उसे पूर्णता और मुझे कृतार्थता प्रदान करो।'' रानी माँ के इतने कोमल, पर हृदय-विदारक वचन सुन कर रामभतेरी अत्यन्त विह्वल हो गई।

वह तेज़ी से रानी माँ की ओर गई और उसने उनके चरणों पर अपना माथा रख कर अस्फुट स्वरों में जो कुछ कहा उसका अभिप्राय यह था कि "कहाँ अकिंचन रामभतेरी और कहाँ कुँवर गजेन्द्र सिंह? रानी माँ, भगवान राम ने शबरी के जूठे बेर खाए थे, पर वे उसे अपने साथ राजमहल नहीं ले गए थे। माँ! यह आपका बड़प्पन और अनुग्रह है कि आप मुझे सर्व-सुख प्रदान करना चाहती हैं, पर माँ सा! प्रत्येक प्राणी की अपनी नियति और अपनी यात्रा होती है, जो उसे स्वयं चल कर ही पूरी करनी पड़ती है। माँ सा! आपकी कृपा मेरे सिर-माथे पर, लेकिन यदि मैं मेरे नियत पथ को छोड़ कर दूसरा मार्ग अपना लूँगी, तो पथ-भ्रष्ट हो जाऊँगी। घणी खम्मा रानी माँ! पर मेरी साधारण समझ के अनुसार हर व्यक्ति को पथ-भ्रष्ट होने से बचना चाहिए।"

रानी माँ! इस ज़रा सी लड़की के मुँह से दर्शन और ज्ञान की यथार्थपरक परिभाषाएँ सुन कर अवाक थीं, और उन्हें रामभतेरी के चमत्कारी तत्त्वों पर विश्वास हो चला था। जैसे संयमी से संयमी व्यक्ति भी कभी-कभार अलभ्य वस्तु को देखकर ललचा जाता है, वैसे ही 'रानी माँ' की भी रामभतेरी को अपनाने की आकांक्षा तीव्र हो गई। उन्होंने संतुलित शब्दों और गंभीर स्वर में रामभतेरी से कहा : "कँवरी सा! कुँवर गजेन्द्र ने भी तो आपका मार्ग अपना लिया है, फिर यह दुविधा कैसी? मेरा अनुमान है कि आप दोनों की शक्ति एक-दूसरे का साथी बनने से द्विगुणित ही नहीं, बहुगुणित हो जाएगी अर्थात प्रचलित कहावत के अनुसार आप और कुँवर मिल कर एक और एक ग्यारह हो जाएँगे।"

"घणी खम्मा रानी माँ! मेरा वचन है आपको! इस धरती को! इस आकाश को! तीनों लोकों के स्वामी इन द्वारिकाधीश को! और इस गोमती नदी को! जिसमें प्रवेश कर मीराँबाई यह कहती हुई कृष्ण से एकाकार हो गई थीं कि 'मैं मन-मन्वन्तर तक 'कृष्ण कुँवर' की सखा ही बनी रहूँगी।' माँ सा! आपने ग्यारह की संख्या सही कही, पर कई बार ऐसा भी घटता है कि एक से एक एकाकार होकर एक ही हो जाता है! माँ सा! द्वारिका आते

वक्त हमने रुक्मिणी देवी का भव्य मंदिर देखा था। वे कृष्ण की पटरानी हैं, इसलिए उनका ऐश्वर्यमंडित होना तो स्वाभाविक ही है, लेकिन माँ सा! आज हज़ारों वर्षों के बाद भी इस धरती का हर प्राणी केवल 'राधा-कृष्ण' की ही माला जपता है 'रुक्मिणी-कृष्ण' की नहीं।''

इतना कह कर रामभतेरी ने रानी माँ के पैरों के पास बैठ कर, अपनी हथेलियों से उन्हें सहला कर प्रणाम करते हुए कहा : ''माँ सा! आशीर्वाद दीजिए कि मैं मीराँबाई के दिखाए मार्ग पर अडिग रहूँ।''

इसके बाद रामभतेरी कुँवर के पास गई, जो गंभीर चेहरे से रामभतेरी को विदा होते देख रहे थे। रामभतेरी ने कुँवर से कहा : ''कुँवर! आपसे कुछ माँगना है।'' ''कँवरी सा! फ़रमाइए ना, आपके लिए जान हाज़िर है'' कह कर कुँवर आजिज़ी से एकटक रामभतेरी के मुखचंद्र को चकोर की तरह देखने लगे। रामभतेरी ने गम्भीर स्वर में कहा : ''कुँवर! वादा कीजिए कि भविष्य में यदि आपके हृदय में कभी भौतिक सुखों की हल्की सी अभिलाषा भी जगेगी! तो आप उसका दमन न कर विवाह कर लेंगे, वरना मेरी आत्मा को बहुत कष्ट होगा। कुँवर! आज हम प्रेम की जिस ऊँचाई पर स्थित हैं, उसमें विरह और मिलन पूर्णतः अर्थहीन हैं। विश्वास कीजिए कि आप जब कभी अभीप्सित होकर मुझे याद करेंगे, मुझे अपने पास उपस्थित पाएँगे।''

रामभतेरी ने पुनः आह्लादित स्वर में कुँवर से कहा : ''कुँवर! आप इतने उदास क्यों हैं? हे मेरे आत्मीय सखा! यह अपनी यात्रा का आरम्भ है, अंत नहीं। कुँवर! यदि मीराँ और कृष्ण का या राधा और कृष्ण का प्रेम अतीन्द्रिय हो सकता है, तो अपना क्यों नहीं?'' फिर अपना हाथ कुँवर की ओर बढ़ाते हुए रामभतेरी ने कहा: ''कुँवर, उठिए और दौड़िए, देखिए! आकाश में छायी कालिमा को चीर कर शरद पूर्णिमा का चाँद अपनी सम्पूर्ण कलाओं के साथ जगमगाता हुआ निकल आया है और आँखें झपका कर द्वारिकाधीश के स्वर्ण कलश को दीप्त करने के बाद गोमती में झाँक रहा है और गोमती ने ज्योत्स्ना-माला से घिरे उसके प्रकाशित

प्रतिबिम्ब को और भी शुभ्र कर उसे वापस आकाश को ही अर्पित कर दिया है, ताकि वह कबीर चौराहे को भी आलोकित करता रहे।

"'कबीर चौराहे' पर बिंदास 'कबीर' खड़ा है। ज्ञान, कर्म, अर्थ, धर्म, मोक्ष आदि सारे रास्ते उसके सामने हैं, पर कबीर किसी को भी न चुन कर स्वयं में ही स्थित हो जाता है। रास्ते बार-बार उसका आह्वान कर आगे बढ़ जाते हैं, और थक कर उसी में लौट आते हैं। कबीर को कहीं नहीं जाना है। इस सृष्टि में व्याप्त चर-अचर सभी तत्वों को वहीं आकर कबीर में उगना है। इस कलिकाल में शायद कबीर सरीखा ही कोई ऐसा घटा सकता है।

"कुँवर! हमलोग बहुत देर से उसी 'कबीर' के सान्निध्य में खड़े हैं। अब आइए, हम भी गोमती के इस पवित्र जल में स्नान कर, एक साथ अपनी-अपनी दुनिया में पदक्षेप करें। कुँवर! आप सूर के पद की इन अंतिम पंक्तियों पर ध्यान दें-'बिंहसीं कह्यो तुम हम नहीं, अंतर यह कही ब्रजहिं पठाई।"

कुँवर ने आगे बढ़ कर रामभतेरी का हाथ पकड़ा और उसे सँभाल कर गोमती में डुबकियाँ लगवाने लगे।

तट पर खड़े बाक़ी के लोग इस नयनाभिराम दृश्य को अपलक दृष्टि से देखे जा रहे थे कि अचानक उन्हें लगा जैसे कुँवर और रामभतेरी उनके दृष्टिपथ से ओझल हो गए हैं। इसके पहले कि वे कुछ समझ पाते उन्हें पार्श्ववर्ती जंगल के एक घने वृक्ष के पत्तों से छन कर आई चाँदनी के शुभ्रालोक में दो अपूर्व कांतिमयी मानव-आकृतियाँ एक-दूसरे के अत्यधिक करीब खड़ी दिखीं। उनके भव्य रूप को देख कर चिंचालकर जी ने दोनों हाथ आकाश की ओर उठा कर कहा : "व्हाट ए मास्टरपीस क्रियेशन ऑफ दैट क्रियेटर!" (वाह! उस महान स्रष्टा की कैसी अद्‌भुत कृति!)

रात गहरा रही थी। सम्पूर्ण वातावरण गुलाब और चम्पा की एकाकार हुई अलौकिक सुगंध से समृद्ध होकर दसों-दिशाओं को सुरभित कर रहा था। तभी अनिमेष उन्हें देखती आँखों ने देखा कि वे दो मानव-आकृतियाँ दो भिन्न पथों पर चल पड़ीं है...।

❑❑